UNITALL

ANDERSWELT

Band 1:

Terra Apocalyptica

Frederic Thom

1. Auflage
Oktober 2010

Unitall Verlag GmbH
Salenstein, Schweiz
www.unitall.ch

Vertrieb:
HJB Verlag & Shop KG
Schützenstr. 24
78315 Radolfzell
Deutschland

Bestellungen und Abonnements:
Tel.: 0 77 32 – 94 55 30
Fax: 0 77 32 – 94 55 315
www.hjb-shop.de
hjb@bernt.de

Serienkonzept Anderswelt: Lanz Martell,
Heinrich von Stahl und Frederic Thom

Redaktion: Uwe Helmut Grave
Titelbild: Mariusz
Printed in EU

Es wird zu jener Zeit eine große Flut
über die hohen und einstmals hellen Gärten der Erde kommen
und es wird keine Wasserflut sein,
sondern ein Odem von Fäulnis überall.

(Erster öffentlich bekannter Vers aus dem 11. Kapitel des Buches der Sajaha. Die vorangehenden Verse gelten offiziell als verlorengegangen.)

Prolog

Tief sog die Bestie die würzige Nachtluft ein. Ihre winzigen Nasenflügel bebten, als sie den Geruch von totem Fleisch wahrnahm. Die Muskeln spannten sich unter der hellgrünen glatten Haut. Vorsichtig, sich ständig umblickend, folgte das Biest im Schatten der Bäume der Spur der Moleküle, die sie zum Ort des Todes und der Verwesung führen würden. Kein Artgenosse schien in der Nähe zu sein. Ein Glücksgefühl, die Beute nicht teilen zu müssen, stieg in dem Wesen auf, das geradewegs der Hölle entsprungen zu sein schien. Seine kurzen kräftigen Beine, die langen muskulösen Arme, seine Größe und die Art, wie es sich fortbewegte, erinnerten an einen grünen, haarlosen Gorilla. Der halbkugelförmige Kopf ruhte direkt auf dem Torso. Gelbe, rot unterlaufene Augen suchten unstet die Gegend nach Artgenossen ab, die vielleicht ebenfalls diese Quelle süßlicher Verwesung entdeckt hatten.

Je weiter der Dämonische der Spur folgte, umso intensiver wurde der Geruch. Vor Verzückung riss er sein breites, mit spitzen Haifischzähnen bewehrtes Maul auf und stieß ein langgezogenes grollendes »Ghoul!« hervor. Vor Schreck, die Kontrolle verloren und mit seinem Schrei möglicherweise Artgenossen angelockt zu haben, sprang die Bestie in den durch das Licht des Mondes und der Sterne geworfenen Schatten einer Eiche. Dort verharrte sie zwei Minuten, die sie an den Rand ihrer Selbstbeherrschung brachten. Wie ein sich in den Gedärmen ausbreitendes Feuer loderte in ihr der Trieb, einfach loszurennen und endlich die Fressgier zu stillen. Weiterhin war kein Verfolger zu entdecken. Worauf wartete sie dann noch? Vorwärts!

Mit schaukelndem, unbeholfen wirkendem Gang folgte der Grünhäutige weiter der Spur, die seinen Geruchssinn schon fast überreizte. Sein Weg endete vor einer zwei Meter hohen weißen Mauer, an der die Farbe an mehreren Stellen abgeblättert war und hässliche braune Flecken preisgab.

Mit einem gewaltigen Sprung aus dem Stand überwand das Biest das Hindernis und fand sich auf einem Friedhof wieder. Es kramte ein paar Sekunden in seinen verworrenen Erinnerungen, bis es verstand, dass dies ein Ort war, an dem Menschen ihre Toten begruben. Bei diesem Gedanken drang ein langer Faden Schleim aus dem rechten Winkel seines breiten Mauls.

In der Mitte des Gottesackers befand sich ein rot verklinkertes Gebäude mit Flachdach. Von dort aus verströmte der starke Verwesungsgeruch. Mit weiten Sätzen stürmte die Bestie auf das Gebäude zu.

Eine geschmiedete Gittertür beendete vorerst den Vorwärtsdrang des Gelbäugigen. Halb wahnsinnig vor Gier rüttelte er an den Stäben, anstatt einfach die Türklinke herunterzudrücken. Mit einem kräftigen Ruck riss das grauenvolle Wesen das Hindernis aus den Angeln, warf es achtlos hinter sich und stürmte in die kleine Halle. Dort war es stockfinster, doch das Monstrum brauchte seine Augen nicht, um die aufgebahrte Leiche zu finden.

Knochen zerbarsten mit lautem Knacken, als der Dämonische seine Haifischzähne in den Toten schlug. Der Leichenfresser hatte sein grausiges Mahl erst zur Hälfte beendet, als er einen noch verführerischeren Duft wahrnahm: den Geruch lebender, stark schwitzender Menschen.

*

»Wir kommen hier nicht lebend raus!«, hörte der stämmige, leicht untersetzte Mann seine Begleiterin jammern. Allmählich war er es leid, sie zu beruhigen. Es half ja doch nichts, sie würde ohnehin nicht mit ihrem Wehklagen aufhören.

»Raus?«, fragte er sie mit betonter Härte. »Es gibt kein Raus mehr! Du weißt doch, wie schnell sich das Virus verbreitet. Diese verdammten Monstren sind überall! Die Zivilisation existiert nicht mehr.«

»Das kannst du nicht wissen«, widersprach Jennifer Gutendorf-Schöneberg. Es war das erste Mal seit ihrer gemeinsamen Flucht vom idyllisch gelegenen Hotel Hellewald, dass ihre Stimme gefasst klang. »Wir sind offensichtlich immun gegen das Virus. Warum sollte es nicht andere geben, die ebenfalls immun sind?«

»Selbst wenn es weitere Immune gäbe, wären die mit Sicherheit genauso auf der Flucht wie wir«, flüsterte Herbert Morgenfelder, um seine Begleiterin daran zu erinnern, nicht zu laut zu sein.

Er beachtete sie nicht weiter und konzentrierte sich darauf, einen Weg durch den dunklen Wald südlich von Altenhellefeld zu finden. Hinter jedem Schatten eines Baumes und aus jedem Gebüsch konnte unvermittelt ein Ghoul hervorspringen und ihrer Flucht ein grausames jähes Ende bereiten.

»Wir hätten das, verdammt noch mal, nicht tun dürfen!«, ließ Jennifer, immer noch mit erhobener Stimme, nicht locker.

»Sei endlich still! Oder willst du uns eines dieser verdammten Biester auf den Hals hetzen?«, presste Herbert zwischen den Zähnen hervor. In diesem Moment stolperte die Kommissarin für Volksgesundheit über eine Wurzel, stieß einen gedämpften Schrei aus und landete der Länge nach auf dem weichen Waldboden. Morgenfelder ging in die Hocke und flüsterte ihr ins Ohr: »Wenn du dich weiter so ungeschickt anstellst, trennen wir uns. Dann kannst du zusehen, wie du allein klarkommst. Dein dummes Gerede und deine Tollpatschigkeit könnten eine Horde Ghouls auf uns aufmerksam machen. Ich warne dich zum letzten Mal!«

Das Schluchzen seiner Begleiterin ließ den Staatssekretär für Integration seine Augen verdrehen, was die rundliche Frau mit den glatten rotbraunen Haaren in der Dunkelheit jedoch nicht sehen konnte.

Im schwach durch die Baumkronen dringenden Mondlicht schälte sich allmählich ein von einer Mauer umgebenes Gebäude aus der Dunkelheit. Der Ruf einer Eule zerriss die unheimliche Stille.

»Dort!«, flüsterte Morgenfelder und deutete auf das Zeugnis menschlicher Zivilisation. »Vielleicht finden wir da drinnen Schutz bis zum Morgengrauen.«

Die beiden Politiker waren nur noch wenige Meter von der Mauer entfernt, als ein Schatten kraftvoll darüber hinwegsprang und unmittelbar vor ihnen landete. Trotz der Dunkelheit erkannte die Kommissarin für Volksgesundheit das gierige Funkeln in den gelben, blutunterlaufenen Augen.

Angesichts des furchtbaren Todes, der ihr bevorstand, stieß sie einen markerschütternden Schrei aus...!

Kapitel 1: Goetterdaemmerung

36 Stunden zuvor

»Nun beeilen Sie sich gefälligst!«, fauchte der Staatssekretär für Integration seinen jugendlich wirkenden Assistenten an, der zwei Koffer auf Rollen durch den Kies der Zufahrt des Hotels zog. Doch dann besann er sich, dass er den jungen Mann zur Begrüßung des Projektleiters der amerikanischen Gruppe nicht unbedingt brauchte, und begab sich im Laufschritt zu einem direkt vor dem Hoteleingang geparkten Mercedes. Dort stieg gerade ein hochgewachsener Dunkelhaariger aus, etwa Mitte Vierzig, und nickte dem Portier, der ihm die Fahrzeugtüre aufhielt, freundlich zu. Er trug einen dunkelblauen Anzug und auf Hochglanz polierte Lackschuhe.

»Mister Johnson! Welcome in good old Germany[1]!«, rief Morgenfelder dem Amerikaner etwas atemlos hinterher, als der sich anschickte, im Eingang des idyllisch gelegenen Waldhotels zu verschwinden.

Der Angesprochene blickte in die Richtung des Rufenden und zog seine buschigen Augenbrauen skeptisch nach oben, da er den leicht untersetzten Mann mit der Halbglatze, der mindestens einen Kopf kleiner war als er, nicht kannte. Dicke Schweißperlen standen dem Fremden auf der Stirn. Kein Wunder, denn dieser 17. August des Jahres 2035 war ein heißer, schwüler Sommertag.

»Mein Name ist Herbert Morgenfelder«, stellte sich der Schwitzende auf Englisch vor, während er mit der Linken umständlich ein Taschentuch aus seinem dunkelbraunen Jackett fingerte und sich damit über den Schädel strich. Seine Rechte hielt er dem Amerikaner hin.

---

[1] Willkommen im guten, alten Deutschland.

Johnson ergriff die Hand und setzte ein freundliches Lächeln auf. »Schön, dass wir uns auch einmal persönlich kennen lernen, nach den vielen Telefonaten in den vergangenen Monaten«, entgegnete der Projektleiter mit sonorer Bassstimme in seiner Muttersprache.

»Die Freude ist ganz meinerseits«, gab Morgenfelder zurück. »Ich darf Ihnen die besten Grüße des Herrn Bundeskanzlers übermitteln. Er ist der Meinung, dass Ihr amerikanisches und unser deutsches Team Hervorragendes geleistet haben. Das Projekt ›Anau‹ stellt das exzellente Funktionieren der deutsch-amerikanischen Zusammenarbeit unter Beweis, so der Bundeskanzler.«

»Bitte übersenden Sie ihm meine Grüße, wenn Sie wieder in Berlin sind. Doch nun sollten wir die Abgesandten der verschiedenen amerikanischen und deutschen Ministerien nicht länger warten lassen. Wir werden sie über das Projekt informieren und ihnen erklären, warum sie alle kürzlich eine Schutzimpfung erhalten haben.« Bei seinen Worten hielt Johnson dem Deutschen galant die gläserne Eingangstüre des stilvollen Hotels auf.

»Wir treffen uns in einer halben Stunde im Konferenzsaal, bis dahin dürften sich dort alle versammelt haben.«

Die beiden Männer verabschiedeten sich im großzügigen Foyer, das mit Innenfachwerk, abgegrenzten Gruppen zitronengelber Sitzmöbel und einer dunkelbraunen, antik wirkenden Rezeption ausgestattet war.

*

Eine halbe Stunde später, um Punkt 14 Uhr, hatte sich der große Konferenzsaal mit insgesamt einhundertsiebenundzwanzig Personen gefüllt. In etwa die Hälfte der Anwesenden waren Deutsche, der Rest hatte amerikanische, französische oder britische Pässe.

Nachdem alle auf den mit rotem Samt gepolsterten Stühlen Platz genommen hatten, betrat die Kommissarin für Volksgesundheit, Jennifer Gutendorf-Schöneberg, die Rednerbühne, auf der acht freie Stühle bereitstanden. Sie tippte mit dem Zeigefinger kurz gegen das Mikrophon, um dessen Funktionsbereitschaft zu testen. Das Klopfen aus den Lautsprechern zauberte ein zufriedenes Lächeln auf ihr rundliches Gesicht. Sie strich sich zunächst über ihre glatten rotbraunen Haare und zupfte dann das Jackett ihres erdbeerroten Kostüms zurecht.

»Meine sehr verehrten Damen und Herren«, begann die Politikerin mit selbstbewusster Stimme auf Englisch. »Ich befürchte, die westlichen Demokratien stehen vor einem Scheideweg, wenn sich nicht bald etwas ändert. Wir dürfen nicht die Hände in den Schoß legen und uns damit abfinden, dass das rechtsstaatliche Konzept sowie das auf Toleranz basierende multikulturelle Experiment gescheitert sind. Stattdessen sollten wir drastische Maßnahmen ergreifen, um Recht und Ordnung in unseren Ländern wiederherzustellen. Dabei denke ich natürlich nicht an einen Einsatz des Militärs gegen die vielfältigen Parallelgesellschaften, denn dies würde das Problem nur kurzfristig lösen und die unterschiedlichen Ethnien nur noch stärker gegeneinander und gegen die Regierung aufhetzen.«

Davon abgesehen fehlt uns das Geld, um genügend Soldaten mit modernen Waffen auszurüsten, zwecks gewaltsamer Zerschlagung der islamischen Kalifate, der Russenmafia und aller Extremisten. Im übrigen würden unsere Soldaten diese Waffen wahrscheinlich eh an den Meistbietenden verhökern. Die westliche Gemeinschaft ist de facto pleite; nur spricht das niemand aus – in den Regierungen, die eigentlich keine mehr sind, kommentierte Morgenfelder die Ausführungen der rundlichen Politikerin gedanklich.

»Vor diesem Hintergrund«, fuhr die Kommissarin fort, »ist es amerikanischen und deutschen Wissenschaftlern in einer beispiellosen Kooperation gelungen, ein friedliches humanes Mittel zu entwickeln, das uns in die Lage versetzen wird, die Kontrolle über die Massen wiederzuerlangen. Ich bitte nun die jeweils vier Vertreter der beiden Teams zu mir auf die Bühne.«

Applaus brandete auf, als die fünf Männer und drei Frauen die Stufen emporstiegen und auf den bereitstehenden Stühlen Platz nahmen. Nachdem der Beifall abgeklungen war, beendete Gutendorf-Schöneberg ihre kurze Ansprache: »Hiermit übergebe ich nun das Wort an Doktor Rudolph Lindner, den Leiter der deutschen Genetikergruppe. Er wird Ihnen die Grundlage der Forschungen und der daraus resultierenden einsatzfähigen Technologie schildern.«

Lindner erhob sich sogleich und begab sich zu dem kleinen Rednerpult, von dem sich die Kommissarin für Volksgesundheit bereits entfernte, um sich *auf den freigewordenen Stuhl zu setzen* – was bekanntlich eine Lieblingsbeschäftigung von Politikern war.

Der hagere, mehr als zwei Meter große Gentechnologe rückte zunächst seine Krawatte zurecht, die er mit sichtlichem Unbehagen trug. Dann begann er mit einer für seine Größe viel zu hellen Stimme seinen Vortag, natürlich auf Englisch, jedoch mit einem fürchterlichen deutschen Akzent:

»Meine Damen und Herren! Sicherlich dürfte jedem von Ihnen bekannt sein, dass die amerikanische Regierung seit den 60er Jahren des vorherigen Jahrhunderts mehrere fachbereichübergreifende Studien betreibt, um die Frage zu klären, was Menschen zu autoritärem Denken veranlasst. Von diesen Studien versprach man sich die Entwicklung einer Strategie zur Umprogrammierung des nationalen Menschen zum globalen Menschen. Man wollte einen Menschenschlag entwickeln, der für autoritäre Ideologien wie den Faschismus oder – auf die heutige Zeit übertragen – den Islamismus völlig unempfänglich ist. Psychologischen Erkenntnissen zufolge ist eine solche Neuprogrammierung allerdings nur dann möglich, wenn zuvor die alten, über viele Generationen tradierten Wertvorstellungen ausgelöscht werden. In den westlichen Industrienationen nahm die geplante Auslöschung verstaubter Werte mit den zeitgleich auftretenden 68er-Bewegungen ihren Anfang. Traditionelle Wertmaßstäbe wurden einfach auf den Kopf gestellt. Auf diese Weise entstand tatsächlich eine überwältigende Volksmehrheit, die für autoritäre Ideologien vollkommen unempfänglich war.

Es folgte eine zufriedenstellende Phase des Aufbaus, des Friedens und des Wohlstandes – bis sich nach und nach innerhalb der westlichen Staaten Parallelgesellschaften bildeten, meist autoritären Charakters. Dabei handelte es sich zunächst nur um religiöse Gruppen, hauptsächlich dem fundamentalistischen Islam zugehörend. Später kamen jedoch Organisationen der ursprünglichen Bevölkerung hinzu, die sich, durch die wirtschaftlichen Probleme unzufrieden geworden, von unseren freiheitlichen demokratischen liberalen Prinzipien abwandten, um sie durch hierarchische, autoritär geführte Strukturen zu ersetzen. Als prominentestes Beispiel sei hier die World Templar Organization erwähnt.

Doch wie konnte es dazu kommen? Warum haben die in den 1960ern begonnenen Maßnahmen zur Entfremdung der Menschen von Religion und autoritären Persönlichkeiten nicht nachhaltig gewirkt? Inzwischen können die Regierungen westlicher Länder über die migrierte islamische Bevölkerung und ihre eigenen Einwohner, darunter ein beachtlicher Anteil von echten Leistungsträgern, so gut wie keine staatliche Kontrolle mehr ausüben. Was ist passiert? Die Antwort auf diese Frage ist der Grund, weshalb heute ein Gentechnologe an diesem Rednerpult steht.

Der Auslöser, warum der Mensch Autoritäten folgt, ist nicht nur in den über Generationen tradierten Werten zu suchen – das war zu kurz gedacht –, vielmehr haben die tradierten Werte eine *genetische Ursache.* Der berühmte Evolutionsbiologe Richard Dawkins formulierte es sinngemäß anhand eines anschaulichen Beispiels: Vor Urzeiten sagte ein älteres Stammesmitglied zu einem Kind: ›Gehe nicht im Fluss schwimmen, dort gibt es Krokodile!‹ Weil das Kind ein Gen besaß, das es auf erfahrene Mitglieder seines Stammes instinktiv hören ließ, war es anderen Kindern gegenüber evolutionär im Vorteil. Es schwamm nicht in dem See und wurde nicht gefressen. Kinder, die dieses Gen nicht besaßen, folgten eher ihrem Bedürfnis, unbedingt schwimmen zu wollen, und sie wurden gefressen. Folglich hatte das instinktiv autoritätsgläubige Kind als Erwachsener die Gelegenheit, all seine Gene, inklusive dem Autoritäts-Gen, zu vererben, während die Gene der antiautoritären Kinder dem Genpool entzogen wurden. Locker formuliert: Wer aufwachsen und sich vermehren möchte, sollte sich nicht bereits vor Beginn seiner Zeugungsfähigkeit von Krokodilen fressen lassen. Damit dürfte klar sein, wieso sich überwiegend das Autoritäts-Gen in allen menschlichen Populationen verbreitet hat.

Aus diesem Grund konnten alle Maßnahmen, die auf eine antiautoritäre Umerziehung des Menschen mittels rein psychologischer und chemischer[2] Methoden setzten, letztendlich nur zu einem Teilerfolg führen, ohne die notwendige Nachhaltigkeit. Die endgültige Schaffung des globalen Menschen, der total immun ist gegen Ideologien beziehungsweise Religionen wie den Faschismus und den Islam, kann also nur mittels Ausmerzung des Autoritäts-Gens zum Erfolg führen. Zu diesem Zweck hat mein Team, in Zusammenarbeit mit unseren amerikanischen Kollegen, eine Technologie zur Neutralisierung des Autoritäts-Gens entwickelt. Über die Einzelheiten wird Sie nun mein geschätzter Kollege Dr. Winston Johnson unterrichten.«

Unter verhaltenem Applaus nahm Lindner den Platz des Amerikaners am Rednerpult ein. Offensichtlich war den Delegierten der westlichen Regierungen, aus denen das Publikum ausschließlich bestand, ein direkter Eingriff in das menschliche Erbgut nicht ganz geheuer.

Der ebenfalls um die zwei Meter große, jedoch athletischer gebaute Johnson blickte zunächst mit ernster Miene einige Sekunden in die Zuhörerrunde, wobei er sich seine dunklen, glatten Haare zurückstrich. Dann begann er mit ruhiger, etwas zu leiser Stimme:

---

[2] Gemeint ist der Einsatz von Drogen.

»Meine Damen und Herren! Wie mein Vorredner darlegte, muss jede Umerziehung zum antiautoritären globalen Menschen mit rein psychologischen Mitteln Stückwerk bleiben. Aus diesem Grunde haben wir die Nukleotidsäure-Sequenz des erwähnten Autoritäts-Gens zweifelsfrei bestimmt. Des Weiteren entwickelten wir ein Virus, das ein Prozent der von ihm befallenen Zellen umprogrammiert, um weitere Viren zu produzieren. Bei neunundneunzig Prozent der befallenen Zellen tauscht das Virus lediglich das Autoritäts-Gen gegen eine andere Nukleotid-Sequenz aus, sodass der Wirt[3] eine instinktive Abneigung gegenüber Autoritäten entwickelt. Durch diesen Austausch verkehren wir das Schlechte im Menschen zum Guten: Jeder Imam wird bald die Kontrolle über die Gläubigen und jeder Ordensmeister der WTO die Gefolgschaft seiner Anhänger verlieren. Folglich werden die unseligen Parallelgesellschaften kollabieren und den Weg frei machen für ein Leben aller Menschen in Freiheit, Gleichheit und Brüderlichkeit.«

Johnson hatte seine Stimme im Verlauf seiner Rede immer weiter angehoben und die letzten Worte geradezu herausgeschrien. Sein Hinweis auf die Grundwerte der Französischen Revolution und seine charismatische Redekunst hielten die Delegierten nun nicht mehr auf ihren Sitzen. Sie sprangen auf und spendeten tosenden Beifall. Jedwede Bedenken gegen gentechnologische Eingriffe schienen durch die klare Formulierung des Ziels – der Rückkehr zu den Wurzeln der demokratischen Revolution – verflogen zu sein.

Johnson ließ der Begeisterung ein paar Sekunden ihren Lauf. Dann fuhr er mit erhobener Stimme fort: »Um dieses edle Ziel zu erreichen, werden wir das Virus in«, der Gentechnologe blickte kurz auf seine Uhr, »exakt einer Stunde und achtzehn Minuten an fünfzig über den Globus verteilten Stellen mittels Raketen in die oberen Schichten der Stratosphäre bringen und dort freisetzen.

---

[3] Gemeint ist der Wirtskörper, also der infizierte Mensch.

Die atmosphärischen Strömungen werden es innerhalb weniger Stunden um den gesamten Erdball verteilen und den Hang des Menschen zu Faschismus und autoritärer Religion nachhaltig ausrotten.«

Erneut brandete Applaus auf. Johnson ließ selbigen in aller Ruhe abklingen, bevor er seine Rede nun mit seiner ruhigen Bassstimme krönte: »Sie alle hier, ebenso zahlreiche andere Mitarbeiter der westlichen Regierungen, erhielten in den vergangenen Wochen eine angebliche Grippeimpfung. Tatsächlich handelte es sich dabei um eine Impfung gegen das Anau[4]-Virus. Im Klartext: Dank der Impfung wirkt das Virus bei Ihnen nicht. Jeder einzelne von Ihnen gilt als absolut loyal und steht aufrichtig zu unseren freiheitlich-demokratischen Prinzipien, deshalb sollen Sie der Welt in Ihrer ursprünglichen genetischen Struktur erhalten bleiben. Ich bitte nun um Fragen, die meine Kollegen und ich sehr gern beantworten werden.«

Erneut gab es stehende Ovationen für den amerikanischen Gentechnologen. Morgenfelder sah in den Augen von Kommissarin Gutendorf-Schöneberg, die nach wie vor auf ihrem Bühnenplatz saß, sogar Feuchtigkeit glitzern. Verstohlen wischte sie sich eine Träne mit dem Handrücken von der Wange. Die Politikerin war überwältigt von dem Vertrauen, das die höchsten Regierungsstellen den bei dieser Tagung Anwesenden entgegenbrachten.

Niemand stellte Fragen. Das Gehörte musste erst einmal verdaut werden. Gutendorf-Schöneberg erhob sich und beendete die Sitzung mit dem Hinweis, dass ein lukullisches Mahl auf die Delegierten im Speisesaal des Waldhotels wartete.

*

Die Sitzordnung im großzügigen Restaurant wurde natürlich vorgegeben. Ansonsten hätte jeder versucht, neben denen zu sit-

---

[4] Antiautoritäts-Virus

zen, die das größte Ansehen genossen, um das unter Politikern so beliebte *Networking* zu betreiben. Das Gedränge um Lindner, Johnson und die wenigen anwesenden Minister wäre einfach zu groß gewesen.

Die Kommissarin für Volksgesundheit fand ihr Namensschild neben dem ihres französischen Pendants wieder. Natürlich war sie tief enttäuscht, schließlich ging es hier um ein deutsch-amerikanisches Projekt, weshalb sie es ihrer Meinung nach verdient hätte, neben einem französischen Staatssekretär oder sogar dem anwesenden Familienminister zu sitzen. Die Franzosen hatten, so monierte sie insgeheim, so gut wie nichts zur Rettung der westlichen Welt beigetragen, folglich war sie als Kommissarin mindestens so wichtig wie ein französischer Minister. Frauenlogik halt.

Ihr gegenüber saß immerhin einer der Wissenschaftler aus dem amerikanischen Team, was der Kommissarin aber keinesfalls ausreichte. Würdigte man so ihre unschätzbaren Verdienste bei der Beschaffung der Gelder für das Anau-Projekt? Profihaft bemühte sie sich, ihre Enttäuschung zu verbergen und sich in ihrer tausendfach einstudierten nichtssagend-lächelnden Art mit dem Franzosen und dem Amerikaner noch nichtssagender zu unterhalten.

Es floss reichlich Wein, was die beiden Männer veranlasste, sich immer euphorischer die neue andere Welt der vorurteilsfreien antiautoritären globalen Gesellschaft auszumalen. Gutendorf-Schöneberg gewann den Eindruck, dass diese *Anderswelt* für die beiden atheistischen (wie sie aus einigen Bemerkungen schloss) Kollegen so etwas wie ein Paradies-Ersatz war.

Einige Zeit später erhoben sich die nebeneinander sitzenden Johnson und Lindner gleichzeitig, wobei Johnson wiederum mit seiner ruhigen Bassstimme ins Mikrophon sprach: »Es ist so weit, meine lieben Mitstreiter. In wenigen Sekunden werden weltweit die Raketen gestartet.«

Der neben ihm stehende Lindner hatte seine Armbandfunkuhr abgestreift und blickte auf das Zifferblatt. Johnson reichte ihm das Mikrophon.

»Zehn, neun, acht, ..., drei, zwei, eins, Start!«

Dies war der Beginn einer neuen Zeit – einer Zeit der radikalen Umwälzungen, wie sie sich keiner der Delegierten in seinen kühnsten Träumen hätte vorstellen können.

Die Geburt der *Anderswelt* wurde begleitet vom tosenden Beifall ihrer Schöpfer und deren Handlanger.

*

Am nächsten Morgen wurde Herbert Morgenfelder vom schrillen Pfeifen seines Funkweckers früh aus dem Schlaf gerissen. Wegen extremen Alkoholkonsums am vorherigen Abend drang das hässliche Geräusch schmerzhaft bis in den letzten Winkel seines Schädels vor. Grelles Licht blieb ihm Gott sei Dank erspart, die Fenstervorhänge waren dicht geschlossen. Er tastete im Halbdunkeln nach dem fiependen Störenfried, fand nach einigen qualvollen Sekunden den entscheidenden Schalter und der Krach verstummte endlich.

Mit dem Abklingen des Schmerzes ordneten sich seine Gedanken.

Du meine Güte! Joanna Schwan – die affektierte Sekretärin des britischen Innenministers! Ich habe das Federvieh mit auf mein Zimmer genommen!

Morgenfelder konnte sich noch dunkel daran erinnern, wie die attraktive Britin während des Geschlechtsverkehrs unter ihm eingeschlafen war. Das hatte er zwar nicht als besonders schmeichelhaft empfunden, aber wenn man(n) schon einmal mittendrin war... Ihre Feuchtigkeit an der ausschlaggebenden Stelle hatte ihn zu dem Schluss kommen lassen, dass sie es noch immer wollte, weshalb er tapfer weitergemacht und ihr dadurch sicherlich schöne Träume verschafft hatte.

Zögernd tastete er sich mit der Linken unter der Decke auf die andere Seite des großen Doppelbettes vor, in der Hoffnung, dort auf etwas Grabschenswertes zu stoßen. Stattdessen erfühlte seine

Hand etwas Glitschiges, das er im ersten Moment für ein unappetitliches Zeugnis ihres Geschlechtsaktes hielt – bis er merkte, dass dort ein regelrechter Schleimhaufen lag.

Wie von einer Tarantel gestochen sprang der Staatssekretär aus dem Bett, stolperte in der Dunkelheit über am Boden verstreute Kleidung und schlug lang hin, wobei er krachend mit dem Kopf gegen einen Schrank stieß, was seinen Brummschädel noch verstärkte. In seiner Panik brauchte er eine geschlagene Minute, um im Hotelzimmer einen der Deckenlichtschalter zu finden.

Das plötzliche Aufflammen des Lichts blendete seine geweiteten Pupillen. Dann wurde das Bild langsam klarer. Auf der ihm abgewandten Seite des Doppelbettes lag ein unter der roten Decke verschwindender Haufen weißen, halbtransparenten Schleims, der Kopf und Hals der britischen Sekretärin wie ein Kokon umschloss. Durch das seltsame Material hindurch konnte Morgenfelder die weit aufgerissenen Augen der hübschen Frau und ihren offen stehenden Mund sehen. Ohne jeden Zweifel war sie tot.

Der Mann mit der Halbglatze nahm seinen ganzen Mut zusammen und umrundete das Bett. Dann zog er mit einem Ruck die breite Decke zurück und machte rasch einen Satz nach hinten. Der schlanke nackte Körper der schönen Sekretärin war komplett mit diesem seltsamen Schleim bedeckt.

Morgenfelders Blick fiel auf einen mannshohen Wandspiegel. Erst jetzt wurde ihm bewusst, dass er selber völlig nackt war. Er hasste seinen eigenen »Anblick danach«: wie ein erloschener Sprengsatz mit abgebrannter kurzer Lunte. Hastig sammelte er seine überall verteilten Kleidungsstücke ein. Die Socken fand er auf dem Kleiderschrank, seine Unterhose hing über der Nachttischlampe; anscheinend war es hier gestern Abend hoch hergegangen. Mit zitternden Händen zog er sich an. Danach ging er zum Telefon und drückte die Neun für die Rezeption, damit man ihm jemanden schickte, der sich um die Schweinerei im Bett kümmerte.

Nachdem er es sehr lange hatte klingeln lassen, legte er auf und verließ mit einem unguten Gefühl das Zimmer. Irgendetwas stimmte nicht in diesem Hotel. Auf dem Flur begegnete ihm keine Menschenseele. In seiner Eile stieß er auf dem Weg zum Treppenhaus eine auf einem kleinen Tischchen stehende Blumenvase um, die scheppernd auf dem Granitfußboden zerbrach und ihren Inhalt wie ein modernes Kunstwerk quer über die Raufasertapete verspritzte.

Mehrere Stufen auslassend schoss der untersetzte verkaterte Staatsekretär mit gekonnten Sprüngen – eine sportliche Leistung, die ihn selbst erstaunte – die Treppe zum Erdgeschoss hinunter und gelangte in das geräumige Foyer mit der Rezeption. Auch hier war niemand zu sehen. Morgenfelder war äußerst verwirrt, es war bereits Viertel nach Acht. Zu dieser Zeit hätte in der Lounge und im angrenzenden Speisesaal normalerweise reges Treiben herrschen müssen.

Mit instinktiver[5] Vorsicht näherte sich der Mann der dunkelbraunen, aus ungeschliffenem Holz gefertigten Rezeption. An der dahinterliegenden Wand befanden sich kleine Ablagefächer aus ähnlichem Holz, darin lagen normalerweise die Zimmerschlüssel. Morgenfelder konnte jedoch keinen einzigen entdecken, alle Fächer waren leer. Er beugte sich über die massive Theke und entdeckte drei am Boden liegende menschliche Körper, die ebenso wie seine schwanengleiche Gespielin mit weißem, halbtransparentem Schleim bedeckt waren: zwei Männer und eine Frau; unter dem Schleimkokon trugen sie ihre Hoteluniformen.

Panik stieg in dem Staatssekretär auf. Mit dem Anau-Projekt musste etwas gehörig schiefgelaufen sein. Wahrscheinlich hatte die Impfung gegen das Anau-Virus dieses schreckliche Dilemma ausgelöst.

Morgenfelder beugte sich noch weiter vor und fingerte ein Telefon von der Ablage hinter der Theke. Er stellte den Apparat

---

[5] Instinkte sind genetisch codierte Verhaltensmuster.

auf die raue Holzfläche, klappte den Minibildschirm hoch und tippte hektisch die Nummer des Kanzleramtes ein. Die Regierung musste unbedingt über die Ereignisse unterrichtet werden. Möglicherweise befanden sich alle geimpften hohen Beamten in akuter Gefahr, die auch auf Nichtgeimpfte übergriff.

Warum bin ich eigentlich von dieser, dieser – ja, was eigentlich? – ansteckenden Krankheit verschont geblieben?, fragte er sich, während ein Freizeichen nach dem anderen aus dem Telefonlautsprecher ertönte und der Bildschirm dunkel blieb. Diese wichtige Frage stellte er vorerst zurück. Trotz der außergewöhnlichen Situation dachte er fast automatisch an seine Karriere. Es würde ihm sicherlich Pluspunkte beim Kanzler einbringen, wenn er es war, der die Leute in Berlin als Erster warnte.

Nach dem zwanzigsten Freizeichen bildeten sich Schweißtropfen auf der Halbglatze des Politikers. Sein Magen und seine Därme verkrampften. Es war praktisch unmöglich, dass niemand abnahm, wenn man die Zentrale des Kanzleramtes anrief.

Die sind dort ebenfalls von der seltsamen Krankheit befallen!, brach die Flut der Erkenntnis über den Staatssekretär herein. *Wir wollten ein regierbares Volk erzeugen und haben dabei die Regierung vernichtet.*

Wo stand der nächste Fernseher? Er entdeckte ein Gerät in einer der durch dunkelbraunes Innenfachwerk abgetrennten Nischen des Foyers. Gegenüber einer zitronengelben Couch stand auf einer dunkelbraunen, antik wirkenden Kommode ein 56er-Ultraflachbildgerät. Die Fernbedienung lag fein säuberlich vor dem Standfuß des TVs, wie es sich für ein akkurates Hotel gehörte.

Morgenfelder schaltete den Fernseher ein. Eine Sekunde später erschien das ARD-Testbild. Er klickte weiter...

ZDF-Testbild.

Zehn weitere Programme waren ebenfalls nicht auf Sendung. Beim dreizehnten Versuch erschien auf dem Bildschirm ein hinter einem Schreibtisch sitzender Sprecher. Er war mit einem schwarzen Anzug bekleidet – *Wie auf einer Beerdigung,* dachte Morgenfelder – und trug eine violette Krawatte über einem dunkelgrauen Hemd. Der Knoten des Binders war halb von einem kleinen roten Tatzenkreuz verdeckt, dessen Ränder golden glänzten.

»... haben wir keine Verbindung mehr zu Menschen außerhalb unserer Ordensburgen«, sagte der Mann mit der hellblonden, fast weißen Bürstenfrisur mit leicht bebender Stimme. »Lediglich die Schwestern und Brüder in unseren Festungen scheinen der Katastrophe entronnen zu sein. Wir sehen darin einen Akt der göttlichen Vorhersehung. Höhere Mächte haben uns dazu ausersehen, das Menschengeschlecht weiterzuführen. Falls es dennoch Überlebende gibt, mögen sie sich vertrauensvoll zur nächsten Ordensburg begeben. Diese Sendung wird in einer Endlosschleife wiederholt.«

Ruckartig wechselte die Sitzposition des Sprechers und die Sendeschleife begann von vorn:

»Liebe Mitmenschen! Mein Name ist Leonidas, Großmeister der WTO und Erzprior der Festung Hennesee. In der vergangenen Nacht ist eine furchtbare Katastrophe über die Menschheit hereingebrochen. Innerhalb weniger Stunden fielen Millionen, wahrscheinlich Milliarden Menschen einer geheimnisvollen Krankheit zum Opfer. Näheres zur Natur dieser Krankheit ist uns bislang nicht bekannt – es scheint sich jedoch um ein hochansteckendes Virus zu handeln. Seit acht Uhr an diesem Morgen haben wir keine Verbindung...«

»Es ist nicht die Impfung – sondern das Virus selbst«, kombinierte Morgenfelder. »Milliarden Menschen sind betroffen. Und ausgerechnet diese verfluchten Extremisten mit ihrem verdammten Orden bleiben davon verschont! Bevor ich bei solchen Irren Unterschlupf suche, soll mich eher der Teufel holen!«

Während die Ansprache des Großmeisters unaufhörlich weiterlief, hörte der Staatssekretär plötzlich Schritte hinter sich. Ruckartig drehte er sich um und erblickte *die Rote* – so nannte er insgeheim die Kommissarin für Volksgesundheit, nicht nur wegen ihrer Vorliebe für erdbeerfarbene Kostüme. Sie befand sich in Begleitung zweier ihm bekannter Männer: Winston Johnson, Leiter der amerikanischen Forschergruppe, und sein – Morgenfelders – recht jugendlich wirkender Assistent Ralf Möntgenstein.

»Sie sind alle tot!«, schluchzte Gutendorf-Schöneberg. Die Rote war ungeschminkt, entsprechend kamen ihre Blässe und ihre unzähligen Fältchen, speziell um die Augenpartie, zur Geltung.

»Ich kann mir das nicht erklären«, ertönte die Bassstimme Johnsons, der zum ersten Mal jegliche Ruhe und Selbstsicherheit fehlten. Er sprach sogar Deutsch, wenn auch mit sehr starkem amerikanischem Akzent.

Möntgenstein wirkte wie ein ängstlicher Junge mit gehetztem Gesichtsausdruck. Seine dunkelblonden Haare standen ihm wirr vom Kopf. Offensichtlich hatte ihm die Katastrophe keine Gelegenheit mehr gelassen, seine Frisur mit dem üblichen Gel zusammenzupappen. Immerhin trug er den obligatorischen dunklen Anzug mit weißem Hemd, zu dem er in der Hektik eine geschmacklose gelbe Krawatte mit dunkelblauen Punkten gewählt hatte.

»W-warum haben wir und die da ü-überlebt?«, stotterte die Kommissarin und deutete auf den Fernseher. Sie wischte sich eine Träne von der Wange, die keine Gelegenheit hatte, irgendwelche Schminke zu verschmieren.

»Das ist noch gar nicht sicher, Frollein«, entgegnete Johnson mit seinem typischen Akzent.

»Was ist nicht sicher?«, fragte die Rothaarige, nun noch verwirrter als zuvor.

»Dass wir überleben werden«, gab der amerikanische Projektleiter zynisch zurück. »Vielleicht braucht die Krankheit bei uns nur etwas länger bis zum Ausbruch.«

Ein sadistisch-selbstzufriedenes Lächeln legte sich auf seine Gesichtszüge. Die Politikerin riss ihren Mund auf, ausnahmsweise einmal nicht, um politische Kloparolen von sich zu geben, sondern als Ausdruck aufkeimender Panik.

Der Ami hat scheinbar Spaß daran, die blöde Kuh in Angst und Schrecken zu versetzen. Ganz schön krank, angesichts unserer Situation, stellte der Staatssekretär gedanklich fest.

Das Mienenspiel des kindergesichtigen Assistenten wirkte schlagartig eine Spur gehetzter. Er tat das, was er wohl am besten konnte: den Mund halten. Johnson konnte sich nicht besinnen, ihn jemals etwas sagen gehört zu haben. Vielleicht war er ja von Geburt an stumm.

»Hat jemand einen brauchbaren Vorschlag?«, versuchte Morgenfelder, das Gespräch in konstruktivere Bahnen zu lenken.

»Ist doch klar!«, meinte Johnson. »Wir gehen zur nächsten Festung der WTO.« Dabei deutete er auf den Fernsehapparat. »Wenn ich mich recht erinnere, befindet sich das Hauptquartier der Templer nicht weit von hier entfernt.«

»Auf keinen Fall!« Der Kopf des Staatssekretärs lief zornrot an. »Bevor ich bei dreckigen Extremisten Schutz suche, krepiere ich lieber an Ort und Stelle! Was ist denn gegen dieses Hotel einzuwenden? Hier gibt es genügend Nahrung für viele Dutzend Menschen, damit kommen wir eine Zeitlang klar. Allerdings sollten wir alle Leichen fortschaffen, bevor die anfangen zu stinken.«

»Genau! Wir machen keine gemeinsame Sache mit diesen Extremisten, diesen... diesen Außenseitern der Gesellschaft«, pflichtete ihm die Kommissarin bei.

»Bestimmt haben außer den Ordensbrüdern noch andere überlebt, vielleicht finden die uns hier«, steuerte Möntgenstein bei; zweifelsohne konnte er sprechen.

»Ach so! Und mit denen möchten Sie als guter Christ unsere Nahrungsmittel teilen«, spottete der Gentechnologe, woraufhin der Assistent des Staatssekretärs errötete und sich erneut in Schweigen hüllte.

»Falls wirklich jemand zu uns stößt und Hilfe braucht, nehmen wir ihn selbstverständlich auf«, bestimmte Gutendorf-Schöneberg. Zwar war sie alles andere als eine großzügige, wohltätige Person – selbst von ihrer Jungfernschaft hatte sie sich einst nur schwerlich getrennt –, aber sie hatte in den vergangenen Jahrzehnten gelernt, dass die Zurschaustellung einer humanistischen Grundeinstellung niemals zu Widerspruch führte und obendrein für die Karriere förderlich war.

»Na gut!« Johnson sprach außergewöhnlich leise. »Ich bleibe ebenfalls hier und warte ab, wie sich die Dinge entwickeln.« Er wandte sich Morgenfelder zu. »Haben Sie sämtliche Programme durchgeschaltet? Senden überall nur diese Ordensspinner?«

»Ich habe lediglich die ersten zwölf oder dreizehn Sender ausprobiert«, antwortete der Staatssekretär. Im Schnellverfahren prüfte er nun alle knapp einhundertfünfzig Programme, doch außer der Ansprache des Großmeisters waren nur Testbilder zu sehen. »Fehlanzeige. Wir sollten uns jetzt umgehend daranmachen, die Toten aus dem Hotel zu entfernen.«

Johnson nickte zustimmend. »Mehr als einhundertzwanzig schleimige Leichen tragen zu müssen, ist keine besonders verlockende Vorstellung, also brauchen wir eine Karre oder etwas in der Art. Ich schlage vor, wir räumen zunächst das Gartenhaus leer und packen die Toten anschließend hinein.«

»Wie wäre es mit diesen Transportgeräten?«, bemerkte der Leisetreter Möntgenstein halblaut und deutete verzagt auf zwei Rollwagen zur Beförderung von Koffern.

»Dann mal los!«, dröhnte die Bassstimme Johnsons. Er wandte sich ab und schritt auf die gläsernen Türen zu, die den Zugang zum Hotelgarten bildeten. Die drei anderen Überlebenden folgten ihm.

*

Draußen demonstrierte die Augustsonne eindrucksvoll ihre Kraft. Der Geruch des nahen Waldes lag in der Luft. Inmitten des gepflegten Gartens stand ein geräumiger hellbrauner Holzschuppen. Ein schmaler asphaltierter Weg schlängelte sich durch die Anpflanzungen und mündete vor dem Gartenhaus in einen breiten Vorplatz.

Die mit Sprossenfenstern verzierte Doppeltür war nicht verschlossen. Johnson öffnete beide Flügel. Im Inneren reihten sich verschiedene Gartengeräte aneinander. Der Amerikaner bestieg einen Aufsitzrasenmäher und drückte den Zündknopf. Ohne Schwierigkeiten sprang der Motor an. Der Projektleiter fuhr hinaus und stellte das fahrbare Gerät auf einem großen Rasen ab.

Alle packten jetzt mit an. Wenige Minuten später hatten die vier Schicksalsgenossen eine Fläche von fünfzig Quadratmetern von weiteren Rasenmähern, Laubsaugern, Vertikutierern und ähnlichen Geräten freigeräumt.

»Das reicht!«, entschied Morgenfelder. »Wir werden die Toten stapeln. Dort drüben liegen Arbeitshandschuhe für die Gartenarbeit. Ich empfehle jedem, mindestens ein Paar davon mitzunehmen.«

Zurück im Hotel trat der Amerikaner hinter die Rezeption und suchte und fand zwei Generalschlüssel. Einen davon übergab er dem Staatssekretär. Anschließend teilten sich die vier in zwei Kofferwagen-Gruppen auf: Johnson und Gutendorf-Schöneberg sowie Morgenfelder und sein Assi.

»Wir säubern den rechten Flügel, ihr den linken«, legte der Projektleiter fest.

Die beiden Gruppen gingen von Zimmer zu Zimmer und beluden ihre Kofferwagen mit bis zu fünf, sechs Toten, je nach Größe und Körperumfang, die sie dann ins Gartenhaus beförderten. Es dauerte volle zwei Stunden, bis die letzte Leiche aus dem Hotel geschafft worden war.

»Irre ich mich oder wird der Schleim immer milchiger?«, fragte Morgenfelder in die Runde. Alle standen nach getaner Arbeit auf dem kleinen Vorplatz und schauten durch die beiden weit geöffneten Türflügel in den ehemaligen Geräteschuppen, wo man die Leichname in vier Schichten aufeinandergestapelt hatte. Die Konturen der im Kokon eingeschlossenen Leiber waren nur noch schwach sichtbar.

»Kommt mir auch so vor«, stimmte Johnson zu. »Man kann kaum noch erkennen, wer sich in dem jeweiligen Schleimhaufen befindet.«

»Haben Sie eine Ahnung, woraus das seltsame Zeug besteht?«, wollte die Kommissarin für Volksgesundheit wissen.

»Nicht die geringste«, gab der Genetiker zurück. »Ich bräuchte ein Labor, um das feststellen zu können.«

»Wir sollten die Hütte mitsamt allen Leichen verbrennen«, stieß der schweigsame Möntgenstein unvermittelt hervor. Mit Abscheu blickte er auf seine Arbeitshandschuhe, an denen lange Schleimfäden hingen wie aus dem Maul eines sabbernden Boxerhundes.

»Früher oder später lassen wir sie in Flammen aufgehen, schon wegen der Seuchengefahr«, entgegnete der Amerikaner. »Doch zunächst möchte ich beobachten, was aus dem Schleim wird und ob bei den Leichen überhaupt ein normaler Verwesungsprozess einsetzt. Wir müssen so viel wie möglich über diese seltsame Krankheit erfahren, um sie gezielt bekämpfen zu können.«

Gutendorf-Schöneberg setzte sich auf eine kleine braune Bank am Rande des Vorplatzes. Die Rote zitterte am ganzen Körper. Das lag einerseits an der harten ekligen Arbeit, die sie hatte verrichten müssen, andererseits litt ihre Psyche unter der Erkenntnis, dass sie gerade hautnah den Untergang der gesamten Zivilisation miterlebte.

»Sie haben uns das eingebrockt!«, zischelte die Kommissarin giftschlangengleich und warf dem hochgewachsenen Genetiker einen bösen Blick zu. »Sie haben uns die Rückkehr zu Ordnung und Frieden versprochen und stattdessen Milliarden Menschen umgebracht.«

»Das Virus wurde allen denkbaren Prüfungen unterzogen«, gab der Amerikaner in ruhigem Tonfall zurück. »Einen derart merkwürdigen Effekt haben wir noch nicht einmal ansatzweise bei einer der Testreihen feststellen können. Ich wage sogar zu behaupten, dass das Virus überhaupt nicht in der Lage ist, eine solche Wirkung zu entfalten.«

»Demnach sind das zeitliche Zusammentreffen der Virusfreisetzung und dieses Massensterbens wohl purer Zufall, oder wie?« Gutendorf-Schöneberg lachte schrill; allem Anschein nach stand sie kurz vor dem Nervenzusammenbruch.

Möntgenstein setzte sich neben sie auf die Bank und legte beruhigend seinen Arm um die Schultern der verschwitzten erschöpften Frau. »Wir wissen noch zu wenig darüber, deshalb machen Anschuldigungen keinen Sinn. Sobald wir auf weitere Überlebende treffen, wird sich alles klären. Zunächst einmal sollten wir dankbar sein, nicht zu den Toten zu gehören.«

Für ihn war dieser kurze Trostzuspruch bereits eine längere Ansprache, deshalb war er gleich wieder still.

»Ich sehe mich mal in der näheren Umgebung um«, brachte Morgenfelder das Gespräch wieder zurück auf die praktischen Aspekte. »Autos stehen auf dem Parkplatz vor dem Hotel genug herum, die gehören jetzt alle uns.«

»Ich komme mit«, meldete sich Johnson, froh darüber, einer fruchtlosen Diskussion über Schuldfragen ausweichen zu können.

»In Ordnung! Und Sie, Möntgenstein, bleiben bei der Frau Kommissarin. Wir sind in ein, spätestens zwei Stunden zurück.«

Bei seinen Worten tupfte sich der Staatssekretär, der sich stets anhörte, als hätte er gerade einen 5000-Meter-Lauf hinter sich, mit seinem Taschentuch wie gehabt den Schweiß von der Stirn, obwohl der miefige Drecklappen nach der anstrengenden Arbeit in der Hitze kaum noch aufnahmefähig war. Zusammen mit Johnson begab er sich zurück ins Hotel.

*

Morgenfelder suchte das Zimmer eines ehemaligen Kollegen auf, von dem er wusste, dass dieser mit seinem roten Porsche angereist war. Den Zündschlüssel fanden die Männer auf dem

Schreibtisch des Hotelzimmers. Beide griffen gleichzeitig danach, doch der Staatssekretär war schneller.

Draußen auf dem Parkplatz war es nicht sonderlich schwierig, das auffällige Fahrzeug zu finden. Durch kurzen Druck auf die Schlüssel-Fernbedienung deaktivierte Morgenfelder die Zentralverriegelung und die Wegfahrsperre. Der Amerikaner und der Deutsche stiegen ein und Letzterer startete den kraftvollen Motor. Ein leises Summen war zu hören, als das von Lithium-Ionen-Akkus gespeiste Aggregat seine Arbeit aufnahm. Wenn man vom Kiesknirschen unter den breiten Reifen einmal absah, bewegte sich das Fahrzeug fast geräuschlos auf die Ausfahrt des Parkplatzes zu.

Morgenfelder bog nach links auf eine schmale asphaltierte Straße, die einen halben Kilometer durch den Wald führte und dann auf eine Landstraße traf. Der Staatssekretär fuhr erneut nach links und rief die vollen fünfhundert Kilowatt des Porsche ab. Wie ein Pfeil schnellte der allradgetriebene Sportwagen nach vorn, was dem Genetiker auf dem Beifahrersitz ein frühweihnachtliches »Ho, ho, ho!« entlockte.

Bereits nach fünfhundert Metern bremste der Fahrer voll ab und schoss auf der Ideallinie in eine Rechtskurve, die direkt in das kleine Dorf Altenhellefeld führte. Es machte dem Fünfzigjährigen großen Spaß, dem Amerikaner seine Fahrkünste zu demonstrieren, die er als Hobbyrennfahrer bei einigen Bergrennen erworben hatte. Der normalerweise vor Selbstsicherheit strotzende Johnson sank in seinem Sitz zusammen und wurde immer bleicher.

Am Ortseingang reduzierte Morgenfelder die Geschwindigkeit erneut. Soviel Freude ihm dieses Auto auch bereitete, sie waren schließlich hier, um sich ein Bild von der Umgebung zu machen und nach Überlebenden zu suchen.

Langsam bewegte sich der Sportwagen über die Hauptstraße des knapp 500-Seelen-Dorfes. Auf dem Gehweg lagen vereinzelt die weißen Schleimhaufen, in denen schwach die Konturen von

Menschen erkennbar waren. Eine gespenstische Stille lag über dem Ort. Bis auf das sanfte Schaukeln der Baumwipfel konnten die beiden Männer nirgends eine Bewegung ausmachen.

Nach wenigen hundert Metern erreichte der feuerrote Flitzer bereits den Ortsausgang.

»Drehen Sie um«, forderte der Genetiker. »Wir durchsuchen ein paar der Häuser. Vielleicht finden wir dort Überlebende oder zumindest brauchbare Dinge, die wir mit ins Hotel nehmen können.«

»Gleich, ich will mich nur kurz auf dieser Seite des Dorfes umsehen«, entgegnete Morgenfelder.

Zu beiden Seiten der Straße erstreckten sich ausgedehnte Weiden. Dort hatte der Staatssekretär etwas entdeckt, was er sich näher ansehen wollte und das jetzt auch Johnson auffiel: Auf einer saftig grünen Wiese standen acht Kühe und grasten weltvergessen vor sich hin. Zwischen den Tieren befanden sich mehrere Schleimberge – viel dicker als jene, die tote Menschen in sich bargen.

Morgenfelder fuhr den Porsche rechts ran und stieg aus. Johnson folgte ihm. Die frühe Nachmittagssonne brannte auf die beiden Männer herab, als sie sich dem Weidezaun näherten. Der Amerikaner drückte mit einem Fuß den knapp über dem Boden verlaufenden Stacheldraht nach unten, während er mit beiden Händen den oberen Draht hochzog, sodass der Staatssekretär hindurchschlüpfen konnte. Anschließend gab der Deutsche dem Amerikaner die gleiche Hilfestellung.

Die Kühe nahmen kaum Notiz von den ungebetenen Besuchern, die sich dem nächstgelegenen Schleimberg näherten. Die Konsistenz schien die gleiche zu sein wie bei den menschlichen Leichen. Schwach konnten die beiden im Innern die Umrisse eines verendeten Rindes erkennen.

»Die Krankheit, oder was auch immer es sein mag, befällt demnach nicht nur Menschen«, stellte Johnson nüchtern fest. »Nur scheint die Ansteckungsrate bei Rindern deutlich geringer zu sein als bei uns. Die Anzahl der lebenden Kühe entspricht der der Schleimberge, also fifty-fifty.«

»Kommen Sie, wir fahren zurück zum Dorf«, schlug der Staatssekretär vor. »Hier haben wir genug gesehen.«

Auf dem Weg zum Weidezaun hielt der Genetiker kurz inne. »Warten Sie! Das ist ja interessant!« Der hochgewachsene Mann ging in die Hocke und betrachtete einen faustgroßen Klumpen des Schleims, der weitab von den Rinderkadavern im Gras lag. »Der Schleim bedeckt exakt einen einzelnen Löwenzahn. Zufall? Oder werden auch Pflanzen befallen?« Seine Worte murmelte er mehr zu sich selbst.

»Leider wissen wir bisher rein gar nichts über die Natur des Phänomens, nicht einmal, welche Lebensformen betroffen sind«, bemerkte der Staatssekretär. »Nur über eines sollten wir uns im Klaren sein: Die zeitliche Koinzidenz des Auftretens der Katastrophe mit dem größten gentechnologischen Experiment in der Geschichte der Menschheit ist garantiert kein Zufall! Entweder verschweigen Sie etwas, oder das Experiment ist aus Gründen, die Sie nicht verstehen, vollkommen außer Kontrolle geraten.«

Der sich immer noch in der Hocke befindende Wissenschaftler schaute nachdenklich zu dem Deutschen empor. »Ich versichere Ihnen, dass ich keinen Grund sehe, in dieser Situation irgendetwas zu verheimlichen. Glauben Sie mir oder lassen Sie es: Ich kann definitiv ausschließen, dass das Anau-Virus diese Todesfälle verursacht hat. Zugeben muss ich allerdings, dass ich für den zeitlichen Zusammenfall keine Erklärung habe. Deshalb breche ich morgen nach Mülheim an der Ruhr auf. Dort befinden sich die Max-Planck-Institute für bioanorganische Chemie und für Kohlenforschung. Ich habe da ein halbes Jahr geforscht und kenne mich auf dem Gelände bestens aus. In diesen Instituten sind die notwendigen Gerätschaften für eine Analyse der Katastrophe vorhanden.«

Morgenfelder nickte zustimmend. »Ich werde Sie begleiten. Wir sollten gleich morgen früh losfahren.«

*

Nach ihrer Rückkehr ins Hotel erwartete die beiden Männer die erste angenehme Überraschung des Tages. Möntgenstein demonstrierte eindrucksvoll seine Künste als Hobbykoch. Er bereitete eine mehr als ausreichende Menge Pangasius-Filets zu – mit frischem Knoblauch gebraten, dazu pikantes Wokgemüse auf Basmatireis.

Morgenfelder und Johnson folgten einfach dem verführerischen Duft in die Küche, wo der Assistent des Generalsekretärs mit mehreren Pfannen hantierte. Er hatte sein schwarzes Jackett gegen eine weiße Schürze getauscht und seine hässliche Krawatte abgelegt.

Gutendorf-Schöneberg saß teilnahmslos an einem Tisch, stützte ihr Kinn auf den linken Unterarm und stierte in eine imaginäre Ferne. Erst als die Männer die Küche betraten, hob sie kurz den Kopf, ließ ihn aber gleich darauf desinteressiert auf den Unterarm zurücksinken.

»Ah, Sie kommen gerade recht. In wenigen Minuten ist das Essen fertig«, begrüßte Möntgenstein die Ankömmlinge. »Setzen Sie sich schon mal ins Restaurant.«

Als sich die Männer abwandten, erhob sich auch die Kommissarin und schlurfte hinter ihnen her. Die drei nahmen an einem freien runden Tisch Platz, der mit einer weißen Decke, vier Tellern, vierfachem Besteck, vier Wasser-, und vier Weingläsern sowie einer Kerze in der Mitte gedeckt war.

Morgenfelder zündete zunächst die Kerze an. Dann kramte er ein Päckchen Zigaretten aus seinem Jackett und setzte einen Glimmstengel in Brand.

»Sie dürfen hier in der Gaststube nicht rauchen!«, stieß der Amerikaner empört hervor.

»110!«, war alles, was der Staatssekretär dazu zu sagen hatte.

»Wie bitte?«

»110 ist bei uns das, was bei euch 911 ist. Rufen Sie meinethalben die Polizei.«

»Nur weil es keine Zivilisation mehr gibt, müssen wir uns noch lange nicht unzivilisiert benehmen.«

Morgenfelder lehnte sich in seinem bequemen Stuhl zurück, zog demonstrativ genüsslich an seiner Zigarette und formte Qualmringe beim Ausatmen. »Keine Sorge, morgen auf unserer Fahrt nach Mülheim werde ich nicht rauchen, versprochen. Doch in diesem großen leeren Raum werden Sie durch Passivrauchen sicherlich keinen Lungenkrebs bekommen.«

»Die meisten Mediziner sehen das anders.«

»Nur die nichtrauchenden Ärzte, die anderen stimmen mir zu.«

Alltägliche Auseinandersetzungen dieser Art konnten nie zu einem zufriedenstellenden Konsens führen, weil sich sowohl Raucher als auch Nichtraucher durch die Gegenpartei in ihrer persönlichen Freiheit eingeschränkt fühlten. Der Streit machte daher wenig Sinn.

»Sagt mal, habt ihr keine anderen Probleme, als euch über Zigarettenqualm zu zanken?«, regte sich die Kommissarin auf; offenbar hatte sie der kleine Zwist aus ihrer Lethargie gerissen, wodurch er doch noch zu etwas nützlich war. »Ihr seid ja verrückt! Alle beide!«

In diesem Moment schwang die Doppeltür zur Küche auf. Der Hobbykoch schob einen Wagen vor sich her, auf dem mehrere duftende Schalen und Teller mit den von ihm zubereiteten Köstlichkeiten standen. Im unteren Fach des Wägelchens standen vier Flaschen Wein. Dieser Anblick motivierte Morgenfelder, sich zu erheben und eine der Flaschen mitsamt dem daneben liegenden Korkenzieher herauszunehmen. Er setzte sich wieder hin und entfernte mit einem leisen Plop den Korken. Danach füllte er die vier Weingläser bis zum Rand und trank seines in einem Zug leer.

Möntgenstein beeilte sich beim Anblick der brennenden Zigarette, in die Küche zurückzulaufen und eine Untertasse zu holen, die er seinem Chef als Aschenbecher reichte.

Das Essen war nach Meinung aller Beteiligten wirklich ausgezeichnet. Vor dem Hintergrund der ungeheuerlichen Katastrophe floss dazu reichlich Wein. Nachdem die vierte Flasche geöffnet war, zeigte sich, dass der Amerikaner selten Alkohol trank und daher nicht viel vertrug. Mit lallender Stimme forderte er eine Zigarette von Morgenfelder, der sie ihm mit breitem Grinsen darbot. Nachdem weitere vier Flaschen von dem erstaunlich trinkfesten Möntgenstein aus der Küche geholt und gemeinsam geleert worden waren, suchten die letzten Hotelgäste vier nebeneinander liegende Zimmer im ersten Obergeschoss auf. Es dauerte keine Minute, bis sie alle fast zeitgleich eingeschlafen waren.

*

Jemand rüttelte an seinen Schultern. Wie aus weiter Ferne hörte er eine helle, leise verzweifelte Stimme, die ihn niemals aus seinem tiefen Schlaf hätte reißen können, schon gar nicht vor Sonnenaufgang. Es war das penetrante Rütteln, das Morgenfelder veranlasste, seine Augen zu öffnen.

Im Zimmer brannte Licht. Er blickte in das Mondgesicht der Kommissarin für Volksgesundheit. Ihre braunroten, im Schlaf plattgedrückten Haare klebten an ihren runden Wangen. Sie war angezogen, noch schlechter als sonst.

»Die Toten!«, flüsterte sie. »Die Toten kommen, um uns zu holen.«

Jetzt dreht sie völlig durch, war der erste klare Gedanke des Staatssekretärs.

»Beruhige dich!« Immerhin erinnerte sich der Mann mit der Halbglatze, unter der es wieder einmal hart pochte, noch daran, dass alle vier in der gestrigen Weinseligkeit beschlossen hatten, sich zu duzen. »Du hast nur schlecht geträumt, Mädchen. Wie bist du überhaupt hereingekommen?«

»Mit einem der Generalschlüssel. Ich habe ihn in weiser Voraussicht für Fälle wie diesen eingesteckt. Steh' auf, rasch! Die Toten haben die Tür des Gartenhauses von innen eingeschlagen, davon bin ich aufgewacht. Wir müssen hier sofort weg!«

»Na gut, ich schaue mal nach, wenn dich das beruhigt«, gab Morgenfelder jovial zurück. Mit leichtem Kopfschütteln erhob er sich aus seinem Bett. Zum Glück hatte er in seinem angetrunkenen Zustand vergessen, seine Unterhose auszuziehen, weshalb der prüden Mittvierzigerin der Anblick seiner Blöße erspart blieb.

Jetzt erst nahm der Staatssekretär die gedämpften knurrenden und gurgelnden Laute wahr, die durch das gekippte Fenster zum Gartenbereich in sein Zimmer drangen. Mehrere Gartenlaternen ermöglichten Morgenfelder einen Blick in die Parkanlage mit dem zweckentfremdeten Geräteschuppen.

Was er sah, machte ihn auf einen Schlag nüchtern. Der Adrenalinausstoß war so heftig, dass er glaubte, Myriaden spitzer Eiskristalle kreisten durch seine Adern.

Lange Schatten werfend bewegten sich mit wiegendem Gang Dutzende gedrungene, extrem kräftig wirkende Gestalten durch den Hotelgarten. Immer mehr davon strömten aus der zerborstenen Doppeltüre des Gartenhauses. Die bizarren Wesen schienen sich nicht orientieren zu können, denn sie durchstreiften das Areal ziellos in alle Richtungen.

Plötzlich blieb einer der wiederauferstandenen Toten unmittelbar unter einer der Gartenlaternen stehen. Deutlich erkannte Morgenfelder die hellgrüne Haut, einen halbkugelförmigen haarlosen Schädel und zwei große Löcher in einer flachen, kaum noch vorhandenen Nase.

Das ist kein Mensch!, schoss es dem Staatssekretär durch den Kopf.

Langsam hob der Grünhäutige sein hässliches Haupt. Das Licht der Laterne wurde von seinen gelben, blutunterlaufenen Augen reflektiert. Dann öffnete die grauenvolle Kreatur ihr breites Maul, präsentierte zwei Reihen dreieckförmiger gelblicher Zähne und stieß ein tiefes, markerschütterndes »Ghoul!« aus.

Die Köpfe der anderen Bestien ruckten herum, während die Gestalt unter der Laterne mit einem seiner überdimensional langen, sehr muskulösen Arme auf das Hotel zeigte.

Schon stürmte die Horde los. Mit einer Geschwindigkeit, die man aufgrund ihres plumpen Äußeren nicht erwartet hätte, rannten sie auf den Hintereingang des Hotels zu. Morgenfelder war gerade in seine Hose gestiegen, als von unten auch schon das Geräusch zersplitternden Glases zu ihnen hoch drang. Gutendorf-Schöneberg stieß einen spitzen Schrei aus, was den Staatssekretär dazu veranlasste, sie von hinten zu umklammern und ihr die Hand auf den Mund zu legen.

»Sei still!«, zischte der Mann. Erst als die Frau schwieg, nahm er die Hand wieder weg und zog sich in Windeseile fertig an. »Komm!«, befahl er, nachdem er überprüft hatte, dass sich der Porscheschlüssel immer noch in seinem Jackett befand. »Ich habe den 911 direkt vor dem Haupteingang geparkt. Wenn wir es ins Auto schaffen, sind wir gerettet.«

Während sie über den Flur rannten, flogen auch die Türen von Johnson und Möntgenstein auf. Die beiden Männer, die ihre Morgenmäntel trugen, folgten dem Paar rasant ins Treppenhaus. Selbst die füllige Politikerin bewegte sich mit einer erstaunlichen Geschwindigkeit die Stufen hinab.

Unten im Foyer stürmten die beiden Politiker, dicht gefolgt von dem Wissenschaftler und dem Assistenten, quer durch die große Eingangshalle auf das gläserne Hauptportal zu. Aus den Augenwinkeln sah Morgenfelder etwas auf sich zufliegen, doch es schien ihn zu verfehlen. Dafür hörte er hinter sich einen dumpfen Aufprall, gefolgt von einem verzweifelten Schrei. An der Glastür angekommen, riskierte es der Staatssekretär, sich kurz umzudrehen. Er sah, dass eine der grauenvollen Kreaturen auf dem Rücken des Genetikers kniete. Mit der linken Pranke riss sie Johnsons Kopf nach oben. Das Brechen seines Genicks war laut und deutlich zu hören. Schmatzend und schlürfend biss der Grünhäutige dem Genetiker den halben Hinterkopf weg, mitsamt der Gehirnmasse.

Die Kommissarin stieß etwas zu laut die gläserne Tür auf und schlüpfte nach draußen. Ein Ghoul wurde durch das Geräusch auf den Eingangsbereich aufmerksam und jagte, seine langen Arme und verhältnismäßig kurzen Beine benutzend, auf den Staatssekretär und seinen Assistenten zu, der mittlerweile aufgeschlossen hatte.

Morgenfelder gab dem unglücklichen Möntgenstein einen Schubs, der ihn in Richtung der Bestie beförderte. Die durch dieses rücksichtslose Manöver gewonnene Zeit genügte ihm, um ebenfalls nach draußen zu flüchten. Ohne sich umzudrehen rannte der Politiker auf den roten Porsche zu, den die Kommissarin schon fast erreicht hatte. Hinter sich hörte er die furchtbaren Schreie seines Assistenten. Offenbar war diesem kein so schneller Tod wie dem Wissenschaftler vergönnt. Seinem Chef wäre es lieber gewesen, er wäre so leise gestorben wie er gelebt hatte.

Im Laufen fingerte der Staatssekretär den Autoschlüssel aus seinem Jackett und drückte auf den Knopf für die Zentralverriegelung. Ein einmaliges Hupzeichen ertönte und die Blinker leuchteten kurz auf. Gutendorf-Schöneberg riss sofort die Beifahrertür auf und ließ sich auf den Sitz fallen. Keine zwei Sekunden später startete Morgenfelder den Motor. Kies spritzte unter allen vier Rädern nach hinten weg, als der Politiker viel zu stark beschleunigte. Leicht schlingernd erreichte der Sportwagen den asphaltierten Teil der Hotelzufahrt. Erst jetzt fiel dem Fahrer auf, dass er am vorigen Nachmittag die Anitschlupf-Regulierung ausgeschaltet hatte, um den Amerikaner mit seinen Fahrkünsten zu beeindrucken.

Als der Porsche endlich Asphalt unter den Rädern hatte, erzeugte seine Beschleunigung bei den Insassen den Eindruck, sie säßen in einem Kampfjet, der per Katapultstart von einem Flugzeugträger abhob. Die Bäume des die Zufahrt zu beiden Seiten flankierenden Waldes vermischten sich im Licht der Scheinwerfer zu einem braungrünen Durcheinander. Zielsicher raste Morgenfelder ab durch die Mitte.

Plötzlich sprang eines der monströsen Wesen auf den schmalen Weg. Für den Bruchteil einer Sekunde sah Morgenfelder die im

Scheinwerferlicht glühenden gelben Augen und das weit aufgerissene Maul mit den furchtbaren Zähnen. Der Staatssekretär versuchte noch, zu bremsen und auszuweichen, doch dann krachte der Grünhäutige auch schon in die Windschutzscheibe. Das Verbundglas hielt dem Aufprall stand und die Bestie wurde in hohem Bogen über den Sportwagen hinweggeschleudert.

Aber der Fahrer hatte das Lenkrad zu weit verrissen. Der immer noch voll bremsende Porsche holperte über die schmale Böschung und krachte mit dem rechten Scheinwerfer gegen einen Baum. Mit einem fürchterlichen Ruck wurde der Wagen herumgeschleudert und kam mit der Front in Richtung Hotel zum Stehen.

Im Licht des verbliebenen Scheinwerfers sahen die beiden Politiker den angefahrenen Ghoul, der mit verrenkten Gliedern auf dem Weg lag, sich dann aber zaghaft bewegte. Die Bestie stützte sich auf beide Arme, um den Oberkörper hochzuwuchten. Dabei knickte der linke in der Mitte des Unterarms einfach weg; offensichtlich war er aufgrund des Aufpralls angebrochen und hielt der Belastung nicht mehr stand. Mit furchtbarem Geheul sackte die Bestie wieder in sich zusammen.

Angelockt durch den Schmerzenslaut ihres Artgenossen erschienen drei weitere Ghouls im Licht des Scheinwerfers. Sie stürzten sich sofort auf das verletzte Biest, schlugen ihre messerscharfen Zähne in den verteidigungsunfähigen Körper und rissen blutige Fleischstücke heraus.

Die Angststarre des Staatssekretärs löste sich erst, als Gutendorf-Schöneberg hysterisch zu schreien begann – manchmal war sie tatsächlich zu etwas brauchbar. Morgenfelder reagierte sofort. Er legte den Rückwärtsgang ein und raste mit voller Beschleunigung der Hotelzufahrt und der dahinterliegenden Landstraße entgegen. Dort angekommen bog er rückwärts in die Straße ein, ließ den Vorwärtsgang einrasten und beschleunigte erneut. Er wollte nur eines: Nichts wie weg von hier!

Doch bereits nach fünfhundert Metern erlosch das Licht, und der Motor lieferte keinen Vortrieb mehr.

»Verdammt! Irgendwas an der Elektronik ist kaputt, wahrscheinlich eine Folge des Zusammenpralls!«, stieß Morgenfelder verzweifelt hervor. Er ließ den Porsche ausrollen und parkte ihn am Straßenrand.

Links lag der Wald, rechts grenzten Felder und Weideland an die Landstraße. Als die beiden Politiker ausstiegen, hörten sie von den Weiden her ein tiefes Dröhnen, das an eine Schiffssirene erinnerte.

Die Rinder aus den Schleimhaufen haben sich ebenfalls in etwas Monströses verwandelt, kombinierte Morgenfelder folgerichtig. *Ich will gar nicht wissen, in was.*

»Wir müssen irgendwohin, wo es keine Menschen oder größere Tiere gibt«, ordnete er an. »Am besten, wir schlagen uns in den Wald.«

»In den Wald?«, fragte die Kommissarin. »Aber da gibt es doch jede Menge Tiere.«

Bevor sie weitere Einwände erheben konnte, zog sie der Staatssekretär quer über die Straße mit sich.

Kapitel 2:
Die Flucht

28 Stunden zuvor, 17. August 2035, 21:00 Uhr

Mit einer Engelsgeduld, trotz der nicht funktionierenden Klimaanlage, steuerte Julian Ruben seinen alten Golf durch den abendlichen Verkehr Dortmunds. An den Ampeln gab es lange Rückstaus, da jede Rotphase von »freien Verkäufern« genutzt wurde, um den Autofahrern irgendetwas anzudrehen.

Julian sah ein kleines Türkenmädchen mit einem Strauß roter Rosen an der Fahrzeugschlange entlang auf sich zukommen. Als es ihn erreichte und ihm eine der Rosen hinhielt, ließ er die Scheibe auf der Fahrerseite hinabgleiten. Der Blick des Mädchens aus schönen braunen Augen war ein wenig schüchtern, aber auch bittend.

»Was soll die denn kosten?«, fragte er die hübsche Kleine.

»Nur fünfzig Euro«, entgegnete die junge Türkin und hielt ihm die Rose näher hin.

Das war in der Tat nicht teuer. Dafür bekam man gerade mal zwei Brötchen. Julian gab ihr einen Fünfziger, was ein strahlendes Lächeln auf ihr Gesicht zauberte. Die Rose legte er auf den Beifahrersitz – damit hatte er noch etwas ganz Spezielles vor.

Die nächste Grünphase brachte den Leibwächter ein paar Dutzend Meter weiter an die Ampel heran. Der Wagen war noch nicht ausgerollt, als ein heruntergekommener stoppelbärtiger Mann an die Seitenscheibe klopfte.

»Zigaretten?«, fragte er mit starkem russischen Akzent.

Als Julian abwinkte, spuckte der Verwahrloste gegen die Seitenscheibe. Ruben nahm es gelassen hin. Würde er sich über solche Kleinigkeiten aufregen, käme er aus dem Aufregen nicht mehr heraus. Er strich sich über seine militärisch kurzgeschorenen hellblonden Haare, während er nach vorn blickte.

Bei der übernächsten Grünphase komme ich rüber, schätzte das ehemalige Mitglied eines Sondereinsatzkommandos der Bundeswehr.

Als er das hoffentlich letzte Mal vor der Ampel zum Stehen kam, bauten sich drei männliche Jugendliche vor dem alten Golf auf. Das Trio wienerte ungeschickt mit schmutzigen Schwämmen an der Front- und den beiden Seitenscheiben herum. Durch die Bemühungen der drei dürren Gestalten verschlechterte sich die Sicht allerdings erheblich. Verärgert verzog Julian die Lippen. Er hasste es, wenn man von ihm erwartete, für nicht bestellte Dienstleistungen zu zahlen – besonders dann, wenn diese Dienstleistungen eher negative Auswirkungen hatten.

Als nach maximal fünf Sekunden kontraproduktiver »Reinigung« einer der Jugendlichen seinen Lohn einfordernd auf das Dach des alten Wagens klopfte, reagierte der von einem Personenschutzauftrag heimkehrende Leibwächter überhaupt nicht. Den Dürren wurde rasch klar, dass sie keinen müden Cent bekommen würden, daher traten sie gegen die Kotflügel und die Türen. Auch dies ließ Julian völlig kalt. Der alte Golf war rundum übersät von bei ähnlichen Gelegenheiten eingehandelten Beulen, weshalb die neu hinzugekommenen überhaupt nicht auffallen würden. Kaum wurde die Ampel grün, fuhr er los, wobei er einen der Rabauken »versehentlich« streifte und zu Boden schickte.

Nach vier weiteren Ampeln und ähnlichen Erlebnissen bog der Golf schließlich in die Straße ein, an der das achtstöckige Gebäude mit Rubens Wohnung lag. Er steuerte den alten Wagen in die Zufahrt zur Tiefgarage. Mittels einer kleinen Fernbedienung ließ er das aus Stahlgittern bestehende Rolltor nach oben gleiten. Als er durch die Lichtschranke fuhr, verschloss sich das Tor hinter ihm automatisch. Der Mann mit den kurzgeschorenen Haaren parkte seinen Wagen auf dem für ihn reservierten Stellplatz, nahm die Rose vom Beifahrersitz, stieg aus und öffnete die Heckklappe. Heraus nahm er einen kleinen Metallkoffer, in dem er seine Neun-Millimeter-Luger Halbautomatik transportierte.

Natürlich durfte er die Waffe nur im Dienst am Körper tragen. Auf dem Weg von und zur Arbeit hatte sie sich entladen in dem dafür vorgesehenen Koffer zu befinden, so wollte es das Gesetz.

Mit der Rose in der linken und dem Koffer in der rechten Hand machte sich Ruben auf den Weg zum Fahrstuhl. Er drückte den Knopf für den achten Stock. Ruckelnd setzte sich der dringend überholungsbedürftige Lift in Bewegung.

Durch einen nur schwach beleuchteten Flur, in dem die Tapeten an mehreren Stellen von den Wänden blätterten, ging es weiter zur Eingangstür seiner 60-Quadratmeter-Wohnung.

Der knapp zwei Meter große Mann klemmte sich die Rose zwischen die Zähne (ganz vorsichtig, wegen der Dornen) und fingerte den Wohnungsschlüssel aus einer der Taschen seiner khakifarbenen Hose. Eine Jacke trug er bei den hochsommerlichen Temperaturen nicht.

Während er aufschloss, dachte er an die Zeiten zurück, in denen ein mechanischer Schlüssel nicht notwendig gewesen war. Man hatte einfach seinen linken Oberarm in die Nähe eines in den Türrahmen eingebauten Lesegerätes gehalten. Der bei jedem Bürger implantierte RFID[6]-Chip hatte daraufhin einen Code übertragen, der die Tür elektronisch öffnete.

Gescheitert war dieses Konzept, weil sich die Moslems und die Leute von der WTO strikt geweigert hatten, sich Chips implementieren zu lassen. Beide Seiten waren sich in dem Punkt einig, dass ein solcher Datenträger zur totalen Überwachung und Manipulation verwendet werden konnte, von denen, die die Lesegeräte beherrschten. Das war zum einen der Staat, zum anderen die Mafia, die dafür eigens hochbezahlte Hacker beschäftigte.

Der zweite Grund für das Scheitern des RFID-Konzepts waren die immer häufiger auftretenden Stromausfälle gewesen. Der Unmut, selbst unter den regierungstreuen Bürgern, hatte stetig

---

[6] Radio Frequency Identification

zugenommen, wenn sie ihre Wohnung oder ihren Arbeitsplatz nicht hatten betreten können, weil die Elektrizität für die Lesegeräte fehlte. Schließlich waren die praktischen Türöffner wieder abgeschafft worden.

Hinter einem kurzen Flur mit Garderobe und den Zugängen zum Bad auf der einen sowie dem Schlafzimmer auf der anderen Seite lag der Wohn-Ess-Bereich mit integrierter kleiner Küche. Ruben warf die Rose auf den niedrigen Wohnzimmertisch aus schwarz lackiertem Holz und stellte den Koffer auf einen mit himbeerrotem Leder überzogenen Sessel. In der Küchenzeile nahm er sich einen Merkzettel, einen Kugelschreiber und holte eine Rolle transparentes Klebeband aus einer Schublade. Auf den Zettel schrieb er: *Für meine kleine Anna, damit auch sie endlich einmal eine Rose von einem Mann bekommt. Herzlichst, Julian.*

Schadenfroh grinsend begab er sich zurück in den Hausflur und klebte die Rose samt Zettel an die Eingangstür zur Nachbarwohnung. Ruben sah das wütende Funkeln in Annas grünen Augen bereits vor sich, wenn sie sein »liebevolles Präsent« entdecken würde.

Die fünfundzwanzigjährige brünette Schönheit war Rubens Ansicht nach eine frustrierte Männerhasserin. Dass das männliche Geschlecht heutzutage zum überwiegenden Teil aus gegenderten Schwächlingen bestand, die nur beim Pinkeln feststellten, dass sie anders als die anderen Mädchen waren, fand sie völlig in Ordnung. Hingegen waren die wenigen selbstbewussten Männer, die es noch gab, in ihren Augen ausschließlich rein instinktgesteuerte tumbe Machos. Entsprechend häufig gerieten Anna und Julian aneinander, wenn sie sich im Hausflur oder auf der Dachterrasse trafen. Bei ihren kurzen Unterhaltungen rutschte das Niveau schon mal in den Keller.

»Na? Hast du heute wieder brav deine Anabolika geschluckt?«

»Leidest du immer noch unter deiner permanenten Unpässlichkeit, die bei normalen Frauen nur alle vier Wochen auftritt?«

Trotz ihrer perfekten Figur, dem hübschen ebenmäßigen Gesicht, den vollen, leicht gewellten hüftlangen Haaren und den großen smaragdgrünen Augen hatte Ruben niemals versucht, sein Verhältnis zur Nachbarin zu verbessern und sie ins Bett zu kriegen. Das damit verbundene Rumgezicke war ihm die Sache nicht wert. Frauen ihres Schlages neigten zum Klammern, die ließen sich hinterher nicht so leicht abschieben.

Anna gestand sich zwar freimütig ein, dass es sich bei dem fast zwei Meter großen Hünen mit der athletischen Figur und dem Waschbrettbauch, den sie beim Sonnenbaden auf der Dachterrasse manchmal heimlich beobachtete (so wie er es bei ihr tat), durchaus um einen attraktiven Mann handelte, doch ein Abenteuer mit Julian kam für sie nicht in Frage. Wie alle Machos würde er Besitzansprüche stellen. Bestimmt war es nicht einfach, den blöden Muskelprotz später wieder loszuwerden.

Anna Sindtstein lebte mit einer Freundin zusammen, was ihrem Nachbarn – aufgrund seines aus ihrer Sicht stark beschränkten Horizontes – gelegentlich Andeutungen über ihre natürlich nicht vorhandene gleichgeschlechtliche sexuelle Orientierung entlockte. Doch was sollte man von diesem Testosteronbunker auch anderes erwarten? Sie teilte sich mit Monika Deutschmann lediglich die Gemeinschaftsräume und die Kosten für die Wohnung, das war alles.

*

Julian ging um 23 Uhr ins Bett. Sein Personenschutzauftrag war unspektakulär über die Bühne gegangen und recht gut bezahlt worden. Zusätzlich freute sich der ehemalige Elitesoldat diebisch über die Provokation dieses überheblichen Weibsstücks mithilfe seiner Rose.

Selig schlief er ein, in Erwartung des morgigen arbeitsfreien Samstags, an dem er mit vier Freunden an einem nahen See ein paar Hähnchenbrustfilets grillen wollte. Sein Kumpel Ralf hatte die leckeren Stücke Fleisch mit einem Bekannten, der in einer Schlachterei arbeitete, gegen ein paar Pornomagazine getauscht, die wegen ihrer Frauenfeindlichkeit offiziell verboten waren.

Etwas Schrilles, Penetrantes drang des Nachts in sein Unterbewusstsein. Langsam aktivierte das nervige Geräusch seinen Verstand. Der aus dem Tiefschlaf Gerissene brauchte mehrere Sekunden, um sich zu orientieren und den Lärm zu identifizieren: Es war zweifelsfrei das Plärren seiner Wohnungsklingel, die vom Hausflur ausgelöst wurde, was um einiges unangenehmer klang als das sanfte Ding-Dong, wenn jemand unten am Hauseingang stand und schellte.

Die Hartnäckigkeit, mit der der Unbekannte im Hausflur partout seinen Schlaf beenden wollte, ließ darauf schließen, dass es sich um etwas Wichtiges handeln musste. Julian schaltete das Licht an, zog sich schnell eine schwarze Unterhose über, warf seinen Morgenmantel mit Leopardenmuster – eine Hommage an einen berühmten deutschen Comedian – über die Schultern, schaltete das Licht in der Diele ein und blickte durch den Spion seiner Wohnungstür.

Im ersten Moment verblüffte ihn der Anblick von Anna, die in einem hellgrünen Hausanzug im Hausflur stand.

Es kann doch wohl nicht wahr sein, dass sie wegen der Verarsche mit der Rose einen solchen Aufstand veranstaltet, ging es dem Hünen ärgerlich durch den Kopf. *Na, der werde ich was erzählen!*

Entschlossen riss er die Tür auf und wollte zu einer Schimpfkanonade ansetzen, als ihm die in ihrem Anzug außergewöhnlich gutaussehende Brünette sofort ins Wort fiel.

»Monika ist krank. Ich weiß nicht, was sie hat, es sieht ziemlich eklig aus. Ein Krankenwagen muss her, aber mein Telefon funktioniert nicht.« Mit diesen Worten drängelte sie sich an Julian vorbei ins Innere seiner Wohnung und blickte sich im Wohn-Ess-Raum nach dem Fernsprechapparat um.

»Auf der Arbeitsplatte in der Küche«, half ihr der Ex-Soldat.

Anna nahm den Hörer ab und wählte den Notruf.

»Tot! Deine Leitung ist ebenfalls tot!« Man merkte ihrer Stimme die Sorge um ihre Freundin an.

»Vielleicht ist der Hausanschluss hinüber«, mutmaßte Julian. »Lass uns zum Copacabana gehen.« Das war eine Kneipe auf der anderen Straßenseite.

»Gute Idee. Du brauchst nicht mitzukommen. Wozu auch?«, entgegnete die Schönheit mit zurückgewonnener Selbstsicherheit. Entschlossen drehte sie sich um und verließ die Nachbarswohnung.

Ruben eilte trotz der brüsken Ablehnung in sein Schlafzimmer, zog seine khaki Stoffhose mit den vielen Taschen an und warf sich ein schwarzes Trägerhemd über. Schnell schlüpfte er in seine Turnschuhe, griff seine Haustürschlüssel und rannte Fräulein Sindtstein, wie er sie manchmal ansprach, um sie zu ärgern (»Es heißt *Frau* Sindtstein, Sie Barbar!«), hinterher.

Auch wenn sie eine arrogante Ziege ist, um diese Zeit hat eine hübsche Frau allein in einer Kneipe nichts verloren, sie wäre ein gefundenes Fressen für die Prollis[7] *– das kann ich nicht zulassen.*

Die nicht nur beruflich bedingten Beschützerinstinkte des Leibwächters ließen sich halt nicht abschalten.

Wenig später betrat er die Kneipe. Dichter Dunst kündete davon, dass sich hier niemand um irgendwelche Nichtraucherschutzgesetze scherte. Das erwartete bierselige Gegröle blieb allerdings aus.

Merkwürdig...

Rund zwanzig Kneipenbesucher standen schweigend vor der langen Theke und blickten auf zwei Männer herab, die bewusstlos am Boden lagen. Hinter dem Tresen entdeckte Ruben Anna mit dem Telefonhörer in der Hand. Unmittelbar daneben stand der Wirt, ein massiger Albaner, mit schmerzverzerrtem Gesichtsausdruck.

Julian trat dicht an die Theke heran und erkannte die Ursache für die Indisposition des stoppelbärtigen Wirtes: Mit der freien Hand

---

[7] Zu jener Zeit umgangssprachlicher Ausdruck für jene Menschenmassen, die nicht mehr hinreichend vom Staat durchgefüttert werden können und sich deshalb außerhalb des Gesetzes stellen.

hielt Anna den Genitalbereich des Albaners fest umklammert. Jede seiner Bewegungen quittierte sie mit stärkerem Druck.

»Die beiden da«, Anna deutete mit dem Telefonhörer auf die vor der Theke liegenden Kerle, »wollten frech werden, und der hier«, sie kniff kurz zu, was dem Wirt einen Schmerzenslaut entlockte, »wollte mich nicht telefonieren lassen. Und wozu das Ganze? Das Scheißtelefon hier funktioniert ebenfalls nicht!«

Ruben wunderte sich darüber, dass die übrigen Kneipengäste ihre Überzahl nicht ausnutzten, statt sich so schnell einschüchtern zu lassen – als ihm auffiel, dass mit ihnen etwas nicht stimmte. Jedem einzelnen rannen große Mengen von Schweiß übers Gesicht. So etwas hatte der ehemalige Elitesoldat noch nicht einmal in den Wüsten des Iran zur Mittagszeit erlebt.

Ist das überhaupt Schweiß? Die Flüssigkeit wirkte träger und war halbtransparent, milchig.

»Wir gehen jetzt! Wenn sich alle ruhig verhalten, passiert auch niemandem etwas«, wandte sich Ruben an die verwahrlosten Kneipenbesucher. Anstelle einer Antwort quoll immer mehr schleimiger Schweiß aus den Poren der Anwesenden.

Anna löste den Griff um den vom Lustzentrum zum Schmerzzentrum umfunktionierten Körperbereich des Gastwirts. Rasend vor Zorn griff der mit beiden Händen nach ihrem Hals, um sich für die öffentliche Demütigung zu rächen. Doch sein Griff ging ins Leere. Stattdessen krachte ihm Annas Faust mitten auf die Nase. Vor lauter Tränen sah der Bedauernswerte sekundenlang nichts mehr – auch nicht den Kniestoß kommen, der punktgenau jene Stelle traf, deren Empfindlichkeit Anna durch ihre »medizinische Vorbehandlung« deutlich gesteigert hatte. Nach diesem harten Volltreffer sackte der Angreifer zusammen, wobei er mit dem Kopf gegen ein gefülltes Regal hinter der Theke stieß, das dem zu Boden stürzenden Mann ein paar »Flaschengrüße« hinterherschickte.

Die grünäugige Schönheit kam hinter dem Tresen hervor und warf einen skeptischen Blick auf die Kneipenbesucher, die das Geschehen apathisch verfolgt hatten. Plötzlich explodierte Anna förmlich. Wie ein grüner Blitz schoss die junge Frau an Julian Ruben vorbei. Mit ausgestrecktem Bein flog sie regelrecht gegen einen Fremden, der mit gezücktem Messer hinter ihm stand und in keiner Weise apathisch wirkte. Der hagere hellblonde Prolli, bekleidet mit einer zerfransten Jeans und einem schwarzen Shirt, das ein weißer Totenkopf verunzierte, ging nach dem heftigen Magentritt sofort in die Knie. Als er sich aufrichten wollte, krachte ein weiterer Tritt Annas gegen seine Schläfe und ließ für ihn die Lichter ausgehen.

»Jahrelanges Training im Amazonen-Kampfsportbund Stadthafen«, erklärte sie ihrem verunsicherten Nachbarn, obwohl der sie gar nicht danach gefragt hatte, »ein erfolgreiches Unternehmen, dessen Geschäftsführerin und Teilhaberin ich bin. Was bist du eigentlich für ein Supersoldat, dass du dich von einem zarten Mädchen retten lassen musst? Am besten, du entfernst dich beim Hinausgehen nicht zu weit von mir, damit dir nicht doch noch etwas zustößt.«

Der Hüne war viel zu verblüfft, um sich über ihre Worte, mit denen sie offenbar genauso geschickt umgehen konnte wie mit ihren Händen und Füßen, zu ärgern. Julian reagierte nur mit einem anerkennenden Nicken, das sie als Zustimmung auffasste.

In diesem Moment stürzte einer der Umstehenden ohne ersichtlichen Grund kopfüber auf den gefliesten Boden. Die anderen schien das überhaupt nicht zu interessieren. Ruben untersuchte den Gestürzten, auf dessen Gesicht sich eine geschlossene Schleimschicht ausgebreitet hatte. Die Augen des Mannes waren darunter weit aufgerissen und der Mund geöffnet. Julian überwand sich, an dem ebenfalls schleimigen Handgelenk den Puls zu fühlen.

»Er ist tot!«, stellte der Leibwächter sachlich fest. Wie auf ein geheimes Kommando hin stürzten zwei weitere Männer zu Boden. Sie wiesen die gleichen Symptome auf.

»Der Typ, der dich abstechen wollte, hat keinen Schleim im Gesicht«, fand Anna heraus. »Er scheint ebenso wie wir nicht von dieser seltsamen Krankheit befallen zu sein. Monika hatte ebenfalls diese milchigen Schweißperlen auf der Stirn. Hoffentlich ist nicht auch sie inzwischen daran gestorben.«

»Vielleicht verläuft die Krankheit nicht in jedem Fall tödlich. Wo kommt die nur so plötzlich her?«

Von draußen ertönte ein lautes Krachen. Rotgelbes flackerndes Licht drang durch die Sprossenfenster der Kneipe nach innen. Julian und Anna rannten hinaus, während drei weitere Kneipenbesucher fast synchron umfielen.

Auf der Straße herrschte das reinste Chaos. Ein lichterloh brennendes Auto steckte im Untergeschoss eines Hauses. Ein weiteres schlingerte mit quietschenden Reifen heran und krachte in ein Dutzend apathisch dastehender Menschen, die wie Kegel fortgeschleudert wurden. Im Heck eines langsam fahrenden Wagens kam der Unfallfahrer schließlich zum Stehen. Im aufgefahrenen Fahrzeug saßen zwei Passagiere, beide von einem dichten Schleimüberzug bedeckt.

Unbeteiligt wirkende Passanten schoben sich träge über den Gehsteig. Hin und wieder brach einer zusammen.

Anna war mittlerweile im Wohnhaus auf der gegenüberliegenden Straßenseite verschwunden, sie musste unbedingt nach Monika sehen. Ruben überprüfte an der Unfallstelle, ob noch jemandem zu helfen war, doch in beiden Fahrzeugen erblickte er nur Schleimkokons mit schwach durchschimmernden menschlichen Umrissen. Daraufhin folgte er Anna.

Im Hausflur sah er auf die Anzeige des Fahrstuhls, der sich momentan im zweiten Stock befand. Einen Augenblick später leuchtete die 3 auf, die 4...

Ganz schön leichtsinnig von Anna, dachte er, schließlich musste man jeden Augenblick mit massiven Stromausfällen rechnen, jetzt, wo die Leute überall umfielen wie die Fliegen.

Er wandte sich zum Treppenhaus und stürmte in hohem Tempo die Stufen hinauf. Nur leicht außer Atem erreichte er kurze Zeit später das achte Stockwerk und sah Anna gerade noch in ihrer Wohnung verschwinden.

Julian eilte ihr hinterher. Ihre Tür war nur angelehnt. Im Wohnbereich fand er sie über das gebeugt, was einmal Monika gewesen war. Nur noch schwach waren die Konturen eines menschlichen Körpers durch den milchigen Schleimklumpen zu erkennen.

Annas Augen glänzten feucht. In den wenigen Minuten ihrer Abwesenheit schien sich der Körper ihrer erkrankten Freundin fast vollständig aufgelöst zu haben.

»Wir müssen wissen, welches Ausmaß diese seltsame Seuche angenommen hat«, sagte Julian mit leiser Stimme und schaltete Annas Fernseher ein.

Die Angesprochene sah sich außerstande, ihren Blick von den Überresten Monikas zu nehmen.

Ruben schaltete mit der Fernbedienung sämtliche Programme durch und erhielt jeweils nur ein Testbild. »Sieht nicht gut aus«, war sein lakonischer Kommentar.

»Meinst du, die Krankheit ist überall auf der Welt zugleich ausgebrochen?«

»Zumindest in Europa, denn die spanischen, französischen und italienischen Sender zeigen ebenfalls nur Testbilder«, entgegnete der Leibwächter, der soeben mit einem Schlag seine gesamte Kundschaft verloren hatte. »Wir sollten die Programme später erneut durchlaufen lassen, für den Fall, dass sich irgendwo doch noch etwas regt.«

»Und was sollen wir deiner Meinung nach jetzt tun?«, fragte die Brünette.

»Schlafen – und morgen ausgeruht weitersehen«, schlug der durch zahlreiche Kommandoeinsätze im Iran und in Pakistan abgebrühte Ex-Soldat vor. »Aber nicht hier; ein paar Häuser weiter brennt es und die Flammen werden irgendwann auf dieses Gebäude übergreifen.«

»Du glaubst doch wohl nicht im Ernst, dass ich nach dieser Scheiße schlafen kann und meine tote Freundin hier zurücklasse!«

»Wie du schon sagtest, sie ist tot. Ich jedenfalls werde den Schleim nicht von deinem Sofa kratzen, damit zum nächsten

Friedhof fahren, ein Grab ausheben und anschließend ein Gebet sprechen. Im Übrigen findet hier in ein paar Stunden ohnehin eine Feuermassenbestattung statt. Ich suche mir jedenfalls eine sichere Bleibe und rate dir, das gleiche zu tun. Nimm einfach 'ne Packung Schlaftabletten mit.«

»Wie kannst du nur so gefühllos sein?« Die mit Verachtung ausgestoßenen Worte waren eher eine Feststellung denn eine Frage.

Julian winkte ab, es war jetzt nicht die Zeit zum Streiten. »Ich packe das Notwendigste zusammen und mache mich vom Acker. Komm mit oder lass es sein.« Ohne ihre Erwiderung abzuwarten verließ er Annas Wohnung und begab sich in seine eigene nebenan.

Dort stopfte er ein paar Klamotten, Medikamente sowie einige wenige Erinnerungsstücke – Familienfotos und Bilder von Kameraden im Einsatz – in einen großen Rucksack. Anschließend öffnete er seinen Waffenkoffer, schnallte sich das Schulterhalfter um und steckte seine Neun-Millimeter-Halbautomatik hinein. Zusätzlich holte er sein Kampfmesser aus dem Schlafzimmerschrank und band es sich mit dem zugehörigen Gurt um. Aus der Abstellkammer griff er sich seinen handlichen Werkzeugkoffer. Mit dem Rucksack über den Schultern trat er auf den Flur.

Vor Annas Wohnung blieb der Hüne kurz stehen und schob die Tür einen Spalt weit auf. »Und? Kommst du mit?«

»Ja. Ich bin sofort fertig. Eine Minute noch.«

»Verstehe. Du musst dich erst noch schminken«, konnte es sich der Soldat nicht verkneifen, die Schöne aufzuziehen.

»Arschloch!«, kam es knapp zurück.

Drei Minuten später tauchte Anna ebenfalls mit einem Rucksack bepackt auf. Ihren grünen Hausanzug hatte sie gegen eine Jeans und ein schwarzes T-Shirt eingetauscht. Dazu trug sie Joggingschuhe.

»Was willst du denn mit der Knarre?«, fragte sie ihren Begleiter beim Hinuntergehen sarkastisch. »Die letzten Überlebenden abknallen?«

»Wenn du weiter so nervst, fange ich mit dir an.«

Julian fragte sich, ob es richtig war, die junge Frau mitzunehmen. Sie würden sich doch nur ständig streiten, und irgendwann war dann eine Trennung unweigerlich. Anna hegte ähnliche Gedanken, als sie die Stufen zur Tiefgarage hinabgingen.

»Wo willst Du eigentlich hin?«, fragte die Brünette, während der Hüne die beiden Rucksäcke und die Werkzeugkiste in den Kofferraum seines zerbeulten Golfs lud.

Scheppernd fiel die Heckklappe ins Schloss. »Raus aus der Innenstadt. Hier stehen die Häuser so dicht, dass entstehende Brände unweigerlich von einem Haus auf das nächste überspringen werden. Wir suchen uns ein freistehendes Gebäude am Stadtrand, in der Nähe eines der großen Einkaufszentren. Dadurch sind wir erst einmal mit Lebensmitteln und was man sonst so braucht versorgt.«

»Und das legst du jetzt einfach mal so fest«, begehrte Anna auf, um Julian zu verdeutlichen, dass sie gefälligst in die Entscheidungsprozesse eingebunden werden wollte.

»Was soll dieses schnippische Getue? Hast du etwa eine bessere Idee?«

»Das nicht, aber wie willst du ins Einkaufszentrum hineinkommen? Seit den Prolli-Aufständen zu Beginn der Zwanziger sind die alle mit Elektrozäunen und Reizgassprühanlagen versehen.«

»Ganz einfach. Du gräbst einen Tunnel unter den Abwehranlagen hindurch, während ich ein paar Bier trinke.«

»Ach so, und ich dachte schon, du würdest dich mit deinem stahlharten Körper gegen den Elektrozaun lehnen und kaltlächelnd abwarten, bis die Stromkreise durchgebrannt sind.«

Nachdem sie das Rolltor passiert und auf die Straße gefahren waren, bot sich ihnen ein gespenstisches Bild. Auf den Gehsteigen lagen massenhaft Schleimhaufen, beleuchtet vom Flackern sich ausbreitender Brände. Fahrzeuge standen kreuz und quer. Julian wich mit niedriger Geschwindigkeit sämtlichen Hindernissen aus.

»Hast du ein bestimmtes Ziel?«, fragte Anna nach einigen Minuten des Schweigens.

»Südlich von Wellinghofen wurde vor zehn Jahren ein Megazentrum gebaut, mit Lebensmitteln, einem Baumarkt, einem Elektronikhandel, einem Bekleidungsdiscounter und mehreren Läden für Spezialbedarf. Diese Geschäfte haben sich die Kosten einer gemeinsamen Abwehranlage geteilt. Dort finden wir garantiert alles, was wir brauchen. Wir müssen lediglich unversehrt die B 54 erreichen und dann immer Richtung Süden fahren.«

Die Frau gab es auf, ihren Begleiter erneut darauf hinzuweisen, dass er Entscheidungen zunächst mit ihr besprechen sollte – und zwar *bevor* er sie traf. Anna hatte eh keinen besseren Vorschlag, also war jede Diskussion überflüssig.

*

Es dauerte neunzig Minuten, bis das Einkaufszentrum links von der B 54 im Licht der immer noch funktionierenden Laternen auftauchte. Fortwährend hatte Julian Hindernissen wie umgestürzten LKWs und brennenden PKWs ausweichen müssen, deren Insassen das Schicksal während der Fahrt ereilt hatte. Einige Male hatte der Hüne sogar wenden und die Hindernisse über Umgehungsstraßen umfahren müssen.

»Dort! Auf der anderen Straßenseite! Das Haus mit dem roten Klinker direkt gegenüber dem Shopping-Zentrum!« Anna deutete durch die Frontscheibe auf ein alleinstehendes großzügiges Gebäude mit Walmdach. Der Besitzer schien ein wohlhabender Mann zu sein. Entsprechend war das Grundstück von einem hohen Stahlzaun umgeben, der nach außen abgeknickt war und von einer Rolle Stacheldraht gekrönt wurde.

Die Einfahrt war durch ein Schiebetor gesichert. Julian hielt den Golf unmittelbar davor an und stieg aus. Anna folgte ihm. Der Hüne rüttelte kurz am Tor und stellte wie erwartet fest, dass es sich nicht bewegen ließ. Links am Ende des Tores, auf der Innenseite des Grundstücks, erspähte er im Licht einer Gartenlaterne einen metallenen Kasten von der Größe eines Schuhkartons, der vermutlich den Motor für den Torantrieb enthielt.

Ruben ging zurück zum Golf und holte seinen Werkzeugkasten. Dann zog er sich an dem Tor hoch, das nur unwesentlich höher war als er selbst, wuchtete sein rechtes Bein darüber und setzte sich rittlings auf die Kante. Anschließend verlagerte er sein Gewicht auf die Arme, schwang auch das linke Bein auf die Innenseite und ließ sich fallen.

»Gibst du mir bitte den Werkzeugkoffer?«, forderte der Ex-Soldat seine Begleiterin auf. Anna hob den relativ schweren Kasten mühelos weit über ihren Kopf und reichte ihn Julian. Der schraubte eine Seitenplatte des Kastens für die Motorsteuerung ab und fand auf Anhieb den Mechanismus für die Umstellung des elektrischen Antriebes auf Handbetrieb. Anschließend schob er das Tor ohne jede Kraftanstrengung auf.

Julian parkte den Golf im Hof, direkt vor der ans Wohngebäude grenzenden verschlossenen Garage. Dann holte der Hüne sein Spezialwerkzeug aus dem Kasten und öffnete binnen weniger Sekunden die Eingangstür des Hauses. Drinnen war neben der Eingangstür ein kleiner Metallkasten mit der Aufschrift *Proll-Ex* an der Wand befestigt. Julian wusste, dass nun automatisch ein privater Wachschutz alarmiert wurde, der theoretisch in spätestens drei Minuten eintreffen würde. Praktisch rechnete der Leibwächter eher nicht mit dem Auftauchen der schwer bewaffneten Wachmänner, die wahrscheinlich alle tot oder auf der Flucht vor der Katastrophe waren.

»Lernt man so etwas bei der Bundeswehr?«, fragte Anna in Anspielung darauf, dass er offensichtlich nicht zum ersten Mal »einen Bruch« machte.

Der Ex-Soldat verzog die Lippen lediglich zu einem müden Lächeln. Er sah keine Veranlassung, seiner Begleiterin zu erzählen, dass er als Jugendlicher, wie viele andere auch, in einer sogenannten *Problemzone* gelebt hatte. Genau genommen war die gesamte westliche Welt seit den Prolliaufständen eine einzige Problemzone. Rassistische Türkenbanden, die keine »Kartoffeln« in ihren Gangs duldeten, hatten ihn regelmäßig auf offener Straße bestohlen. Notgedrungen hatte der junge Ruben gelernt, wie man des Nachts in die Wohnungen der Diebe einbrach und sich die eigenen Sachen zurückholte – wobei er es damals nie versäumt hatte, gewisse »Aufwandsentschädigungen« mitgehen zu lassen.

»Wir müssen das Haus nach Schleimhaufen durchsuchen, Anna, und sie unbedingt rausschmeißen, bevor sie anfangen zu stinken«, ordnete er in gewohntem Befehlston an.

»Du blöder Affe!«, platzte es unvermittelt aus Anna heraus. »Das waren einmal Menschen! Selbst in Zeiten wie diesen sollte man sich ein Minimum an Anstand bewahren. Und außerdem – wie kommst du Hornochse dazu, mir Befehle zu erteilen?«

»Jetzt pass mal auf, Püppchen«, erwiderte Julian genauso feindselig. »Augenblicklich zählt nur das nackte Überleben. Hast du eigentlich eine Vorstellung davon, wie viele Krankheitskeime freigesetzt werden, sobald die Leichen in ihren Schleimkokons zu verwesen beginnen? Wir haben Mitte August, es wird heute wohl wieder über dreißig Grad heiß werden, was den Verwesungsprozess deutlich beschleunigt. Also tu gefälligst, was ich dir sage!«

»Ich lasse mir von dir nichts befehlen.« Die Schönheit baute sich mit beiden Fäusten in den Seiten vor ihm auf und blickte wütend zu ihm hinauf. Das Funkeln in ihren grünen Augen machte sie noch attraktiver – ein Gedanke, den Julian sofort wieder verscheuchte.

»Ich befehle dir nichts, ich sage lediglich, was getan werden muss«, entgegnete er nun etwas ruhiger. »Meinetwegen musst du das nicht machen, aber wenn sowieso alles an mir hängen bleibt, kannst du ebenso gut deinen eigenen Weg gehen. Vielleicht schaffst du Gutmensch es ja im Alleingang, die rund sechshunderttausend Leichen hier in Dortmund würdig zu bestatten.«

Ohne auf ihre Reaktion zu warten, öffnete Julian die Tür zu einem geschmackvoll eingerichteten, mindestens sechzig Quadratmeter großen Wohnzimmer. Ein kurzer Blick genügte, um festzustellen, dass hier niemand verstorben war.

Anna beruhigte sich ebenfalls und stieg eine ins Obergeschoss führende Wendeltreppe empor. Sie stieß auf einen langgezogenen Flur mit abstrakten Gemälden und sechs Türen. Die junge Frau öffnete die erste und betrat ein großes Badezimmer mit weißen und mintfarbenen Kacheln. Hinter der nächsten Tür lag ein in sanften Rosatönen eingerichtetes Kinderzimmer. Es folgten zwei Schlafzimmer, ein weiteres Kinderzimmer in Blautönen und ein Umkleideraum – nirgends Leichen.

Dem Himmel sei Dank!

»Hier unten ist niemand!«, kam die tiefe Stimme Rubens aus dem Erdgeschoss.

»Hier auch nicht!«, gab die Brünette zurück. Sie hörte Julian die Stufen der Wendeltreppe hinaufsteigen.

»Wahrscheinlich sind die Hausbesitzer im Urlaub«, vermutete er. »Schließlich sind Schulferien – zumindest für Kinder aus betuchteren Schichten; die anderen gehen längst nicht mehr zur Schule. Suche dir ruhig das schönste Schlafzimmer aus, ich nehme, was übrig bleibt. Bevor wir uns häuslich einrichten, werde ich noch den Keller absuchen.«

Anna folgte ihm nach unten und begab sich zum Golf, während der Hüne im Keller verschwand. Draußen dämmerte es bereits, im Sommer wurde es halt früher hell. Sie holte ihren Rucksack und brachte ihn oben ins Schlafzimmer ihrer Wahl.

»Im Keller ist auch niemand!«, hörte sie erneut Julians Stimme vom Erdgeschoss hinaufschallen. »Ich schlafe unten. Hier ist ein geräumiges Gästezimmer mit eigenem Bad, sodass wir uns nicht in die Quere kommen werden. Schlaf gut! Ach ja, und vergiss nicht, eine Schlaftablette zu nehmen.« Er begab sich zum Golf, um ebenfalls seine Sachen zu holen.

*

In den Schränken ihres Zimmers fand Anna einen großen Stapel Badetücher. Sie entkleidete sich und lief wie Gott sie geschaffen hatte über den Flur ins Bad. Die außergewöhnlich schöne Frau fühlte sich ziemlich erschöpft, weshalb sie nur kurz duschte. Nachdem sie sich abgetrocknet hatte, legte sie sich splitternackt in das übergroße Doppelbett, das mit einer angenehm kühlen Sommerbettwäsche bezogen war. Sie war überzeugt, müde genug zu sein, um auch ohne chemische Hilfsmittel schnell einschlafen zu können.

Doch kaum hatte sie sich ausgestreckt, wurde sie gnadenlos von den viel zitierten Dämonen der Vergangenheit eingeholt. Sie kamen immer, wenn sie allein war – und das war sie, wenn man von dem Macho im Erdgeschoss absah. Diesmal war es noch schlimmer als sonst, denn es kamen neue Dämonen hinzu: Die wenigen Menschen, die ihr wirklich etwas bedeutet hatten, waren aus ihrem Leben für immer verschwunden. Der schmerzliche Verlust jedes Einzelnen hinterließ ein tiefes schwarzes Loch in ihr.

Die aktuellen Ereignisse zogen sich in den Hintergrund ihres Bewusstseins zurück, und das Trauma, das sie seit ihrer Jugend prägte, drängte sich wieder einmal unerbittlich in ihren Geist. Das Dämmerlicht im Zimmer vereinigte sich mit dem unauslöschlich eingebrannten dunklen Fleck auf ihrer Seele und bildete ein schwarzes Meer aus Hoffnungslosigkeit, Abscheu, Hass und Wut. Sie fiel von Bord des *Gegenwart* genannten Kreuzfahrtschiffs und tauchte ein in die für alle Ewigkeit weiterexistierenden Fluten des Vergangenen. Dort manifestierte sich erneut der entscheidende Akt ihres persönlichen Dramas wie schon hunderte Male zuvor...

*

Ihr dünnes Nachthemdchen kratzte nicht nur, es war auch viel zu warm. Trotzdem wollte sie es nicht ausziehen, nicht um alles Geld der Welt.

Wie jeden Abend betete die elfjährige Anna zu dem Gott, der sie noch nie in einer Notlage erhört hatte und ihr auch diesmal sicherlich nicht helfen würde – das musste sie ganz allein bewältigen. Trotz ihrer Angst gelang es ihr, einzuschlafen. Er würde bestimmt nicht noch einmal kommen, hoffte sie, immerhin war es schon eine knappe Woche her...

In den vergangenen Tagen hatte er nur schwitzend auf dem Sofa gelegen, seinen Durst mit viel Bier gestillt und dabei Sendungen im Fernsehen gesehen, die Anna ebenso abstoßend fand wie diesen aufgedunsenen auf der Couch liegenden Mann mit dem weißen befleckten Unterhemd. Das Fernsehprogramm passte zu ihm: Talk-Schrei-Shows, dümmliches Justiztheater – und sogenannte Doku-Soaps, beispielsweise über realitätsferne Leute, die, obwohl sie kein eigenes Einkommen hatten, Kredite aufnahmen und von verantwortungslosen Banken auch bekamen. Hinterher wunderten sich die Kreditnehmer plötzlich, dass die staatlichen Zuwendungen, die sie erhielten, nicht einmal ausreichten, um die horrenden Zinsen zu begleichen. Diesen Begriffsstutzigen wurde dann eine offenbar vom Sender heilig gesprochene »Fachkraft« zur Seite gestellt, die bis zum Schluss jeder Folge stets einen Ausweg aus der Misere fand. Für diese »selbstlose Tat« erwartete die Sendeleitung natürlich viel Lob – und hohe Einschaltquoten. Von ihrer Mutter wusste die kleine Anna, dass solche bekloppten Sendungen schon seit Jahrzehnten rund um die Uhr ausgestrahlt wurden und gute Filme inzwischen fast völlig ersetzt hatten.

Zwischendurch berichteten die Nachrichten über geplatzte Kreditblasen und über Milliarden, die aus Steuermitteln in Schwierigkeiten geratenen Banken zur Verfügung gestellt werden mussten. Die Allgemeinheit büßte somit für die Misswirtschaft unfähiger Manager. Anna war zwar erst elf Jahre alt, doch sie war sicher, dass das Erwachsenwerden mit dem Verlust des Verstandes verbunden sein musste.

Der speckige Drecksack, von dem ihre Mutter behauptete, er sei ihr Stiefvater, ergötzte sich den ganzen Tag an diesen Glotze-Storys, je übler, je lieber. Einmal beobachtete Anna, wie ihm eine Träne über die Wange huschte, als eine Moderatorin das frische Glück einer geistig behinderten Heimbewohnerin pries, die vor einigen Jahren zwei ebenfalls behinderte Kinder von einem ihrer Mitheimbewohner zur Welt gebracht hatte. Nachdem sie vom Kindesvater verlassen worden war, hatte sie nun endlich den Mann ihrer Träume gefunden, ebenfalls ein Heimbewohner, von dem sie nunmehr ihr drittes Kind erwartete. Manchmal fragte sich Anna, ob die meisten dieser Herz-Schmerz-Geschichten frei erfunden waren, zur Befriedigung sensationshungriger Zuschauer, denn eigentlich konnte das alles gar nicht wahr sein.

Vor sechs Tagen war ihr angeblicher Stiefvater dann überraschend zu ihr ins Zimmer gekommen, das sie bis dahin als ihren Rückzugsbereich, ihre Festung betrachtet hatte. Er hatte das Licht eingeschaltet und ihr die Bettdecke weggerissen. Der Schein von sechs Energiesparlampen hatte sich auf seiner Halbglatze gespiegelt. Etwas Irres, Diabolisches, für das Mädchen Beängstigendes und in seinen Ursachen Unverständliches hatte seinen Blick entstellt. Er hatte sie zweimal ins Gesicht geschlagen, was sie vor Schreck zur Bewegungslosigkeit verdammt hatte. Mit einer Hand hatte er ihr den Mund zugehalten, mit der anderen ihr Nachthemdchen hochgeschoben. Dann hatte er eine Weile schwer atmend ihre Scham begafft.

Als sie das Hemdchen hatte wieder herunterschieben wollen, hatte er sie, eine Hand immer noch auf ihren Mund gepresst, erneut geschlagen. Danach hatte er sich befriedigt. Eine letzte Bastion aus dem verbliebenen Rest Menschlichkeit seines alkoholumnebelten Verstandes hatte ihn wohl davon abgehalten, weiterzugehen.

*

»Diesmal fick ich dich!« Diese Worte und das aufflammende, blendende Licht der ökologisch opportunen Birnen holten Anna aus ihrem mühsam gewonnenen Schlaf.

Er kam also wieder. Anna hatte es nicht nur befürchtet, sondern auch erwartet. Er zerrte die Decke weg und schob das kratzende Nachthemdchen hoch, das sie trotz der Hitze des Sommers über ihren Leib gezogen hatte. Sie roch seinen von Alkohol und mangelnder Hygiene verseuchten Atem.

Verblüfft riss er die Augen auf. Nicht nur, dass sie diesmal ein Höschen trug, ihre Hand umklammerte zudem den Griff eines Spickmessers, das unter dem dünnen Stoff zum Vorschein kam.

Mit einer blitzschnellen Bewegung brachte Anna ihre Behelfswaffe zwischen sich und ihren Peiniger. Die Spitze des Messers deutete genau auf den runden behaarten Bauch des Kinderschänders. Ihre Blicke trafen sich. Die Augen der Kleinen schienen sich in glänzende Smaragde zu verwandeln. Eine fast hypnotische Ausstrahlung ging von ihr aus. Ihre Gedanken drangen wie Nadelstiche in sein Bewusstsein, so als ob sie ihm suggerierte: Komm noch einen Millimeter näher und ich steche dich ab wie ein Schwein! Es war, als ob ihm jemand Eiswasser über den Kopf geschüttet hatte. Er war von einer Sekunde auf die andere nüchtern, und er hegte keinen Zweifel, dass das Mädchen nicht zögern würde, zuzustechen.

Selbst wenn es ihm gelänge, Anna zu überwältigen, würde sie auf Rache sinnen – auch dies lag als unausgesprochene Drohung in ihrem harten Blick. Noch niemals war der Mann mit einer derartigen Entschlossenheit konfrontiert worden. Die Kompromisslosigkeit der Situation machte ihm Angst. Obwohl er kein Problem damit hatte, selber Gewalt auszuüben, fürchtete er sich davor. Alles in seinem bisherigen Leben war bisher ausdiskutiert worden. Sogar als er als Kind seinem zwei Jahre jüngeren Bruder wegen einer Nichtigkeit den Arm gebrochen und mehrere Zähne ausgeschlagen hatte, hatte seine Mutter mit ihm in Ruhe darüber gesprochen. Sie hatte ihm erklärt, dass ein solches Verhalten nicht akzeptabel sei; er hatte ihr Reue vorgespielt und damit war die Sache vom Tisch gewesen. Doch dieses elfjährige schwache Mädchen, das im Grunde genommen nicht die geringste Chance gegen ihn hatte, würde nicht weinend zu ihrer Mutter laufen wie damals sein Bruder. Es würde ihn töten! Wenn nicht jetzt, dann später.

Ohne seinen Blick von seinem Opfer abzuwenden, ging der Mann mit dem schmutzig-weißen Trägerhemd rückwärts zur Zimmertür. Als er die Klinke in seinem Rücken spürte, griff er hinter sich und drückte sie herunter. Durch den Türspalt rief er nach der Mutter des Mädchens, die durch übermäßigen Alkoholkonsum im Wohnzimmer eingeschlafen war, wie schon so oft. Er musste seinen Ruf mit voller Stimmkraft dreimal wiederholen, bis seine Lebensgefährtin (wohl eher seine Saufkumpanin) in einem hellblauen Morgenmantel mit Blümchenmuster das Zimmer betrat und mit glasigen Augen erst auf ihn, dann auf ihre Tochter starrte.

»Ich wollte ihr eine gute Nacht wünschen, da zog sie das Messer und hat versucht, mich abzustechen«, erklärte der Mann mit dem schütteren Haarkranz die Situation. »Die ist verrückt, vollkommen verrückt! Ich denke, das Blag ist eifersüchtig, weil sie dich ganz für sich allein will.«

»Stimmt es, was dein Stiefvater sagt?«, lallte die zu früheren Zeiten schöne Brünette. Heute hingen ihr tiefe Tränensäcke unter den Augen, ihr Haar war fettig und ungepflegt. Herbe Züge hatten die einst feinen Linien ihres Gesichts ersetzt.

»Nein, er lügt! Er wollte mich unten anfassen und hat gesagt: ›Diesmal fick ich dich‹!«

»Da siehst du, was für ein verkommenes Subjekt deine Tochter ist! Welches Mädchen in dem Alter gebraucht schon solche Worte? Sicher hat sie diesen Unsinn irgendwo aufgeschnappt und will mich so aus dem Haus ekeln. Hier ist man ja seines Lebens nicht mehr sicher. Entweder das Miststück geht oder ich!«

Er schaute seiner alkoholisierten Lebensgefährtin eindringlich in deren grüne Augen, in denen seit vielen Jahren nicht mehr das Funkeln ihrer Jugend geleuchtet hatte. Apathie lag in ihrem Blick. Der einzige Wille, der gelegentlich aus ihr hervorbrach, war der, in Ruhe ihr Leben weiterleben zu können, das im Wesentlichen aus einer kontinuierlichen Kette von Rauschzuständen bestand.

»Ich brauche jetzt erst einmal was zu trinken«, lautete ihre naheliegende Entgegnung.

Die beiden Erwachsenen ließen das Mädchen in seinem Bettchen zurück, gingen ins Wohnzimmer und diskutierten die Situation bei ein paar »Drinks«, wie sie es nannten. Annas Stiefvater erreichte bei ihrer Mutter, was er wollte. Im Diskutieren, besonders mit einer Betrunkenen, gab es kaum einen Besseren als ihn, das hatte er von der Pike auf gelernt und wusste es für sich zu nutzen. Seine Lebensdevise lautete: Wer stets die richtigen Argumente parat hat, muss nie für seine Untaten geradestehen.

Am nächsten Tag brachte die alkoholkranke Mutter das Mädchen in ein Heim für schwererziehbare Kinder. Ohne ein Wort des Abschieds ließ sie ihr Kind dort zurück. Ihr Rücken mit den langen braunen Haaren, die über einen grünen Sommermantel fielen, war das letzte, was Anna von ihrer Mutter sah.

*

Dumpfes Motorengeräusch riss Anna aus dem von ihrem Trauma geprägten Schlaf. Die Leuchtdioden des Weckers auf ihrem Nachttisch zeigten zehn Minuten vor zwölf Uhr mittags an.

Sie katapultierte sich förmlich aus dem Bett und eilte nackt zum Schlafzimmerfenster, das in das Walmdach des Hauses eingearbeitet war. Das Motorengeräusch nährte ihre Hoffnung auf weitere Überlebende der Katastrophe. Vom Fenster aus hatte sie direkten Blick auf die B 54 und das dahinter befindliche Einkaufszentrum. Lediglich eine hohe Tanne im Garten des schmucken Anwesens behinderte einen Teil der Sicht.

Ein Zwanzigtonner jagte über den Parkplatz des Shopping-Centers auf die beiden mächtigen Eingangstore zu. Sie vernahm das kreischende Geräusch sich verbiegenden Stahls, während der LKW das Hindernis durchbrach, um fünf Meter weiter in das Doppeltor des Elektrozauns zu rasen. Helle Funken stoben auf, als der Koloss auch diese Blockade beseitigte.

Unmittelbar vor den gläsernen Eingangstüren des Komplexes kam der Lastwagen zum Stehen. Leider hatte Anna die Fahrerseite nicht im Blick. Sie nahm lediglich wahr, dass die Fahrzeugtür geöffnet wurde. Erst wenige Sekunden später, als er zwischen den LKW und die Glastüren trat, erkannte sie den Fahrer: Es war Julian Ruben, mit einem mächtigen Vorschlaghammer in beiden Händen.

Wuchtig krachte der Hammer gegen das Panzerglas, das die unsanfte Behandlung mit spinnennetzförmigen Rissen quittierte. Ein zweiter Schlag erzeugte ein dreißig Zentimeter durchmessendes Loch. Nachdem der schwere Hammer sechs weitere Male gegen das stabile gläserne Hindernis gekracht war, brauchte Julian lediglich den Kopf ein wenig einzuziehen, um ins Innere des Centers zu gelangen, womit er sich Annas Blicken entzog. Sie hatte inzwischen das Fenster geöffnet. Nochmals drangen laute Splittergeräusche zu ihr herüber. Offensichtlich standen Ruben die in Einkaufszentren üblichen inneren Glastüren im Weg.

Rund zehn Minuten später überquerte der kompromisslose Leibwächter mit einer Plastiktüte in leichtem Laufschritt den Parkplatz und die B 54. *Da schau her, mein Gatte kommt vom Einkaufen zurück,* dachte Anna schmunzelnd und trat einen Schritt nach hinten, um nicht gesehen zu werden, denn sie hatte nach wie vor nichts an. Julian schob das Rolltor des Anwesens auf und entschwand erneut ihren Blicken. Unten hörte sie die Haustür ins Schloss fallen.

Die junge Frau erledigte zunächst ihre Morgentoilette, dann zog sie die Jeans, das T-Shirt und die Sportschuhe an, die sie bereits bei ihrer Flucht aus dem Dortmunder Zentrum getragen hatte.

Wie fast alle dem weiblichen Geschlecht zugehörigen Menschen kleidete sie sich gern täglich um. Leider war ihr beim Aufbruch keine Zeit verblieben, eine zufriedenstellende Klamottenauswahl zu treffen, die im Rucksack ohnehin keinen Platz gefunden hätte. Vielleicht entdeckte sie ja hier in den Schränken oder drüben im Einkaufszentrum, was ihr Frauenherz begehrte.

Gerade als sie sich ins Erdgeschoß begeben wollte, hörte sie von unten Julians sonore Stimme: »Frühstück ist fertig!«

Mit federnden Schritten lief Anna die Wendeltreppe hinunter, darüber nachdenkend, wie wenig sie das offensichtliche Ende der Zivilisation momentan berührte. Es zählte nur der Augenblick: Sie war ausgeruht, fühlte sich kräftig, war voller Tatendrang und hatte vor allem Hunger.

Im Erdgeschoss standen sämtliche Türen offen, was der jungen Frau erlaubte, den herrlichen Geruch frisch zubereiteten Rühreis zu genießen. Auf dem walnussbraunen Esszimmertisch befanden sich zwei Teller, das zugehörige Besteck und die Plastiktüte, mit der Julian aus dem Einkaufszentrum zurückgekehrt war und für die man an der Kasse normalerweise fünf Euro Umweltabgabe berappen musste.

Anna blickte in die Küche. Ruben stand in Trägerhemd und Shorts mit dem Rücken zu ihr und bearbeitete die Pfanne vor ihm auf dem Ceranfeld. Sie bewunderte seine ausgeprägte Rückenmuskulatur, die ihm wohl durch hartes Training und eine gesunde Testosteronausschüttung geschenkt worden war. *Zu dumm, dass Testosteron eine Nebenwirkung hat, es verblödet und macht impotent,* dachte die Brünette belustigt. Mit einem Räuspern machte sie den Hünen auf sich aufmerksam. Der drehte sich noch nicht einmal um, als er »Das nächste Mal kochst du!« hervorbrachte, so als ob es sich dabei um so etwas Unabänderliches wie ein Naturgesetz handelte.

»Danke gleichfalls, ich wünsche dir auch einen guten Morgen«, entgegnete sie frech, um ihn wissen zu lassen, dass ihr seine Sicht der Dinge an ihrem wohlgeformten Hinterteil vorbeiging.

Als sie sich anschickte, an dem schweren Esszimmertisch Platz zu nehmen, hörte sie seine sonore Stimme erneut, diesmal voller beißender Ironie: »Bevor Ihr den Stuhl in den Genuss des Kontaktes mit Eurem Alabasterkörper kommen lasst, Euer Hochwohldurchlaucht, wäre ich Euch in höchstem Maße verbunden, wenn Ihr, in einem Anflug von Großzügigkeit gegenüber dem Küchenpersonal, die Getränke auf den Tisch stellen würdet.«

Damit war der verbale Schlagabtausch eröffnet.

»Sieh einer an, der Affe kann mehr als fünf zusammenhängende Worte zu einem Satz formen«, bemerkte Anna wie beiläufig, während sie zum Kühlschrank ging. »Es war übrigens äußerst feinfühlig und geschickt, wie du die Abwehranlagen des Einkaufszentrums ›überlistet‹ hast. Was möchte mein Äffchen denn trinken?«

»Mit ›Affe‹ kann ich ja leben, aber *mein* Äffchen ist aus deinem süßen Mund eine echte Beleidigung. Aber was kann ein gestandener Mann von einer frustrierten Lesbe schon anderes erwarten? Nimm für mich bitte die Cola-light mit.«

»Ich bin keine …!«, wollte Anna erzürnt aufbegehren, hielt aber sofort inne, als sie von der Seite sein breites Grinsen wahrnahm. Dieser tumbe Mistkerl wollte sie absichtlich auf Hundertachtzig bringen, den Gefallen würde sie ihm jedoch nicht tun. Mit im herrlichsten Dunkelgrün funkelnden Augen nahm sie die Cola sowie einen Orangensaft heraus und knallte die Kühlschranktür etwas heftiger zu als beabsichtigt.

Nach einem ausgiebigen, wortlosen Frühstück aus Rührei, Brot und einer Vielzahl von Aufschnitten, die Julian im Supermarkt geklaut hatte, stand der Hüne schweigend auf, ging ins angrenzende Wohnzimmer, nahm die Fernbedienung und schaltete den Fernseher ein. Wie schon in Annas Wohnung erschien als Erstes das Testbild der ARD.

Beim dreizehnten Versuch wurde ein hinter einem Schreibtisch sitzender Mann sichtbar. Er trug einen schwarzen Anzug mit violetter Krawatte, deren Knoten von einem roten Tatzenkreuz geziert wurde.

»... vergangenen Nacht ist eine furchtbare Katastrophe über die Menschheit hereingebrochen. Innerhalb weniger Stunden fielen Millionen, wahrscheinlich Milliarden Menschen einer geheimnisvollen Krankheit zum Opfer...«

Die Frau und der Hüne hörten die Endlossendung der WTO mehrere Stunden später als die Gruppe um Morgenfelder im rund fünfzig Kilometer Luftlinie entfernten Altenhellefeld.

»Kaum zu glauben«, murmelte Ruben. »Die Templer scheinen die Katastrophe als Einzige überlebt zu haben.«

»Nein, nicht nur die! Wir existieren ja schließlich auch noch!«, widersprach Anna vehement. »Es gibt sicherlich noch weitere Überlebende außerhalb der Templer-Festungen. Weißt du Genaueres über die Templer? Die Medien haben sich in vorbildlicher Eintracht über nähere Hintergründe ausgeschwiegen beziehungsweise den Orden zu einer Sekte von Spinnern degradiert.«

Julian überlegte einen Moment, bevor er entgegnete: »Wenn ich mich recht erinnere, wurde die WTO im Herbst 2010 gegründet. Sie sagten schon damals den Zusammenbruch der westlichen Demokratien voraus und führten als Hauptgründe dafür die überproportionale Vermehrung sozial Bedürftiger und das Entstehen von unkontrollierbaren Parallelgesellschaften an. Ihren Mitgliedern boten sie die Sicherheit der Gemeinschaft und eine Alternative zum multikulturellen Zeitgeist. Der Beginn der Proliaufstände bescherte ihnen einen regen Zulauf, brachte ihnen aber das Missfallen der politikgesteuerten Massenmedien ein.«

»Das hört sich ja fast so an, als ob du mit diesen Leuten sympathisierst«, warf Anna skeptisch ein.

Julian nickte. »Das hast du richtig erkannt. Schließlich haben die Templer mit ihren Voraussagen Recht gehabt und sich frühzeitig auf das große Chaos vorbereitet. Sie verfügen mittlerweile über fast dreißigtausend Mitglieder in zwanzig Staaten der Erde, wo sie in den vergangenen Jahrzehnten Burgen, Festungen und größere Gutshöfe aufgekauft haben. Als Deckmantel gründeten sie Sicherheitsfirmen – ironischerweise hauptsächlich zum

Schutz von Politikern –, um sich legal bewaffnen zu können. Seit rund zehn Jahren zahlen sie keine Steuern mehr. Die immer machtloser gewordenen Regierungen können nichts dagegen tun, denn mittlerweile sind die Templer in der Lage, ihre Besitztümer gegen Plünderungen zu schützen und sich allerorts als Staat im Staate total abzuschotten.«

»Warum nennen die sich eigentlich Templer?«, hakte die Brünette nach.

»Das geht aus einer Rede von Leonidas im Internet hervor«, erklärte ihr der Hüne. »Für ihn waren die mittelalterlichen Templer ein Musterbeispiel dafür, dass es gelingen kann, sehr erfolgreich eine Parallelgesellschaft von internationalem Format aufzubauen. Man muss sich das einmal vorstellen: Ende des dreizehnten Jahrhunderts verfügten die Templer über das mächtigste stehende Heer des Planeten. Wären ihre führenden Köpfe nicht in einer Nacht- und Nebelaktion vom französischen König verhaftet worden, wären sie militärisch dazu in der Lage gewesen, jedes Reich der Erde zu erobern. Folglich haben die alten Templer für Leonidas so etwas wie eine Vorbildfunktion. Inwieweit es sogar Verbindungen der heutigen zu eventuell noch existierenden alten Templer-Gruppen gibt, weiß ich nicht, darüber hat sich Leonidas in seiner Rede nicht ausgelassen.«

»Das ist ja alles recht interessant«, stellte Anna nachdenklich fest. »Viel interessanter wäre es jedoch, herauszufinden, warum die Templer wohl ausnahmslos immun gegen das Virus sind.«

»Es ist ja allgemein bekannt, dass die Templer einen Großteil ihres Geldes für wissenschaftliche Forschungen ausgeben. Vielleicht haben sie ein Medikament gegen irgendwas, zum Beispiel Schnupfen, entwickelt, das als Nebenwirkung gegen die Katastrophe immun macht.«

»Ein bisschen weit hergeholt, findest du nicht auch?«

»Du hast mich gefragt, also habe ich nach einer logischen Erklärung gesucht. Erwartest du ernsthaft, dass ich auch nur im Mindesten eine Ahnung habe von dem, was hier vor sich geht?

Ich schlage vor, wir beladen den LKW, den ich als Rammbock benutzt habe, mit allem möglichen nützlichen Kram aus dem Einkaufszentrum und brechen umgehend zur nächsten Ordensfestung auf.«

»Ich weiß nicht recht«, blieb Anna skeptisch. »Dieser Orden ist mir nicht ganz geheuer. Wann immer ich die Formulierung ›Brüder und Schwestern‹ höre, entwickelt sich bei mir ein leichter Brechreiz.«

»Wenn du kotzen musst, kotze«, entgegnete Ruben mit der Feinfühligkeit eines Baumfällers für filigrane Schnitzereien. »Ehrlich gesagt, ich möchte ganz gern wieder unter Menschen sein – unter richtigen Menschen, denn du bist für mich nur bedingt erträglich, wobei es dir umgekehrt mit mir bestimmt genauso ergeht. Davon abgesehen haben die Templer mit Sicherheit eine autarke Stromversorgung, während das marode öffentliche Stromnetz schon bald zusammenbrechen dürfte.«

»Na gut, das Argument mit der gegenseitigen Unerträglichkeit überzeugt mich, und das mit dem Strom ebenfalls. Gehen wir also rüber ins Shopping-Center und laden den LKW voll. Wo befindet sich die nächste Ordensfestung?« Anna verließ bei ihren Worten bereits den Wohn-Ess-Bereich in Richtung Diele, denn sie war eine Frau der Tat, nicht des Quatschens.

Julian folgte ihr und antwortete: »Die nächste Templerfestung ist gleichzeitig der weltweite Hauptsitz der WTO. Wie sie nun mal sind, diese Templer, lieben sie die Abgeschiedenheit. Deshalb haben sie den Sitz ihres Erz-Priorats auf einer Halbinsel des Hennesees südlich von Meschede gebaut. Dort haben die Templer vor vier Jahren ein paar hundert Prollis abgeknallt, die ihre Festung stürmen und die Ordensleute umbringen wollten. In den sogenannten ›freien und unabhängigen‹ Medien wurde dieser Akt der Notwehr politisch korrekt als schlimmstes Verbrechen seit dem Holocaust gebrandmarkt.«

»Nach diesem Blutbad wurden Panzer der Bundeswehr ausgeschickt, um die Festung zu zerbomben und die Ordensleitung festzunehmen«, erinnerte sich nun auch Anna an die spektakulären Berichte. »Es kam zu Verhandlungen, und letztlich lief die ganze Kompanie komplett zur WTO über.«

»Und so verlor die Bundesregierung nach und nach die Kontrolle über die WTO, nachdem sie Jahre zuvor bereits die Kontrolle über die von den Islamis kontrollierten Teile der Großstädte verloren hatte«, ergänzte Ruben.

Mittlerweile waren die beiden auf dem Parkplatz angelangt. Überall lagen Schleimhaufen herum, die Ruben zu der Bemerkung veranlassten: »Es ist ohnehin besser, von hier wegzugehen. Was glaubst du, wie es hier stinkt, wenn erst einmal die Verwesung der Leichen einsetzt?«

Der Zwanzigtonner stand verlassen vor dem zerstörten Portal. Julian wendete den Lastwagen, sodass er mit dem Heck direkt am Eingangsbereich stand.

Das ungleiche Paar brauchte fast fünf Stunden, um die riesige Ladefläche des Aufliegers mit all den Dingen zu füllen, die sie für brauchbar hielten. Neben haltbaren Nahrungsmitteln packten sie Kleidung, Hobbyfunkgeräte, Computer, Sportartikel, Waschmittel, Körperpflegeprodukte und Bücher zu allen praktischen Themen des Überlebens ein, zum Beispiel »Angeln für Anfänger«.

»Willst du heute noch losfahren?«, fragte Anna unvermittelt, als sie von der Ladefläche sprang und Julian ihr mit dem letzten vollen Einkaufswagen entgegenkam.

»Die Hauptverkehrsstraßen werden mit Wracks übersät sein, sodass wir Nebenstraßen nehmen müssen, was mit dem Zwanzigtonner ziemlich lange dauern dürfte. Ich habe keine Lust, im Dunkeln zu fahren, also würde ich lieber erst morgen früh nach Sonnenaufgang aufbrechen.«

»Das sehe ich auch so. Uns treibt ja nichts, und wir haben eine nette Unterkunft, wo man es gut aushalten kann.«

Julian grinste von einem Ohr zum anderen. »Du kannst als gestandene Hausfrau gern dafür sorgen, dass es eine *besonders nette*

Unterkunft wird. Zaubere uns etwas Leckeres zum Abendessen. Auswahl an Zutaten hast du ja ausreichend. Ich verschließe derweil den Auflieger und fahre den Laster vor unser gemütliches Heim, Schatz.«

Anna wandte sich abrupt ab und verschwand im Innern des Shopping-Centers. Julian befürchtete schon, dass sie dort nach einer Jagdwaffenabteilung Ausschau hielt, um ihm eine Ladung Schrot auf den Pelz zu brennen, doch eine Viertelstunde später – er hatte es sich längst wie ein hungriger Ehemann auf der Wohnzimmercouch bequem gemacht – kam sie tatsächlich mit einem Korb voller Lebensmittel zurück. Ruben warf einen Blick darauf und wusste, dass es ein kulinarischer Abend werden würde.

Unter Garantie würde es keinen Streit um den Abwasch geben – den konnte man getrost für die Nachwelt liegen lassen und stattdessen früher zu Bett gehen, jeder in sein eigenes, wohlgemerkt.

*

Wo bin ich? Hunger! Was ist geschehen? Hunger! Langsam öffnete der Skelettar die Augen, um Antworten auf die Fragen zu erhalten, die ihm sein Verstand nicht geben konnte. Durch einen milchigen Vorhang sah er schräg über sich ein gelbes Licht, das nach außen hin schwächer werdend in allen Farben des Regenbogens leuchtete.

Er bewegte seine Arme, was seinen Stoffwechsel zusätzlich anregte, denn das Hungergefühl wurde nun zu einem stechenden Schmerz, der von den Därmen über den Magen bis in den Hals vordrang. Der Skelettar stieß einen gequälten, gurgelnden Laut aus. Das marternde Brennen in seinen Eingeweiden mischte sich mit einem neuen, nie zuvor gekannten Gefühl: dem Gefühl von unbeugsamer Kraft, unüberwindlicher Macht und unstillbarem Tatendrang.

Ruckartig stieß er die Arme durch eine widerstandsfähige schleimige Substanz, die ihn vollständig umgab. Die freie Beweglichkeit seiner krallenbewehrten Klauen erzeugte in ihm trotz des nagenden Hungers ein ungeheures Glücksgefühl. Der Skelettar wollte mehr von dieser Köstlichkeit, sich frei bewegen zu können. Langsam richtete er seinen Oberkörper auf. Zäh tropfte der Schleim von seinem mit einer runzeligen schwarzbraunen Lederhaut überzogenen Totenkopf.

Endlich lagen seine blutroten Augen frei! Fasziniert betrachtete er seine knochigen Arme und fühlte die immense Kraft, die von ihnen ausging. Das zuvor wahrgenommene gelbe Licht entpuppte sich als das Leuchten einer Laterne, die mit Dutzenden weiteren Lampen auf einem großen asphaltierten Platz stand. Um ihn herum erhoben sich zahlreiche Skelettare aus ihren schleimigen Kokons.

Mit einem schmatzenden Geräusch richtete sich der Rotäugige ganz auf. In dicken Tropfen lief die milchige Subtanz an seinem Körper herab. Der Skelettar sah aus wie ein auf einem Scheiterhaufen Hingerichteter. Die schwarzbraune Haut klebte wie die Überreste verbrannten Fleisches an seinen Knochen. Seine Kleidung, die er noch als Mensch getragen hatte, hing traurig mehrere Nummern zu groß geworden an ihm herab. In einer instinktiven Bewegung, als ob sie für das Brennen in seinem Körper verantwortlich wären, riss sich der Grauenvolle die schwarze Lederjacke und das rote T-Shirt vom Leib. Mit freiem Oberkörper sah er nun erst recht wie das Skelett eines Menschen aus, der nach einem schmerzvollen Feuertod wiederauferstanden war. Lediglich die blutroten Augen, die zehn Zentimeter langen Krallen an den Fingern und das gelbe Raubtiergebiss mit nadelscharfen Eckzähnen passten nicht zu diesem Vergleich.

Gehetzt blickte sich der Skelettar um. Zu viele seiner Artgenossen erhoben sich. Sie alle verspürten den gleichen quälenden Hunger wie er, man würde also um die Nahrung kämpfen müssen.

Die ersten seiner Konkurrenten im Kampf ums Überleben liefen bereits auf ein großes breites Gebäude zu, dessen gläserne

Eingangstüren in Trümmern lagen. Ein spezieller Spürsinn, den er in seiner früheren Existenzform nicht besessen hatte, verriet ihm, dass es in diesem Gebäude reichlich tote Nahrung gab. Doch er wollte sich satt fressen, ohne mit den anderen teilen zu müssen...

Sein hinzugewonnener Sinn signalisierte ihm aus einer anderen Richtung das Vorhandensein von frischer Nahrung – sprich: lebendes Fleisch! Es befand sich in einem Haus auf der gegenüberliegenden Seite der Straße. Speichel floss dem Skelettar aus dem lippenlosen Mund und blieb an der runzligen Haut des knöchernen Kinns kleben.

Unwillkürlich duckte sich der Jäger, in der Hoffnung, dass ihm seine Artgenossen die Entdeckung nicht anmerkten. So unauffällig wie möglich näherte er sich der Straße, überquerte sie und stand vor einem Rolltor. Mit seinen Klauen packte er die Oberkante, stieß sich mit den Beinen ab und landete mit der Geschicklichkeit eines Leichathleten auf der anderen Seite. Das Gefühl des brennenden Hungers verstärkte sich bei jedem Meter, den er dem köstlichen, weil noch lebenden Fleisch näher kam.

Die Eingangstür zum Haus fand der Skelettar unverschlossen vor. Seine zerklüftete Haut unterhalb des Kinns konnte den austretenden Speichel nicht mehr absorbieren. In einem langen Faden reichte er bis auf seine Rippen. Geräuschlos durchquerte der Rotäugige die Diele und öffnete eine Tür, hinter der sein ahnungsloses Opfer schlief...

*

Albträume und die schwüle Augustnacht ließen Ruben zwischen seichtem Schlaf und verwirrendem Wachzustand hin und her gleiten. Er sah seine Eltern, seinen Bruder, seine erste große Liebe Jessica und seine Kameraden an der Front zu milchigem Schleim zerfließen, ihre Augen und Münder weit aufgerissen. Aufgrund der feuchtwarmen Luft floss sein Schweiß in Bächen an ihm herunter. In den Halbwachphasen durchfuhr ihn jedes Mal ein eisiger Schreck, wenn er das Nass auf seinem Körper spürte, weil er befürchtete, ebenfalls von ekelhaftem Schleim umhüllt zu werden.

Sein letzter Albtraum war realistischer als je zuvor. Adrenalin schoss mit Gewalt in seine Adern und ließ ihn erwachen. Der Ex-Soldat fand den Schalter seiner Nachttischlampe einen Sekundenbruchteil später. Das gedimmte Licht beleuchtete nur einen Teil des Zimmers, der Rest blieb im Schatten.

Im Türrahmen erblickte Julian den mit einer viel zu weiten Jeans bekleideten Unterleib einer hageren Gestalt. Um die wohlgeformten Proportionen Annas handelte es sich definitiv nicht, dies erkannte das geübte Auge des Frauenliebhabers innerhalb einer Millisekunde.

Plötzlich setzte der Fremde zu einem Sprung an und flog wie ein Geschoss auf den im Bett liegenden Athleten zu. Der riss reaktionsschnell beide Beine hoch und fing den bevorstehenden Zusammenprall ab. Für den Bruchteil einer Sekunde trat das Gesicht des Skelettars aus dem Dämmerschatten der Nachttischlampe und offenbarte sich in seiner gesamten Hässlichkeit. Der lippenlose Mund mit den gelben dolchartigen Eckzähnen gab aufgrund der Trägheitskraft einen Schwall Speichel frei, als der kampferprobte Ex-Soldat den skelettartigen Körper des Hässlichen mit der vollen Kraft beider Beine wegschleuderte. Das Gewicht des Knochigen erschien ihm ziemlich gering. Mit entsprechender Wucht krachte der Angreifer gegen die Wand unmittelbar neben der Tür.

Julian griff nach seinem Kampfmesser auf dem Nachttisch, rollte nach vorne und stieß sich nackt wie er war von der Matratze ab. Noch im Sprung zog er die leicht gebogene – auf einer Seite extrem scharfe, auf der anderen Seite gezackte – Klinge aus der Scheide und trieb sie dem Angreifer mitten in die dürre Brust.

Der Schlotterige gab einen röchelnden Laut von sich und umklammerte mit beiden Klauen fest die Arme des Ex-Soldaten.

Julian drehte die Klinge in der Wunde, bis der stahlharte Griff seines Gegners erschlaffte. Die grauenhafte Gestalt sackte in sich zusammen, wobei die gebrochen roten Augen in den Lichtkreis der Nachttischlampe gerieten.

Kaum hatte Julian mit knirschendem Geräusch das Messer aus dem Toten gezogen, standen unvermittelt zwei weitere Skelettare im Raum. Einer griff blitzschnell nach Rubens Handknöchel und drückte zu wie ein Schraubstock. Wie Quecksilber in einem Thermometer stieg der stechende Schmerz hinauf bis in seine Schulter. Ruben quittierte die Qual mit einer harten Linken direkt auf die beiden Nasenhöhlen des Totenkopfs. Für einen Moment lockerte sich der Griff des Unholds, was Julian nutzte, um seine Messerhand ruckartig wegzuziehen. Durch diese überraschende Aktion befreite er sein Handgelenk und schnitt seinem Gegner den Daumen ab. Der Rotäugige stieß einen markerschütternden schrillen Laut aus und trat einen Schritt zurück.

Sein Artgenosse schlug nun mit beiden Fäusten im Stakkato auf Julian ein. Der Angegriffene duckte sich unter den Hieben weg und stieß seinem Widersacher das Messer von schräg unten direkt ins weit aufgerissene Maul. Schwarzes Blut quoll zwischen den spitzen gelben Reißzähnen hervor. Den Sekundenbruchteil, den der Kampfsportler brauchte, um das Messer wieder herauszuziehen, nutzte sein daumenloser Gegner und ließ einen Schwinger gegen seine rechte Schläfe krachen.

Julian torkelte zurück. Es flimmerte vor seinen Augen. Blut rauschte in seinen Ohren. Mit aller Macht kämpfte er gegen die langsam emporkriechende Bewusstlosigkeit an, die sein Ende bedeutet hätte. Erneut verspürte er einen harten Schlag, der ihn von den Füßen holte.

Julian riss die Augen auf, fühlte die Klauen des Totenmannes an seinem Hals, wie sie erbarmungslos zudrückten. Lange Krallen schlitzten seine Haut auf. Er sah das weit geöffnete Maul mit den vier dolchartigen Reißzähnen auf sich zuschießen – und wurde, er konnte es nicht länger verhindern, bewusstlos.

*

Ein lautes Poltern weckte Anna aus dem Tiefschlaf. Das waren einwandfrei Kampfgeräusche. Überlebende Prollis, die, zu keiner Zivilisation fähig, mordend und plündernd durch die Gegend zogen?

Noch während sie den Gedanken zu Ende dachte, stürmte sie bereits aus der Schlafzimmertür, durch den Flur zur Wendeltreppe, wo sie mehrere Stufen auf einmal nahm. Ein unmenschlicher Schrei drang aus Julians Zimmer und spornte sie zusätzlich an. Auf nackten Füßen durchquerte sie mit Höchstgeschwindigkeit die Diele, sodass man den Eindruck hatte, ihre zarten Fußsohlen würden den Boden kaum berühren.

Das Gästezimmer stand offen; dass das Bett leer war, sah sie schon von Weitem. Davor lag eine schlotterige Gruselgestalt mit einer klaffenden Wunde in der Brust. Anna ergriff die rechte Hälfte des Türrahmens, um so ihren Schwung in den für sie nicht einsehbaren Teil des Raumes mitzunehmen. Ein weiteres Mager-Monstrum hockte auf den Oberschenkeln des bewusstlosen Ruben und schnappte mit spitzen Zähnen nach dessen Hals. Anna schoss mit einer Drehung um die Ecke und trat Julians Peiniger mit aller Kraft von der Seite her gegen den Totenschädel. Der mit schwarzbrauner Runzelhaut überzogene Skelettartige, dem ein Daumen fehlte, wurde gegen die Wand geschmettert. Geistesgegenwärtig ergriff die Frau das Messer, das den kraftlosen Händen ihres Begleiters entglitten war, rammte es dem Skelettar genau zwischen die rotglühenden Augen und nagelte ihn mit der Klinge an die Wand. Die Mordlust im Blick der Bestie schwand und wich der Gleichgültigkeit des Todes.

Erst jetzt wurde der jungen Frau das Unfassbare der Situation bewusst. Knochenmänner, die direkt der Hölle entsprungen zu sein schienen, hatten Julian angegriffen, was alle drei Monstren mit ihrem Leben bezahlt hatten. Woher kamen diese unwirklichen Gestalten? Waren die Opfer der Seuche etwa doch nicht tot, sondern verwandelten sich in etwas Furchtbares, Schreckliches, Unbegreifliches? Falls das zutraf, warteten da draußen Millionen von denen darauf, ihre Zähne in das Fleisch der letzten Menschen schlagen zu können.

Die schöne Frau beugte sich über Ruben. Er atmete noch. Sie rüttelte an seinen Schultern. »Julian, komm zu dir!«

Der Hüne riss die Augen auf, ruckte hoch und wollte sofort auf den vermeintlichen Feind losgehen, bemerkte jedoch rechtzeitig seinen Irrtum. Immerhin brachte er mit rauer Stimme ein »Danke, du hast was bei mir gut« zustande.

»Wir müssen hier weg, Julian! Wo die drei Ungeheuer herkommen, gibt es möglicherweise noch viel mehr. Ich befürchte, es sind ehemalige Menschen, die sich innerhalb ihrer Schleimberge verwandelt haben.«

»Pack deine Sachen zusammen, aber sei vorsichtig«, sagte Julian Ruben, wobei er mit seitlich abgewandtem Blick an Anna vorbeischaute, was sie verwunderte, da er ihr bisher immer fest in die Augen geschaut hatte.

Ist es ihm peinlich, dass er nichts anhat? Als ob ich noch niemals einen nackten Mann gesehen hätte! Ein so stattliches Exemplar wie er braucht sich wirklich nicht zu schämen.

Erst jetzt fiel ihr auf, dass sie selbst keinen Fetzen Stoff am Körper trug. *Oder er schaut weg, um mich nicht in Verlegenheit zu bringen. Wie ritterlich – und altmodisch.*

Als sich Ruben aufrichtete und ihm der wertvolle Lebenssaft von seinem Hals aus über Brust und Rücken lief, riet ihm die Frau, ins Bad zu gehen und sich das Blut abzuwaschen. »Ich suche derweil nach Verbandszeug und etwas zum Desinfizieren.«

»Habe ich in meinem Rucksack.«

Bevor er ins Bad ging, begab er sich rasch zur Haustür, um diese mit seinem Einbruchsbesteck abzuschließen. Unterwegs hinterließ er eine ansehnliche Spur roter Tropfen auf dem Bodenbelag, bei deren Anblick sich eine penible Raumpflegerin sofort das Leben genommen hätte.

Wenig später kam er sauber aus dem Bad, mit einem Handtuch um die Hüften. Auch Anna hatte sich inzwischen ein Tuch übergeworfen.

»Gut, dass mich der Totenschädelige mit seinen rasierklingenscharfen Krallen nur angeritzt hat«, bemerkte der Verletzte. »Hätte er sie mir in den Hals gestoßen, wäre ich jetzt bei meinen Ahnen.«

Anna säuberte seine Wunden mit einem feuchten Tuch und strich Julians Jod-Tinktur darüber. Als er kurz sein Gesicht verzog, entfuhr ihr ein leises: »Weichei!« Anschließend wickelte sie einen Verband locker um seinen Hals.

»So, damit wirst du wohl überleben.« Die Frau lächelte schelmisch. »Dann packe ich mal meine Sachen.«

Ein Poltern an der Haustür ließ sie wie der Blitz nach oben eilen, wobei sie auf der Wendeltreppe ihr Tuch verlor, was äußerst reizvoll aussah. Eineinhalb Minuten später war sie mit Jeans, T-Shirt und Turnschuhen bekleidet zurück und trug ihren Rucksack auf dem Rücken. Julian hatte in der kurzen Zeit ebenfalls seinen Kram zusammengepackt. Er trug wieder seine khaki Militärhose mit dem schwarzen Trägerhemd. Seinen Schulterhalfter mit der Neun-Millimeter-Halbautomatik hatte er selbstverständlich angelegt, ebenso den Gürtel mit dem Kampfmesser, das er aus der Wand gezogen hatte. Auch sein Rucksack befand sich dort, wo er hingehörte, den Werkzeugkoffer hielt er in der linken Hand.

Die lauten, dumpfen Schläge gegen die Eingangstür hatten sich mittlerweile zu einem unaufhörlichen schnellen Trommeln gesteigert, wie beim Auftakt zu einem Hochseilakt im Zirkus. Lange würde die Tür dem Ansturm der Schlotterigen nicht mehr standhalten.

Julian deutete auf die Terrassentür des Wohn-Ess-Bereichs und marschierte los. Anna folgte ihm. Gerade als der Hüne öffnete, erschien hinter der Glasscheibe die Totenfratze eines Skelettars. Ruben trat einen Schritt zurück und ließ den Knochigen die Türe nach innen aufstoßen. Diese Zeit genügte ihm, seine Neun-Millimeter zu ziehen und dem Unhold mit einer Salve die schwarzbraune Stirn wegzuschießen. Der halbe Kopf ruckte zurück und dunkles Blut quoll in Stößen aus dem mächtigen Einschusskrater, während die Bestie der Länge nach rücklings auf die Terrasse fiel.

Die beiden letzten Menschen weit und breit stürmten aus dem Haus. Über einen gepflegten Rasen liefen sie in weitem Bogen an einer hohen Tanne vorbei zum Rolltor. Der Ex-Soldat schob es auf und Anna schlüpfte hindurch. Mehrere Skelettare wurden auf das fliehende Paar aufmerksam. Mir weiten Sätzen flogen sie regelrecht heran. Ruben zog das Tor hinter sich zu. Anna hatte bereits die Beifahrerseite des vor dem Haus geparkten Zwanzigtonners erreicht.

Der erste Unhold sprang über das Tor und fing sich zur Belohnung für diese artistische Meisterleistung eine Kugel ein, die aus seinen beiden Nasenöffnungen eine einzige machte. Im Krebsgang erledigte Julian zwei weitere Rotäugige, bevor er die Fahrerseite des LKWs erreichte. Auf dem Parkplatz vor dem Einkaufszentrum hielten sich mittlerweile Hunderte der Ungeheuer auf. Durch die Schüsse aufmerksam geworden rannten sie mit einer Geschwindigkeit, die man den knöchernen Gestalten nicht zugetraut hätte, auf den Lastwagen zu.

Ruben nahm auf dem Fahrersitz Platz und wollte die Tür schließen, als sich eine der Bestien in den Spalt drängte und ihm mit weit aufgerissenem Maul ihr gelbes Raubtiergebiss präsentierte. Sie schnappte nach Julians Bein, das er im letzten Moment wegzog. Er setzte seine Pistole mitten auf der Schädeldecke des Unholds an und drückte ab. Die Druckwelle aus nächster Nähe ließ Blut, Knochensplitter und Gehirnmasse bis ins Führerhaus spritzen. Der Ex-Soldat beförderte den Oberkörper des Skelettars mit einem Tritt aus dem Türspalt auf die Straße und verschloss die Fahrerkabine. Die Zentralverriegelung aktivierte sich, sodass das Fahrzeug von außen nicht mehr auf herkömmliche Weise zu öffnen war.

In aller Ruhe steckte er den Zündschlüssel ins Schloss – Hektik war jetzt fehl am Platze – und murmelte mit Blick auf Hemd und Hose: »Verdammte Sauerei!«

Dutzende schwarzbraune Gestalten erreichten den Lastwagen und schlugen und traten wie enttäuschte »freie Verkäufer« gegen das Blech. Mit einem Surren startete der Elektromotor. Die Scheinwerfer erzeugten ein gespenstisches Schattenspiel auf der runzeligen Haut der vor dem Zwanzigtonner wütenden Knochenmänner und -frauen.

Mit unverhohlenem Hass auf die grässlichen Fratzen gab Ruben Gas. Das schwere Fahrzeug ruckte mit höchster Beschleunigung an und begrub Dutzende der Ausgeburten der Hölle unter sich. Eine gewisse Befriedigung zeichnete sich im Gesicht des Kriegers ab, als die Räder über die Überreste der satanischen Feinde rumpelten.

»Schon mal was von rücksichtsvoller Fahrweise gehört?«, bemerkte Anna, wobei sich ihre Anspannung in einem zwar schrillen, aber doch für Julian sehr sympathischen menschlichen Auflachen entlud.

»Drecksviecher! Um uns zu kriegen, müssen die früher aufstehen«, kommentierte der Mann am Steuer die Situation.

Anna schien ihren Zynismus noch nicht abgelegt zu haben. »Es ist mitten in der Nacht. Wie früh sollen die denn noch aufstehen?« Erneut war ihr Lachen zu hören, doch diesmal nicht schrill, sondern eher zufrieden über den davongetragenen Sieg. Sogleich wurde sie wieder ernst. »Was geschieht hier eigentlich mit uns? Ist dies das Ende der Welt? Kommen die Plagen der Bibel über die Menschheit, bevor das Jüngste Gericht stattfindet?«

Ruben zog die Augenbrauen ein wenig hoch. »Die Welt ist nicht untergegangen – nur unser Umfeld, wie wir es bisher kannten. Aus jedem Untergang entsteht bekanntlich etwas Neues. Unser Schicksal ist nicht vorherbestimmt und kann daher auch nicht vorhergesagt werden. Für das, was geschehen ist, gibt es sicherlich eine natürliche Erklärung – ich gebe zu, dass ich sie sehr gern kennen würde.«

»Glaubst du an Gott?«, hakte die junge Frau nach.
»Nicht an den übernatürlichen unfehlbaren Schöpfergott der Bibel.«
»Woran glaubst du dann?«
»Daran, dass es eine Zeit geben wird, in der Frauen nicht immer im falschen Moment zu viele Fragen stellen. Falls wir bei den Templern tatsächlich eine sichere Bleibe finden und ausnahmsweise mal nicht um unser Leben kämpfen müssen, können wir uns gern ein wenig über diese männertypische Philosophie unterhalten.«
Julian erwartete eine Antwort mit Biss, doch Anna nickte nur still vor sich hin. Hatte sie seine Worte überhaupt mitbekommen? Die wenigsten Frauen konnten zuhören – auch dafür würde es vielleicht noch eine Zeit geben.

*

Ruben steuerte den Zwanzigtonner auf der B 54 nach Süden. Sein Plan war es, auf die Sauerlandlinie, die A 45, zu wechseln, um schließlich über die A 46 Iserlohn zu erreichen. Dieser Plan musste jedoch aufgegeben werden. Anfangs genügte es, vereinzelten Fahrzeugwracks auf der B 54 auszuweichen und das eine oder andere einfach zur Seite zu schieben, doch als sie nur noch wenige hundert Meter von der Auffahrt zur A 45 entfernt waren, wurde es im wahrsten Sinne des Wortes brenzliger. Wie ein gigantischer Glühwurm zogen sich brennende Wracks über die Autobahn. Tausende von Unfällen hatten sich dort zum Zeitpunkt der Katastrophe ereignet – und niemand war da, um das Auslaufen von Benzin und die Ausbreitung der Dämpfe zu verhindern, so dass alles vom kleinsten Funken entflammt werden konnte.
»Da ist kein Durchkommen«, kommentierte Julian lakonisch.
»Dann sollten wir die Bundesstraßen nehmen«, meinte Anna.

Julian nickte. »Am besten sogar Landstraßen. Je weniger wir mit der ehemaligen Zivilisation in Berührung kommen, umso geringer ist das Risiko, auf die Knochenmänner zu treffen.«

»Und Knochenfrauen«, konnte sich Anna nicht verkneifen, hinzuzufügen.

»Na gut! Diese zweifelhafte Ehre sei dem weiblichen Geschlecht gewährt.«

Die Fahrt über die Nebenstraßen, die mithilfe des Navigationssystems leicht zu finden waren, verlief angenehmer als gedacht. Nur selten stießen sie auf Autowracks und meistens lagen die am Straßenrand.

Ruben nahm Kurs auf Iserlohn und umfuhr die brennende Stadt weiträumig. Wie eine goldene Kuppel lag der Schein des Feuers über den Dächern und verkündete den Untergang des alten und den Beginn eines neuen Zeitalters. Schweigend beobachteten die beiden Flüchtlinge das unheimliche Schauspiel im Vorüberfahren aus der Ferne.

Am Sorpesee vorbei ging es weiter nach Sundern. Auch dort lag eine leuchtende Feuerglocke über der Stadt.

Julian steuerte den Lastwagen in Richtung des nur zwanzig Kilometer Luftlinie – über die gewählten Schleichwege mochten es dreißig sein – entfernten Hennesees, an dessen Ostufer die Templerfestung erbaut worden war. Zwischen dunklen bewaldeten Hügeln schlängelten sich die Straßen und Wege dahin, wobei die Schatten der Scheinwerfer die Illusion gespenstischer Wesen erzeugten, die durch das Dickicht huschten. Doch wer wusste in diesen Tagen schon noch, was Illusion und was Wirklichkeit war?

Sie durchquerten ein kleines Dorf. Gedrungene Gestalten beeilten sich, aus den Lichtkegeln der Scheinwerfer zu entkommen. Anna meinte für einen Moment, ein vorbeihuschendes Wesen mit grüner Haut zu erblicken. Um Menschen handelte es sich höchstwahrscheinlich nicht. Letztere hätten die Besatzung des LKWs eher auf sich aufmerksam gemacht, statt in der Dunkelheit zu verschwinden.

»Die Verwandelten hier scheinen keine Knochenmänner zu sein«, konstatierte Anna. »Sie sind kleiner, kräftiger und bewegen sich vollkommen anders. Bei einem habe ich eine hellgrüne Haut erkannt, glaube ich.«

»Möglicherweise wirkt die Katastrophe regional unterschiedlich, wir Menschen sind nun einmal nicht alle gleich«, erwiderte Julian nachdenklich.

Er lenkte das schwere Fahrzeug aus dem Dorf hinaus und beschleunigte außerhalb der Ortschaft. Eine scharfe Linkskurve zwang ihn, die Geschwindigkeit zu reduzieren; am Ausgang der Kurve gab er dann Vollgas. Keine zweihundert Meter weiter nahm das Schicksal seinen Lauf. Von links schoss ein großer Schatten heran. Im Licht der Scheinwerfer wurde er im Bruchteil einer Sekunde zu einem elefantengroßen Wildschwein ohne Behaarung mit weiß-rosa Haut. Gewaltige Hauer, mindestens einen Meter lang, standen senkrecht aus dem schleimtriefenden Unterkiefer nach oben. Unmittelbar vor dem Aufprall sah Julian ein großes, funkelndes hellblaues Auge in der Höhe seiner eigenen. Übergangslos wurde es dunkel um ihn...

Der Zusammenstoß mit dem tonnenschweren Körper drückte das Führerhaus auf der Fahrerseite ein und presste das Lenkrad gegen die Brust des Hünen. Die Bestie wurde zur Seite geschleudert. Der Zwanzigtonner schlingerte mit ausbrechendem Auflieger, schwarze Bremsstreifen hinter sich herziehend und ein infernalisches Quietschen ausstoßend, über die Landstraße. Im Straßengraben angekommen kippte das Führerhaus auf die Seite, schob ein paar Kubikmeter Erde vor sich her und kam schließlich zum Stehen. Mit einem an eine Schiffssirene erinnernden Schrei rannte das Monstrum in die Richtung zurück, aus der es gekommen war: in die Dunkelheit der Felder auf der linken Seite der Landstraße.

Anna hatte bis auf ein paar blaue Flecken nichts abbekommen. Über ihr befand sich ihr Begleiter, zum Teil durch den Sicherheitsgurt gehalten, teils durch das Lenkrad fixiert. Auf seiner Stirn klaffte eine Platzwunde, aus der Blut zu ihr herabtropfte.

Die junge Frau öffnete ihren Gurt und stieg auf die Beifahrertür, die den neuen Boden bildete. Vorsichtig drückte sie auf den Verschluss von Julians Gurt, wobei sie mit dem anderen Arm seinen Oberkörper stützte. Jetzt lag das Gewicht des Athleten nur noch auf dem ihn einklemmenden Lenkrad. Dies schien zusätzliche Schmerzen hervorzurufen, denn Ruben riss unvermittelt die Augen auf.

»Scheiße, was war das denn nun schon wieder für ein Viehzeug?!«, waren seine ersten, gepresst klingenden Worte nach der kurzen Bewusstlosigkeit.

»Keine Ahnung, aber es hat den Laster auf deiner Seite ziemlich verbeult und uns in den Graben befördert«, unterrichtete die brünette Schönheit ihren Gefährten.

»Dieses verdammte Lenkrad!« Unter Schmerzen stemmte Julian beide Arme gegen den vorderen Teil des Kranzes. Mit einem metallischen Knirschen gab die Lenksäule ein paar Zentimeter nach und den Oberkörper des Hünen frei.

»Du hast dir beim Zusammenstoß mit dem Schweinebiest den Kopf angeschlagen«, stellte Anna fest, als ihr Gefährte schließlich neben ihr auf der Beifahrertüre stand. »Ich fürchte, ich werde dich erneut verbinden müssen. Wenn das so weitergeht, siehst du in ein paar Tagen aus wie eine wandelnde Mumie.« Ihr mädchenhaftes Kichern und die Grübchen in ihren Wangen erinnerten Ruben daran, dass die schönen Dinge noch nicht gänzlich von dieser Welt verschwunden waren.

»Hast du erkennen können, wem wir den Unfall zu verdanken haben?«, fragte Julian.

»Es war zu riesig, um sich aus einem Menschen zu entwickeln, und es sah einem übergroßen Wildschwein ähnlich«, antwortete Anna. »Vielleicht verwandeln sich ja auch einige Tiere.«

»Das hätte uns gerade noch gefehlt«, murmelte der Ex-Soldat und kramte eine Flasche Wasser aus seinem Rucksack, der zuvor hinter den Sitzen gelegen hatte und sich nun einen neuen Platz auf der Scheibe der Beifahrertür gesucht hatte. Er nahm ein paar Schlucke und wusch sich mit dem Rest die Wunde aus. Anna behandelte die Verletzung mit blutstillenden Stäbchen, strich ein wenig Jod hinein und wickelte dem Hünen einen Verband um den Kopf. Diesmal verzichtete Julian auf jedweden Klagelaut, als das Desinfektionsmittel höllisch brennend in die Platzwunde drang, um seiner Begleiterin keine erneute Gelegenheit zum Lästern zu geben.

»Tapfer, tapfer,« kommentierte seine »Krankenschwester«. »Ein echter Indianer kennt keinen Schmerz. – Wie kommen wir hier weg? Gehen wir zurück ins Dorf und besorgen uns dort ein neues Fahrzeug?«

»Im Hinblick auf die Dunkelheit und auf die ziemlich gewöhnungsbedürftigen Dorfbewohner halte ich das für keine gute Idee. Außerdem sind es nur noch ein paar Kilometer bis zum ostwärts gelegenen Ordenszentrum Hennesee. Ich habe einen Kompass bei mir, wir können es somit schaffen, die Templer zu Fuß zu erreichen.«

Anna seufzte leise und dachte: *Schade um all die nützlichen Sachen auf dem Lastwagen. Wozu habe ich überhaupt die Kleiderabteilungen des Einkaufszentrums durchforstet, wenn ich jetzt alles zurücklassen muss?*

Die gelenkige Frau zog sich an dem verbogenen Lenkrad hoch, positionierte ihre Füße auf dem unteren Teil des Kranzes, hielt sich mit einer Hand am oberen fest und öffnete mit der anderen die Fahrertür. Letztere bewegte sich allerdings nur knirschend ein paar Zentimeter, offensichtlich war sie beim Unfall stark verbogen worden. Anna stemmte sich mit dem Rücken dagegen und versuchte, ihre Beine durchzudrücken, doch das verbeulte Blech widerstand ihren Bemühungen.

»Das Scheißding bewegt sich keinen weiteren Zentimeter!«, fluchte sie unweiblich. »Du musst die Frontscheibe zerschießen!«

»Nein, lass mich es erst noch mal versuchen. Durch die Schüsse würden wir nur weiß der Himmel was für Monstren auf uns aufmerksam machen.«

Die hübsche Frau gestand sich ein, dass der Hüne ihr an Körperkräften überlegen war. Also kletterte sie wieder hinunter und überließ dem Athleten das Feld. Julian prüfte, ob die Tür auch wirklich vollständig entriegelt war, brachte sich in die gleiche Position wie zuvor Anna und drückte dann seine gebeugten Beine gegen den Lenkradkranz beziehungsweise den Rücken gegen die Tür. Langsam streckte er die Beine, wobei sich leider nur der Kranz verbog, ohne dass die Tür über ihm nachgab. Als das Lenkrad bereits eine ovale Form angenommen hatte, wollte er schon aufgeben, da flog die Fahrertür plötzlich mit einem metallischen Knall auf.

»Na also, geht doch!«, lautete sein einziger Kommentar.

Anna reichte ihm die Rucksäcke, die er nach draußen beförderte. Anschließend kletterte er ins Freie, stellte sich breitbeinig auf die arg in Mitleidenschaft gezogene Fahrerseite des Führerhauses und half Anna beim Ausstieg.

Im Licht des Mondes und der Sterne wirkte der Wald wie ein bedrohlicher Hort okkulter Geheimnisse. Die hügeligen Weiden machten ebenfalls keinen vertrauenerweckenden Eindruck, zumal das monströse Biest dorthin verschwunden war und aus der Ferne sporadisch das schiffssirenenartige Geräusch ertönte. Im Ernstfall konnte Ruben dem Monstrum mit seiner Neun-Millimeter nur bedingt gefährlich werden.

»Wir setzen unseren Weg durch den Wald fort«, entschied er daher. »Das scheint mir das kleinere Übel zu sein. Ich lege keinen Wert darauf, auf freiem Feld einem der Riesenwildschweine zu begegnen.«

»Ach, da hat Mister Schwarzenegger wohl doch Sorge, ein Lebewesen auf diesem Planeten könnte ihm überlegen sein.«

»Ich bin eben kein Tierquäler.« Julian sprang hinunter auf den weichen Boden des Straßengrabens und fing die beiden Rucksäcke auf, die Anna ihm zuwarf. Anschließend folgte die reizende

Frau selbst und federte ihren Sprung mühelos ab. Sie verzichtete darauf, ebenfalls von ihm aufgefangen zu werden, obwohl er das gern getan hätte.

*

Im Wald war es stockfinster. Nur hin und wieder drang Mondlicht durch das dichte Blätterdach und warf bizarre Schatten, die von dunklen Waldgeistern zu stammen schienen, auf den Weg und an die Baumstämme. Der Geruch von Nadelbäumen lag in der Luft, offenbar gab es hier irgendwo eine unberührte Schonung. Ein schwacher Wind bewegte die Kronen leicht hin und her und brachte die Blätter zum Rascheln.

Ein schmaler, unbewachsener Graben kreuzte ihren Pfad. Entlang seiner kurvigen Bahn erlaubte eine schmale Lücke in den Wipfeln dem Mondlicht, den nächtlichen Wanderern den Weg zu weisen. Um aus den Flanken herausgewachsene Wurzeln herum und unter umgestürzten Bäumen hindurch schlängelte sich der Graben gen Osten, was ihn zu einem idealen Reisebegleiter machte. Die beiden Flüchtlinge kamen durch das dichte Unterholz zwar weiterhin nur langsam voran, doch immerhin konnten sie jetzt einigermaßen sehen, wohin sie traten.

Plötzlich zerriss ein von Todesangst geschwängerter Schrei aus nicht allzu weiter Ferne die bislang vom Rauschen des Waldes dominierte Geräuschkulisse.

»Klingt nach einem Menschen! Überlebende!«, rief Julian und sprintete los.

Er lief tiefer ins Dickicht des dunklen Waldes, wobei er sich mit rudernden Armen seinen Weg bahnte. Anna blieb hinter ihm, in sicherem Abstand, damit ihr nicht dauernd die Zweige um die Ohren schlugen. Bereits nach wenigen Metern lichtete sich der Wald und wurde durch eine hohe Mauer ersetzt, hinter der sie unbewaldetes Gelände vermuteten. Hier sorgte der Mond für ausreichende Helligkeit.

Etwa dreißig Meter entfernt stand ein gedrungenes Wesen mit überlangen Armen leicht gebeugt vor einer Frau und einem Mann, die ängstlich zurückwichen. Unvermittelt sprang der Gedrungene vor und schlug dem Mann die Faust ins Gesicht. Mit einem weiteren Hieb brachte er die Frau zu Fall und setzte sich auf sie.

Die Bestie genoss diesen Moment der Vorfreude. Mit einem Ruck öffnete der Ghoul Jennifers zerknitterte, durchgeschwitzte Bluse und sein breites Maul. Speichel tropfte von den dreieckigen Haifischzähnen auf die in einen viel zu engen BH gezwängten Hängebrüste der Frau, die ihren Mund aufgerissen hatte, jedoch keinen Laut hervorbrachte. Das Untier beugte sich vor. Sein Speichel rann ihr nun über Hals, Kinn und Lippen – sie war so schockiert, dass sie es nicht einmal schaffte, zu würgen.

Julian war bis auf zehn Meter heran, was dem Ghoul niemals entgangen wäre, hätte die Gier nach Fleisch nicht seine Sinne getrübt.

»Hey, Arschloch!«, fiel Ruben nichts Besseres ein, um den Hellgrünen, der im Licht des Mondes schmutziggrau wirkte, auf sich aufmerksam zu machen.

Verärgert darüber, beim Schlachten seines Opfers gestört worden zu sein, ruckte der Kopf der Bestie mit einem unwilligen Knurren in Julians Richtung. Der hatte längst seine Pistole gezogen und angelegt. Soweit es den verwachsenen Gesichtszügen des Leichenfressers möglich war, drückten sie grenzenloses Erstaunen aus, als sich nach einem lauten Knall jeweils ein Loch in seiner Stirn und am Hinterkopf bildete. Dunkles Blut quoll in wenigen Stößen daraus hervor, bis das Herz des Grauenhaften zu schlagen aufhörte und er mit unveränderter Miene zur Seite kippte.

Die Frau blieb zitternd auf dem Rücken liegen. Der Speichel und das Blut des Unholds verklebten die braunroten Haare auf ihren Wangen. Sie fühlte sich wie ausgekotzt. In diesem Augenblick wünschte sie sich nichts sehnlicher – als bei einem Coiffeur unter der Trockenhaube zu sitzen und bei einer duftenden Tasse Kaffee in einer Modezeitschrift zu blättern.

»Wer sind Sie?«, fragte Ruben das Häufchen Elend. Doch die Angesprochene starrte nur ins Leere. Der Ex-Soldat bezweifelte, dass seine Worte bis zu ihrem Verstand vorgedrungen waren. »Vielleicht schaffst du es ja, sie aus ihrem Schockzustand herauszuholen«, sagte er zu seiner Begleiterin und wandte sich dem auf dem Bauch liegenden Mann zu. Julian drehte ihn auf den Rücken, sah einen dünnen Faden Blut aus dem Mundwinkel des Misshandelten rinnen und überprüfte den Puls. »Alles in Ordnung. Er lebt!«

»Ich habe keine Ahnung, wie man jemanden aus einem Schock zurückholt«, entgegnete Anna angesichts der zitternden, ins Nirgendwo blickenden Frau. Sie probierte es mit sanftem Zureden.

Julian war weniger feinfühlig, er rüttelte den Mann, dessen kahles Haupt von einem schütteren Haarkranz umrahmt war, an den Schultern, bis der seine Augen aufschlug. Der Erwachte war verwirrt, orientierungslos.

»Mein Name ist Julian Ruben«, sprach sein Retter beruhigend auf ihn ein. »Dies ist meine Begleiterin Anna Sindtstein.«

»Herbert Morgenfelder«, stellte sich der Mann mit der Halbglatze zögerlich vor. »Ich bin Staatssekretär für Integration der Bundesrepublik Deutschland.«

Na, dann integrieren Sie mal schön, erwiderte Julian in Gedanken und blickte zu dem toten Ghoul. *Die Grünlinge und Schädeligen können es sicherlich kaum erwarten, von Ihren Amtsmitarbeitern betreut zu werden.*

»Meine Begleiterin ist Jennifer Gutendorf-Schöneberg, Kommissarin für Volksgesundheit«, fuhr der Politiker fort.

Da hat sie aber einen tollen Job gemacht – das Volk erfreut sich allerbester Gesundheit! Der Ex-Soldat konnte seine zynischen Gedanken nicht unterdrücken. Am liebsten hätte er sie dem Mann ins Gesicht geschrien.

Endlich gab auch die Kommissarin einen gurgelnden Laut von sich, gefolgt von einem geflüsterten »Wir werden alle sterben!«

»Reden Sie kein dummes Zeug!«, wechselte Anna von der sanften Methode zu einer schrofferen Vorgehensweise, die ihr erfolgversprechender erschien.

»Ich will hier weg!«, fügte Gutendorf-Schöneberg mit festerer Stimme hinzu. »Sofort!« Das klang fast schon patzig, offenbar erholte sie sich allmählich.

Anna war mit sich zufrieden. *Na bitte, dabei habe ich nicht einmal Psychologie studiert.* »Das trifft sich gut«, sagte sie schnippisch zu der Politikerin. »Wir beabsichtigten nämlich nicht, länger als nötig hierzubleiben.«

»Haben Sie ein bestimmtes Ziel?«, wollte der Staatssekretär wissen, der sich mittlerweile ganz erhoben hatte.

»Wir wollen zur Ordensfestung am Hennesee«, klärte Anna die beiden auf. »Die Templer haben eine Sendung auf Kanal 13 ausgestrahlt...«

»Das ist mir bekannt!«, unterbrach Morgenfelder sie ungehalten. »Wollen Sie sich wirklich diesen Extremisten anbiedern? Die haben unsere freiheitlich demokratische Grundordnung sogar noch bekämpft, als...«

Ärgerlich unterbrach Anna die befehlsgewohnte Stimme des eloquenten Politikers. »Ihre lächerliche Polemik können Sie sich sparen, wir sind hier auf keinem Parteitag«, fauchte sie ihn an. »Die Menschheit ist von der totalen Auslöschung bedroht, und Sie Schwätzer bringen Ihre dümmliche Politik ins Spiel! In der Ordensburg gibt es lebende Menschen, vielleicht die letzten der Erde, und diese Tatsache ist wichtiger als Ihre religiöse oder weltanschauliche Einstellung. Kommen Sie mit oder lassen Sie es bleiben!«

Julian musste unwillkürlich lächeln, angesichts der Bestimmtheit, mit der seine Begleiterin den Mann, der wohl niemals an seiner Autorität gegenüber dem gemeinen Volk gezweifelt hatte, zurechtwies.

»Ich will mitkommen!«, krächzte Gutendorf-Schöneberg mit brüchiger Stimme. Trotz des fahlen Mondlichts war zu erkennen, dass ihre Gesichtshaut zwischen den Speichel- und Blutresten des Ghouls blass wie ein Leichentuch war. Schwankend kam die Mittvierzigerin auf die Beine.

Ruben warf einen kurzen Blick auf seinen Kompass. »Wir müssen die Mauer umgehen. Osten liegt auf der anderen Seite.«

Zügigen Schrittes machte er sich unverzüglich auf den Weg. Anna war sofort an seiner Seite. Morgenfelder folgte mit der Kommissarin.

»Nicht so schnell«, stöhnte der Politiker. »Wir können sonst nicht mithalten.«

»Ghoooouuuul!«, ertönte es von irgendwoher aus der Nähe.

Der Staatssekretär war der Erste, der im Stechschritt an Anna und Julian vorbeizog. Seine politische Forderung war diesmal nur kurz: »Schneller!«

Gutendorf-Schöneberg versuchte sich in einem leichten Laufschritt, fing aber schon nach wenigen Metern an zu schnauben, was nichts Gutes erahnen ließ. Julian verspürte wenig Lust, sie auf den Armen zu tragen und dabei ständig in ihre zerrissene Bluse starren zu müssen. Nötigenfalls würde er sie sich über die Schulter werfen.

Unmittelbar nachdem die vier den Friedhof hinter sich gelassen hatten, versperrte ihnen ein halbes Dutzend Ghouls, wahrscheinlich angelockt durch den Schuss, den Fluchtweg. Wie Dämonen tauchten sie aus der unheimlichen Schattenwelt des mondbeschienenen Waldes auf und bildeten einen Halbkreis um ihre Opfer. Gegen diese starke Übermacht hatten die vergleichsweise schwachen Menschen null Chance.

*

Null Chance war genau das, was Julian erst so richtig anspornte. Er zog sein Messer und reichte es seiner Begleiterin. Seine mächtigste Waffe, die Neun-Millimeter, behielt er selbst, denn er war früher unbestritten der beste Schütze seiner Einsatztruppe gewesen.

Sein erster Schuss ersetzte das linke Auge eines Ghouls durch ein dunkles Loch. Der Unhold wurde von der Wucht des Einschlags von den Beinen gerissen und blieb leblos liegen. Zwei weitere Bestien fielen der Halbautomatik durch Kopfschüsse zum Opfer. Die übrigen drei erwischte der Präzisionsschütze nicht mehr, sie waren schon zu dicht heran.

Jetzt kamen Annas Nahkampfkünste zum Zug. Sie ließ das Messer waagerecht durch die Luft fahren und schnitt einem der Grünhäutigen die Kehle durch. Ein weiterer umklammerte die Kommissarin und wollte gerade seine Haifischzähne in ihren faltigen Hals schlagen, als ihm Julian die Pistole seitlich an den Kopf hielt und abdrückte.

Nummer fünf! Die Gegenwehr verlief reibungsloser als er befürchtet hatte. Den primitiven Ghouls mangelte es sichtlich an Kampferfahrung.

Der sechste der Gelbäugigen warf den Staatssekretär zu Boden und hockte sich dann auf sein Opfer, wie es diese instinktgesteuerte Spezies immer tat. Als die Bestie begriff, dass seine Artgenossen den Kampf gegen die vermeintlich leichte Beute nicht überlebt hatten, gewann ihr Selbsterhaltungstrieb die Oberhand über die Fressgier. Mit wütendem Knurren ließ sie von dem fetten Leckerbissen ab und flüchtete mit mehreren gewaltigen Sprüngen in die Schattenwelt des Unterholzes.

»Weiter! Wo die herkamen gibt es garantiert noch mehr!«, rief Anna und lief los, das blutige Messer in der Hand. Julian setzte sich an ihre Seite, die beiden Politiker folgten. Die keuchende Kommissarin würde wohl nicht mehr lange durchhalten...

Übergangslos wurde der Wald durch ein freies Feld ersetzt. Das hohe Gras stand kerzengrade, kein Lüftchen regte sich. Ruben bedeutete seinen Begleitern, am Waldrand anzuhalten, denn die Wiese bot keinerlei Deckung vor einem eventuellen Angriff der Riesenwildschweine. Der Ex-Soldat nutzte die kurze Pause, um das Magazin seiner Halbautomatik aufzufüllen und die Waffe wegzustecken. Auch das Messer nahm er wieder an sich.

Er lauschte nach verdächtigen Geräuschen, doch weder das sirenenartige Trompeten noch das Gestampfe eines der Giganten war zu vernehmen. Die Landschaft lag vollkommen ruhig und verlassen vor ihnen.

Der Hüne gab sich einen Ruck und trat auf das keine Deckung bietende Feld hinaus, die anderen folgten ihm. Die Gruppe legte zwei relativ unbeschwerliche Kilometer zurück und überquerte drei Straßen, bevor wieder der Wald vor ihnen auftauchte. Diesmal wirkte er nicht so bedrohlich wie zuvor, weil das fahle Mondlicht durch das Rot der aufgehenden Sonne am Horizont ersetzt wurde.

Sie waren erst wenige Meter in die dichten Reihen der Bäume eingedrungen, als es passierte: Eine unüberschaubare Anzahl von Ghouls löste sich aus dem Dickicht und stürzte sich auf die Flüchtlinge. Anna zog das Messer aus Julians Gürtel, während er innerhalb einer Sekunde zwei Bestien mit der Pistole erledigte. Der Ex-Soldat sah, wie Anna einem der Monstren sein Kampfmesser bis zum Schaft in den Hals rammte. Gleichzeitig nahm er aus dem Augenwinkel wahr, wie die beiden Politiker im Unterholz verschwanden.

Ruben erschoss einen weiteren Ghoul, der sich Anna von hinten nähern wollte, packte sie am linken Arm und zog sie in die Richtung, in der ihre »mutigen Weggefährten« verschwunden waren. Nach wenigen Sekunden hatten sie die beiden eingeholt.

Äste brachen knackend, als vier weitere Bestien in unmittelbarer Nähe aus dem Unterholz hervorstürmten. Ein Ghoul sprang Julian direkt an. Er konnte die Halbautomatik nicht schnell genug hochreißen und rammte dem Untier krachend seine Linke unter das Kinn. Das Brechen des Ghoul-Kiefers begleitete den Schlag gleichsam einer Hintergrundsymphonie.

Einer der Grünhäutigen stürmte auf Morgenfelder zu. Der Staatssekretär ergriff Annas Arm und schleuderte die junge Frau dem bestialischen Angreifer entgegen. Diese Abwehrmaßnahme hatte sich im Hotel hervorragend bewährt – sein Ex-Assistent Möntgenstein hätte das sicherlich bestätigt, hätte er noch sprechen können. Der Ghoul war für einen Moment verblüfft und erfreut zugleich, ob der knackigen Mahlzeit, die ihm freiwillig dargeboten wurde. Tief sog die Bestie den herrlichen Angstduft der jungen Frau ein und schloss seine langen Arme um den sicherlich wohlschmeckenden Körper.

Da jagte eine Kugel wenige Zentimeter an Annas Kopf vorbei und blieb mitten zwischen den Augen des »Gourmets« stecken. Die Frau löste sich aus der erschlaffenden Umklammerung, noch bevor der Ghoul zu Boden ging.

Julian fixierte den Staatssekretär mit dem grausamen mitleidslosen Blick einer Raubkatze. Morgenfelders Feigheit stellte eine Gefahr für die ganze Gruppe dar, das durfte er nicht zulassen...

Das Schattenreich des Mondes gebar drei weitere Leichenfresser. »Ist hier irgendwo ein Nest?«, knurrte Julian, streckte seine Waffenhand aus und durchschoss einem der Ghouls die Stirn. Die beiden anderen stürmten brüllend heran.

»Halt!«, donnerte die Stimme des Hünen, das Brüllen übertönend.

Aus den Strudeln, die die Erinnerung an ihr früheres Leben aufgesaugt hatten, wurde den Angreifern die Bedeutung dieses Wortes und seiner kompromisslosen Klarheit schlagartig bewusst. Beide Leichenfresser hielten abrupt inne. Sie spürten, dass ein Ignorieren des Befehls ihren sicheren Tod bedeutete. Fünf weitere Ghouls wurden von der Dunkelheit freigegeben und blieben hinter ihren zwei zögernden Artgenossen stehen. Sie verstanden ebenfalls instinktiv, dass ein hirnloses Anrennen gegen den hochgewachsenen Kämpfer mit seiner gefährlichen Waffe ihnen einen hohen Blutzoll abverlangen würde.

Die Ghouls verfolgten irritiert mit, wie der große Mann auf den untersetzten Mann zutrat. Nur kurz wagte es Morgenfelder, Ruben in die Augen zu sehen, doch dieser Moment genügte, dem Staatssekretär zu offenbaren, was ihn gleich erwartete...

»Das können Sie nicht tun«, kam es kaum hörbar über die Lippen des Politikers, der keine Probleme damit hatte, über Leichen zu gehen, solange er nicht selbst die Leiche war.

Julian übergab die Halbautomatik an Anna, die sie weiterhin auf die nur wenige Meter von ihr entfernten Ghouls richtete. Dann packte der Hüne den wimmernden Feigling am Kragen und am Hosenbund und schleuderte ihn direkt vor die für ihre Statur viel zu großen, klobigen Füße der Ghouls.

»Neeiinn!«, schrie Gutendorf-Schöneberg.

Seelenruhig nahm Julian die Schusswaffe wieder an sich. »Wenn ihr uns verfolgt, sterbt ihr!«, warnte er die Bestien scharf und blickte jedem Ghoul nacheinander direkt in die Augen. »Nehmt den da und seid zufrieden!« Er wusste nicht, ob die Grünhäutigen seine Worte verstanden, doch er fühlte, dass sie zumindest die Situation begriffen hatten.

Den Ghouls standen ein lebender Mensch und mehrere tote Artgenossen zum Fressen zur Verfügung – genügend Fleisch zum Sattwerden. Unter diesen Umständen erkannte selbst ihr stark zurückgebildeter Verstand, dass der mögliche Nutzen eines Kampfes das damit verbundene Risiko bei Weitem nicht aufwog.

Julian blickte kurz zu Anna und sah in ihren Augen eine ähnliche raubtierartige Mitleidlosigkeit, wie er sie selbst verspürte. Der Verräter hatte den Tod mehr als verdient.

»Das dürfen Sie nicht...«, presste Gutendorf-Schöneberg entsetzt hervor, doch dann begriff sie, dass die beiden sehr wohl durften. Welche irdische Gerichtsbarkeit hätte sie dafür bestrafen sollen?

Der Hüne wandte sich ab, seine Gefährtin war sofort an seiner Seite. Die Kommissarin folgte ihnen, ohne Morgenfelder noch einmal anzusehen. Nervös schloss sie ihre Kostümjacke über ihren »hängenden Gärten von Semiramis«, nicht aus Scham, sondern weil ihre unruhigen Hände Beschäftigung brauchten.

Mit einer Miene, die aus Todesangst, Fassungslosigkeit, Selbstaufgabe und Selbstmitleid gemeißelt war, sah der Staatssekretär stumm hinter den dreien her. Selbst als die Monstren ihre spitzen Zähne in ihn schlugen und die hellen Flammen unmenschlichen Schmerzes ihn innerlich verbrannten, gab er keinen Laut von sich.

Kapitel 3:
Die Festung

Die Sonne hatte sich bereits zur Hälfte über den Horizont geschoben und tauchte den See in ein rotes Licht. Schweigend betrachteten die drei Menschen die nur dreihundert Meter entfernten, hohen grauen Mauern der Festung am jenseitigen Ufer des Gewässers. Das Bollwerk aus dem 21. Jahrhundert war auf einer ausgedehnten Landzunge errichtet worden, um die herum sich der Hennesee unter den morgendlichen Strahlen der Sonne wie ein Fluss aus Blut wand.

Der Hüne blickte am diesseitigen Ufer entlang, doch seine Hoffnung, ein Boot auf dem schmalen Sandstrand vor den Baumreihen des Waldes zu finden, erfüllte sich nicht.

»Wir werden schwimmen müssen! Unsere Rucksäcke lassen wir hier, die können wir später abholen«, entschied Julian.

»Das schaffe ich nicht«, erklärte Gutendorf-Schöneberg. »Es sind mindestens zweihundert Meter bis zur gegenüberliegenden Seite.«

»Stellen Sie sich nicht so an!«, wies Anna die Politikerin zurecht. »Den See zu umrunden wäre mit einem anstrengenden Kilometermarsch verbunden. Wir haben Mitte August, das Wasser ist warm genug. Das Schwimmen wird uns guttun, denn wir haben alle eine Körperwäsche dringend nötig, mitsamt unseren Kleidungsstücken.«

Julian hatte den Worten der Brünetten nichts hinzuzufügen. Er ließ seinen Rucksack einfach in den Sand gleiten und stieg bis zu den Hüften in das angenehm erfrischende Nass. Mit einem Kopfsprung tauchte er unter und kam erst nach zwanzig Metern wieder hoch. Anna folgte ihm auf ähnliche Weise, während die Kommissarin bereits in Ufernähe mit unsicheren Schwimmbewegungen begann.

Anna und Julian hatten bereits die Hälfte des an dieser Stelle schmalen Sees durchquert, als die morgendliche Stille plötzlich vom dutzendfachen Surren mächtiger Schwingen zerrissen wurde. Aus den Wipfeln der Bäume erhoben sich riesige Fledermäuse von der Größe ausgewachsener Menschen, deren rote Körper von gelben Konturen gezeichnet wurden. Die Fledermausartigen verfügten über Arme und Beine mit klauenartigen Händen und Füßen sowie über zwei gebogene Schwingen auf dem Rücken, mit circa zehn Metern Spannweite. Mehrere Dutzende dieser seltsamen Wesen steuerten auf die Festung zu, die eine sechseckige Grundform hatte.

Von jenseits der Mauern hörten die Schwimmer gebellte Befehle, deren Wortlaut sie nicht verstanden. Der Schwarm der Rothäutigen am Himmel, die archaisch anmutende Festung, eingetaucht in das spektakuläre rote Licht der aufgehenden Augustsonne, erzeugte bei Anna das Gefühl, sich in einem Traum zu befinden. Nach den vorausgegangenen Erlebnissen musste es sich wohl um einen Albtraum handeln.

Plötzlich stiegen Leuchtspurgeschosse in den Himmel auf. Erst Sekundenbruchteile danach vernahmen die drei Menschen im Wasser das dumpfe Knallen der Schüsse, was sich anhörte wie das trockene Taktfeuer mehrerer Flugabwehrgeschütze. Während die »Fledermäuse« auf die Festung hinabstießen, wurden die ersten unter ihnen in rote Blutwolken gehüllt, aus denen ihre zerfetzten Körper aufs Ufer stürzten.

Eine knappe Minute später drehten die Geschöpfe ab, die Sinnlosigkeit ihres Tuns erkennend. Die Verteidiger der Festung sandten ihnen noch ein paar unversöhnliche Geschosse hinterher, die ein weiteres halbes Dutzend der monströsen Rothäutigen vom Himmel holten. Einer krachte in unmittelbarer Nähe von Julian ins Wasser.

Der Körper des Fledermausartigen schien sehr leicht zu sein, denn er tauchte bereits nach wenigen Sekunden wieder auf. Ruben erkannte ein schmales Kinn, darüber ein mit Reißzähnen bewehrtes Maul, eine lange Hakennase und gebrochene gelbe Augen, die senkrecht geschlitzt waren. Die Ohren des Wesens erinnerten an eine proportional vergrößerte Version von Fledermauslauschern.

Als Anna und Julian das Ufer erreichten, befand sich die Kommissarin erst auf dem halben Weg. »Ihr Schnaufen höre ich bis hierher«, behauptete Ruben und schnappte sich eines der vielen Paddelboote, die hier am Strand lagen; wahrscheinlich benutzten die Templer sie zum Fischen.

Mit kräftigen Zügen ruderte er der Politikerin entgegen. Nach wenigen Sekunden hatte er sie erreicht und zog sie an Bord, was gar nicht so einfach war, denn sie war ziemlich füllig. Außerdem war ihre Kleidung durchnässt, was ihr zusätzliches Gewicht verschaffte. Wie ein Karpfen, der an einer Angel gerade seinen letzten Kampf gefochten hatte, plumpste sie schließlich an Bord. Selbst die Art, wie sie nach Luft schnappte, erinnerte an einen Fisch.

Als der Hüne das Boot wendete, erkannte er, dass Anna nicht mehr allein war. Zwei schwerbewaffnete, in dunkelviolett schimmernde Rüstungen gehüllte Männer standen neben ihr und schienen sich angeregt mit ihr zu unterhalten. In den Armbeugen hielten sie Helme in der gleichen Farbe.

Erwartungsvoll blickten sie dem Ruderer entgegen, der mit seinem »Fang« zurückkehrte. Am Ufer halfen sie dem Ex-Soldaten, das Boot an Land zu ziehen.

Julian bewunderte kurz die in tiefem Violett glänzenden Rüstungen, fragte sich jedoch, warum man mit dem kohlenstoffverstärkten Kevlar die menschliche Muskulatur eines Athleten nachgebildet hatte. Erstmals hatte er diese merkwürdigen Rüstungen im Fernsehen gesehen, beim Sturm einiger Polizei-Hundertschaften auf eine Templerfestung im süddeutschen Raum. Wenige Dutzend Templer waren, bekleidet mit diesem extrem leichten violetten Ganzkörperschutz, aus den Toren des Bollwerks gekommen und hatten trotz scharfen Beschusses durch die

Polizei einen Gegner nach dem anderen mit Betäubungsmunition ins Reich der Träume geschickt. Anschließend hatten sie, was die Medien natürlich verschwiegen hatten und nur hinter vorgehaltener Hand verbreitet worden war, fast die Hälfte ihrer Gefangenen für ihre Templergemeinschaft rekrutiert.

»Centurio[8] Hagen«, stellte sich einer der beiden Bewaffneten vor.

Der Templer-Offizier war von mittlerer Größe und überaus sportlich. Er betrachtete die Welt stets wachsam aus graublauen Augen. Selbst bei nur zwei Worten klang sein leichter sächsischer Akzent durch.

»Ductor[9] Ulf.« Der um einen Kopf größere hagere Begleiter Hagens hielt dem Hünen die Hand hin. Seine dunkelbraunen Augen und die fast schwarzen Locken hätten ihm ein südländisches Aussehen verliehen, wären nicht seine nordisch geschnittenen Gesichtszüge gewesen.

Nachdem sich die beiden Flüchtlinge ebenfalls vorgestellt hatten – der »Karpfen« lag noch japsend im Boot –, meinte der Centurio mit freundlich klingender Stimme: »Sicher haben Sie unsere Endlossendung gesehen. In den vergangenen Stunden sind bereits zweiunddreißig Immune aus der Umgebung eingetroffen. Wo kommen Sie her?«

»Aus Dortmund!«, entgegnete Ruben.

»Respekt! Bei dem, was hier alles so kreucht und fleucht, haben Sie eine beachtliche Strecke geschafft.« Er blickte kurz auf die Halbautomatik im Schulterhalfter des Hünen. »Und das so gut wie unbewaffnet.« Im Vergleich zu dem Maschinengewehr mit integriertem Granatwerfer des Centurionen war die Pistole des Ex-Soldaten in der Tat eher ein Spielzeug. »Und wer ist das?« Hagen deutete auf die flach auf dem Rücken liegende Politikerin.

---

[8] Befehlshaber einer Hundertschaft

[9] Führt eine Kampfgruppe (5 – 15 Mann)

»Darf ich vorstellen: Die Kommissarin für Volksgesundheit, Mitarbeiterin des Gesundheitsministeriums der Bundesrepublik Deutschland«, ließ sich Anna nicht nehmen, das Wort zu ergreifen.

Die Wangenmuskulatur des Centurionen zuckte kurz. »Ist ja interessant!« Er gab dem Ductor einen kurzen Wink, dann stellten die beiden Rüstungsträger die mollige Frau an ihren Armen ziehend auf die Füße. Unsicher stieg sie von den Templern gestützt aus dem Boot.

»Ich nehme an, Sie möchten uns in die Festung begleiten?«, fragte Hagen mit Blick auf den Hünen und seine schöne Begleiterin.

»Zunächst würde ich gern mit dem Boot unser Gepäck vom anderen Ufer holen«, entgegnete Julian.

»Davon rate ich Ihnen dringend ab.« Der ranghohe Rüstungsträger machte ein ernstes Gesicht. »Die Dragonaren flogen in der vergangenen Nacht mehrere Angriffe auf unsere Festung. Der eben erfolgte Versuch bei Tageslicht war heute sicherlich nicht ihr letzter.«

»Es ist gerade einmal ein paar Minuten her, dass diese – wie nannten Sie sie noch gleich? – Biester eine ziemlich unerfreuliche Bekanntschaft mit Ihrer Flak gemacht haben«, blieb Ruben stur. »So schnell kommen die bestimmt nicht wieder. Ich brauche nicht lange, das geht ruck, zuck.«

»Na schön, dann nehmen Sie wenigstens das hier mit.« Der Centurio hielt ihm das schwere Maschinengewehr hin. »Ich weise derweil die Flak auf der Festungsmauer an, Sie im Auge zu behalten und Ihnen im Ernstfall Feuerschutz zu geben.« Er hielt den Helm vor sein Gesicht und sprach hinein: »Hagen an Flaknester fünf, sechs und eins. Ablegendes Boot beobachten und gegebenenfalls Feuerschutz gewähren.«

»Vielen Dank, Centurio!«, sagte Julian.

»Pass auf dich auf!«, flüsterte ihm Anna zu.

Julian nickte kurz, schob das Boot ins Wasser und stieg ein.

Wenig später sahen ihn die Beobachter am Festungsstrand und auf der Mauer auf der anderen Seite des Sees das Boot wieder verlassen. Die Rückfahrt mit den Rucksäcken verlief ebenfalls ohne Zwischenfall. Anscheinend mussten die Dragonaren erst ihre Wunden lecken, oder sie suchten nach leichteren Angriffszielen als die waffenstarrende Templerfestung.

Erneut halfen die beiden Templer, das Boot wieder an Land zu ziehen. Ruben reichte Anna ihren Rucksack und schnallte sich den eigenen auf die Schultern.

»Jetzt kann es von mir aus losgehen«, sagte der Hüne mit einem selbstzufriedenen Gesichtsausdruck. – Die Kleidung der drei Gestrandeten war unter der heißen Sonne zwar noch nicht vollständig getrocknet, sie triefte und tropfte aber auch nicht mehr und verschaffte ihren Trägern eine angenehme Kühle.

Die beiden Soldaten gingen voran und steuerten auf ein rund zwölf Meter hohes, aus zwei Flügeln bestehendes Stahltor in der Festungsmauer zu. In das gewaltige Portal waren Türen von normaler Größe eingearbeitet worden; eine davon öffnete sich automatisch, kurz bevor die Gruppe sie erreichte. Ein weiterer Templer in violett schimmernder Rüstung hielt dort Wache. Er hatte seinen Helm aufgesetzt, der auf dem Rücken bis tief in den Nacken reichte und an den Seiten in einer geschwungenen Form auf seinen Schlüsselbeinen auflag. Lediglich die untere Stirn, Gesicht und Hals waren ungeschützt, wenn man von einem über der Nase liegenden Streifen absah. Der Soldat stand stramm, als der Centurio mit seinen Gästen eintrat.

Ruben befand, dass dieser Helm seinen Träger extrem in seiner Bewegungsfreiheit einschränkte und daher im Kampf eher kontraproduktiv war. Als Ex-Soldat war er natürlich an militärischen Dingen interessiert und fragte den Centurio danach.

Der ranghohe Templer lächelte und erklärte ihm: »Die Öffentlichkeit außerhalb der Templergemeinschaft glaubte bisher, unsere Rüstungen würden aus kohlenstoffverstärktem Kevlar bestehen. Wir ließen alle in diesem Glauben, insbesondere natürlich unsere Gegner. Nach den aktuellen Ereignissen besteht kein Grund mehr zur Geheimhaltung.« Der Ordensbruder blieb stehen und schaute seinem Gegenüber offen in die dunkelblauen Augen. »Unsere Rüstungen bestehen aus speziellen Nanomaterialien, die bei plötzlichem Druck, wie dem Auftreffen eines Geschosses, eine extreme Festigkeit aufweisen. Bei langsamer Einwirkung, wie den Bewegungen seines Trägers, ist das Material hingegen elastisch wie Stretchstoff.«

»Unglaublich.«

»Aber wahr. Vergleichen Sie das Ganze mit dem Sicherheitsgurt in einem Fahrzeug. Bei einem plötzlichen Aufprall hakt er fest und lässt sich keinen Millimeter bewegen. Wenn Sie den angelegten Gurt jedoch mit der Hand ruhig nach vorne ziehen, setzt er Ihnen kaum Widerstand entgegen. Einen ähnlichen Mechanismus haben unsere Frauen und Männer von der Geheimwissenschaftlichen Sektion des Ordens auf molekularer Ebene nachgebildet. Wir tragen das atmungsaktive, Securit genannte Material direkt auf der Haut, weshalb sich die Körperkonturen darunter abzeichnen. Unsere Muskelpartien wurden nicht nachgebildet – sie sind echt. Probieren Sie es ruhig aus, indem Sie mit einem Finger vorsichtig gegen meine Brust drücken.«

Ruben tat wie ihm geheißen, wobei das Material unter seiner Einwirkung eine kleine Beule zeigte.

»So, und nun schlagen Sie mit dem Handballen gegen die gleiche Stelle. Nicht mit geballter Faust, wohlgemerkt, Sie könnten sich verletzen.«

Julian folgte der Aufforderung – und hatte das Gefühl, gegen eine Betonwand zu schlagen. Der einzige Effekt war, dass der Centurio unter dem kräftigen Hieb einen Ausfallschritt nach hinten machen musste.

»Das ist ja unglaublich«, verlieh der Hüne seiner Faszination Ausdruck.

»Das finde ich auch«, gab Hagen mit unverhohlenem Stolz zurück. »Doch nun bringe ich Sie erst einmal zu Leonidas, der es sich nicht nehmen lässt, Neuankömmlinge persönlich zu begrüßen. Er ist nicht nur Erzprior, also ›General‹ dieser Festung, sondern bekleidet zusätzlich das Amt des Großmeisters, des obersten Leiters der weltweiten WTO-Gemeinde.«

*

Anna und Julian waren vom mehr als einen Quadratkilometer durchmessenden Inneren der Festung tief beeindruckt. Bis zu vierstöckige Gebäude im neoklassizistischen Stil säumten eine immens breite Straße, die direkt bis zum Tor führte. Überall herrschte ein reges Treiben von Zivilisten und Soldaten.

»Die Industrie haben wir unterirdisch angelegt.« Mit diesem Satz machte der Centurio das Staunen der beiden Flüchtlinge perfekt. Die ein paar Schritte hinter ihnen gehende Kommissarin schnaufte nur verächtlich.

Ruben fragte sich, warum in den Medien über diese beeindruckenden Anlagen der Templer niemals berichtet worden war. Er selbst hatte stets die Vorstellung gehabt, im Innern der Festungen stünden mit Templerkreuzen bemalte Zeltlager. Nun schalt er sich einen Narren für seine Naivität.

Über einem vierstöckigen Gebäude, ziemlich genau in der Mitte der Festung, wehte die violette Fahne mit dem roten Templerkreuz im warmen Morgenwind. Durch ein breites gläsernes Portal, das in einem auffälligen Kontrast zur neoklassizistischen Bauweise des Gebäudes stand, führte der Centurio seine drei Gäste in ein geräumiges, nüchtern eingerichtetes Foyer. Der weiß gestrichene Rohverputz erinnerte eher an eine Arztpraxis als an den Hauptsitz eines Ordens.

Hagen nahm einen Gang zur Linken und klopfte an die erste Türe rechts. Er wartete auf kein »Herein!«, sondern öffnete die Tür einen Augenblick später. Im dahinterliegenden Zimmer saß eine freundlich lächelnde Dame an einem Schreibtisch mit Computermonitor. Sie strich sich mit beiden Händen ihre schulterlangen rotbraunen glatten Haare nach hinten über die Schultern, gab jedem der Eintretenden die Hand und stellte sich als Patricia[10] Hildegard vor, Assistentin des Erzpriors.

»Großmeister Leonidas erwartet Sie bereits«, verkündete die Mittvierzigerin. »Wenn Sie mir bitte folgen wollen.« Sie schritt auf eine Eichentür zu, öffnete sie, trat zur Seite und gab den Blick frei auf einen Mann mit schneeweißer Bürstenfrisur, der hinter seinem klobigen Schreibtisch saß und irgendwelche Papiere durcharbeitete. Es war unzweifelhaft der Mann, den die Neuankömmlinge in der Endlossendung des Ordens gesehen hatten.

Leonidas blickte kurz auf, nahm seine Lesebrille ab und erhob sich freundlich lächelnd mit Blick auf Anna und Julian. Die Kommissarin beachtete er seltsamerweise überhaupt nicht. Er reichte den beiden die Hand, stellte sich mit seinem Namen vor und überging auch dabei die Politikerin, die daraufhin das Kunststück vollbrachte, ihre ohnehin finstere Miene noch unfreundlicher wirken zu lassen.

»Sie also sind Anna Sindtstein und Julian Ruben, beide wohnhaft in Dortmund. Sie, Frau Sindtstein, waren zuletzt Teilhaberin und Geschäftsführerin einer Kampfsportschule in Dortmund Stadthafen, und Sie, Herr Ruben, sind ein hoch dekorierter, ehrenhaft verabschiedeter Soldat der Bundeswehr, spezialisiert auf Kommandounternehmen hinter den feindlichen Linien. In den vergangenen Jahren haben Sie sich als Profi-Leibwächter einen Namen gemacht.«

»Woher wissen Sie das alles?«, kam es von Anna und Julian wie aus einem Munde.

»Nun – als gute Bundesbürger haben Sie sich einen RFID-Chip implementieren lassen, der alle wichtigen Daten über Sie enthält, von Ihrem Lebenslauf, über ihre Krankenakten bis hin zu eventuellen Vorstrafen.« Der Erzprior setzte ein nichtssagendes

---

[10] Ziviler weiblicher Ordenstitel, verliehen an verdiente Mitglieder der Gemeinschaft.

Lächeln auf. »Mir persönlich ist es zwar unverständlich, wie man sich einerseits in einem freiheitlichen Land wähnen kann und andererseits dem Staat eine totale Kontrolle gestattet, doch das ist nun mal Ihre Sache. Sie sind eben Kinder ihrer Zeit. Als Sie die Festung betraten, haben wir den Inhalt der Chips natürlich ausgelesen. Wir gestatten uns, das Einverständnis von jemandem voraussetzen zu dürfen, der sich zu einem solchen, in meinen Augen entwürdigenden Implantat bereiterklärt hat.«

»Schauen wir mal, was Sie sich sonst noch so gestatten«, bemerkte Anna bissig.

»Oh, eine ganze Menge. Doch das bezieht sich nicht auf Sie beide, sondern auf Ihre Begleiterin.« Leonidas' Lächeln schwand vollkommen aus seinem Gesicht. »Patricia Hildegard!«, rief er durch die immer noch geöffnete Eichentür. »Bitten Sie Herrn Klauser zu mir.«

Bei dem genannten Namen wich die Restfarbe aus dem Gesicht der gesundheitlich angeschlagenen Kommissarin. »Was für eine Teufelei haben Sie vor?«

»Nein, nein, ich denke, für Teufeleien sind Sie zuständig, Gnädigste, aber das klären wir gleich.«

Rudolph Klauser, ein stattlicher Mann Ende Fünfzig mit grauen Haaren, neugierig die Welt betrachtenden blauen Augen und auffälligen Lachfältchen um die Mundwinkel, betrat würdevoll das Büro des Erzpriors. Da er nur wenige Sekunden gebraucht hatte, um der Aufforderung nachzukommen, lag die Vermutung nahe, dass er in einem Nachbarraum gewartet hatte. Er trug einen dunkelblauen Anzug mit weißem Hemd und, wie der Erzprior, eine violette Krawatte mit dem Templerkreuz auf dem Knoten.

An Anna und Julian gewandt erklärte Leonidas: »Falls Ihnen Herr Klauser nicht bekannt sein sollte – er arbeitete als Staatssekretär im Innenministerium der BRD, und was Sie ganz sicher nicht wissen, er ist Gründungsmitglied des Ordens, wird bei uns Patricius Rudolf genannt und versorgt uns seit rund fünfundzwanzig Jahren mit Informationen aus den Regierungskreisen.

Herr Klauser nahm gestern an einer Tagung in einem Hotel bei Altenhellenfeld teil, auf der auch Frau Gutendorf-Schöneberg anwesend war. Bitte berichten Sie, Rudolf.«

Der Angesprochene fasste die Inhalte der Tagung kurz zusammen und schilderte, dass er unmittelbar nach den Ansprachen, also noch vor dem Abendessen, zur Ordensfestung gefahren war, um gemeinsam mit seinen Mitstreitern Gegenmaßnahmen einzuleiten. Aber es war zu spät gewesen. Das Anau-Projekt war von den Verantwortlichen mit vorbildlicher Geheimhaltung durchgeführt worden, sodass der Orden trotz seiner vielfältigen internationalen Verbindungen den Start der Raketen mit dem Virus nicht mehr hatte verhindern können.

Dann hatten sich zwei Dinge ereignet, die sich der Endfünfziger nicht erklären konnte: Erstens wirkte das Virus nicht in der vorgesehenen Art und Weise, indem es das Autoritäts-Gen bei den Infizierten ersetzte. Stattdessen verwandelten sich die Menschen in Schleimberge, aus denen bereits wenige Stunden später bizarre Lebensformen hervorgingen. Und zweitens waren ausgerechnet die Angehörigen des Ordens völlig unverständlicherweise immun gegen das Virus.

»Ich fasse kurz zusammen«, schaltete sich Leonidas wieder ein, nachdem Rudolf seine Ausführungen beendet hatte. »Die westlichen Demokratien, speziell der CIA in den USA, haben bereits in den sechziger Jahren des vergangenen Jahrhunderts Gedankenkontrollexperimente durchgeführt. Diese inhumanen Techniken, von denen nur die harmloseren an die Öffentlichkeit drangen, hatten dazu führen sollen, die natürlichen Wertesysteme der Menschen zu zertrümmern und durch ungezügelten Drang nach Konsum zu ersetzen[11]. Die zeitgemäßeren unauffälligeren Varianten dieser Unterdrückungsmaschinerie äußerten sich in den vielfältigen Formen der Indoktrination der Menschen, sich

---

[11] Der interessierte Leser sei auf die Dokumentation »Das Netz« von Lutz Dammbeck verwiesen (DVD, ISBN 978-3-89848-800-6).

den vordergründig positiven Vergnügungen des unreflektierten Individualismus sowie des reinen Materialismus hinzugeben.

Aber ohne die genetische Basis – das Autoritäts-Gen – auszuschalten, konnten diese Bemühungen nur von begrenztem Erfolg gekrönt sein. Aus diesem Grunde führte man ein unverantwortliches Viren-Experiment durch, um das natürliche Wertesystem der Menschheit doch noch im Sinne der Herrschenden zu verändern. Dieses Experiment geriet, wie wir nun wissen, völlig außer Kontrolle und hat Milliarden Menschen getötet beziehungsweise in Bestien verwandelt.« Der Erzprior machte eine kurze Pause und blickte nachdenklich auf die einen Kopf kleinere Politikerin herab. »Und Sie, Frau Gutendorf-Schöneberg, waren federführend an der Planung und Durchführung des Anau-Projekts auf deutscher Seite beteiligt. Darum erwartet Sie nun ein Verfahren vor dem Templergericht. Die Anklage lautet ›Verschwörung zum milliardenfachen Mord‹.«

»Was für eine Farce!«, schrie die Kommissarin. »Wer hat denn ausgerechnet Sie, bitte schön, legitimiert, ein Gerichtsverfahren abzuhalten, Sie Extremist!?«

Nun trat ein gefährliches Leuchten in die Augen des obersten Templers, das allen Anwesenden auf einen Schlag klarmachte, warum dieser Mann diese hohe Position innehatte. Jedes seiner folgenden Worte hatte eine fast hypnotische Wirkung und die Politikerin wurde spürbar kleiner.

»Und wer hat ausgerechnet Sie, bitte schön, legitimiert, im Erbgut von Milliarden Menschen herumzupfuschen, mit dem Ergebnis, dass fast die gesamte Menschheit de facto tot ist? Sie haben das schlimmste Verbrechen in der Geschichte dieses Planeten begangen und nennen mich einen Extremisten? Sie können sich darauf verlassen, dass Sie eine gerechte Strafe erwartet – sofern man bei dem ungeheuerlichen Ausmaß Ihres Verbrechens überhaupt von Gerechtigkeit sprechen kann!«

Leonidas machte eine kurze Pause und fuhr dann an Anna und Julian gewandt fort: »Was Sie anbelangt, Frau Sindtstein und

Herr Ruben, so glaube ich nicht, dass Sie mit diesen wahnsinnig gewordenen sogenannten Demokraten unter einer Decke stecken. Aber Sie sind nun einmal mit Frau Gutendorf-Schöneberg ›im Gepäck‹ hier aufgetaucht, weshalb ich um Ihr Verständnis bitte, dass wir den Fall zunächst klären müssen, bevor wir über Ihre Aufnahme in unsere Gemeinschaft entscheiden.«

»Wie wollen Sie denn nach dem Ende der Zivilisation ermitteln, ob wir in diese üblen Machenschaften verwickelt waren? Es dürfte kaum noch jemand am Leben sein, der Ihnen ein Leumundszeugnis von uns liefern könnte«, wandte Anna ein.

»Keine Sorge. Herr Klauser, also Patricius Rudolf, verfügt über umfangreiches Datenmaterial der an der Tagung und speziell am Anau-Projekt Mitwirkenden und deren Sympathisanten. Wenn Ihre Namen in diesen Listen nicht auftauchen, können wir sicher sein, dass Sie rein zufällig auf Frau Gutendorf-Schöneberg gestoßen sind. Die Sichtung der Daten wird höchstens eine Stunde dauern, ist also keine große Sache.«

Schließlich wandte sich Leonidas an den Centurio: »Bitte lassen Sie ›die feine Dame‹ bis zur Verhandlung ins Gefängnis bringen – und ihre beiden Begleiter unter Bewachung in einen Warteraum.« Bei den letzten Worten schenkte er dem Hünen und der Schönen einen entschuldigenden Blick; mehr konnten sie in dieser Situation nicht erwarten, Sicherheit ging vor Sympathie.

Hagen forderte über seinen Helm drei Soldaten an, die bereits eine halbe Minute später im Büro des Erzpriors eintrafen. Zwei nahmen die sich heftig, aber erfolglos wehrende Kommissarin in ihre Mitte und führten das strampelnde, noch etwas feuchtmoderig riechende Menschenbündel ungerührt aus dem Raum. In ihrer Zelle würde sie eine Waschgelegenheit vorfinden. Der dritte, ein ziemlich junger Kerl, gerade erst zwanzig, stellte sich als Miles[12] Anton vor und bat die beiden Flüchtlinge aus Dortmund höflich, ihm zu folgen.

---

[12] Einfacher Soldat

»Bitte leisten Sie keinen Widerstand«, ermahnte sie der Erzprior. »In spätestens einer Stunde werden Sie rehabilitiert sein. Hoffentlich. Alles andere würde mich schwer enttäuschen.«

»Wir leisten keinen Widerstand«, versprach ihm Anna und deutete mit einer Kopfbewegung auf Anton. »Ich werde dem feschen Kerlchen schon nichts tun, auch wenn's schwerfällt.« Trotz des Helms entging ihr nicht, dass der Soldat leicht errötete.

Leonidas räusperte sich kurz, um ein Schmunzeln zu unterdrücken. »Wir sehen uns in einer Stunde.«

Der Miles führte die beiden durch das Vorzimmer zurück in den Gang. Unter unpersönlich flackernden Neonlampen erreichten sie einen Raum am Ende des Flurs.

»Bitte warten Sie hier drinnen.« Der junge Soldat öffnete und schloss die Tür, blieb selbst aber draußen. Die beiden unter Bewachung Gestellten betrachteten den Warteraum, der entfernt an den einer Arztpraxis erinnerte. Doch statt der üblichen abstrakten Gemälde hingen Motive aus den längst vergangenen Zeiten der mittelalterlichen Templer an den Wänden. Einfache Holzstühle umringten einen runden Tisch, auf dem sogar einige Zeitschriften lagen.

»Na ja, mit dem Nachschub an trivialem Lesestoff dürfte es in Zukunft etwas schwierig werden«, bemerkte Julian ebenso leise wie sarkastisch.

»Was hältst du von dieser Templer-Gemeinschaft?«, fragte er seine Begleiterin, nachdem beide am Tisch Platz genommen hatten.

»Das sind schon komische Vögel. So richtig schlau werde ich aus denen nicht«, entgegnete Anna. »Doch viel Auswahl haben wir nicht, wenn wir weiterhin unter Menschen leben wollen.«

»Dir ist schon klar, dass wir hier höchstwahrscheinlich belauscht werden?«

»Und wenn schon. Wir haben schließlich nichts zu verbergen, und die Templer für komische Vögel zu halten, ist mein gottverdammtes Recht.«

»Ich weiß auch nicht, was ich von denen halten soll. In den Medien wurde kaum über die Templer berichtet und wenn überhaupt, dann betont kritisch und meinungsbeeinflussend, um es vorsichtig auszudrücken.«

»Auf der einen Seite bin ich von dem, was die Templer geschaffen haben, durchaus beeindruckt«, gestand Anna ein. »Auf der anderen Seite brauchen die mir nicht mit irgend so einer bescheuerten Religion zu kommen, und einen Bruder oder eine Schwester habe ich hier auch nicht.«

»Für religiösen Firlefanz werden die mich auch nicht begeistern können«, stimmte Julian ihr zu. »Und für die Diktatur des Erzpriors ebenfalls nicht. Entweder lässt es sich hier einigermaßen frei leben, oder ich bin ratzfatz wieder weg und schlage mich allein durch.«

Anna nickte. »Leonidas' Äußerungen über unsere RFID-Chips lassen allerdings darauf schließen, dass die Templer mit Überwachung viel weniger am Hut haben als die ehemalige Bundesregierung. Die Zukunft wird zeigen, ob wir mit diesem seltsamen Gebetsverein kompatibel sind oder nicht.«

Ruben horchte auf. Er fand es äußerst interessant, dass Anna von »wir« sprach. Sie schien davon auszugehen, dass entweder beide oder keiner sich in der Templergemeinschaft zurechtfinden würde. Sekundenlang blickte er seine Begleiterin nachdenklich und wortlos an. Wurde sie ihm etwa sympathisch?

»Was ist los? Was heckst du jetzt schon wieder in deinem testosteronverseuchten Hirn aus?«

Damit war für Julian die Welt wieder in Ordnung.

*

Zweiundfünfzig Minuten nach ihrer »Gefangennahme« klopfte es an die Tür. »Herein!«, bat Ruben.

Es war der Erzprior höchstpersönlich. Er machte es kurz: »Es gibt keine Hinweise darauf, dass Sie in irgendeiner Form in das

Anau-Projekt involviert sind. Ich bitte nochmals um Ihr Verständnis, dass wir dies nachprüfen mussten. Bitte folgen Sie mir in mein Büro.«

Als sie das Wartezimmer verließen, befahl Leonidas dem Miles ein kurzes »Wegtreten!«.

Diesmal setzte sich der Erzprior nicht hinter seinen eichenen Schreibtisch, sondern erklärte seinen Besuchern anhand eines maßstabsgetreuen Modells die Konstellationen der Festung Hennesee.

»Wir befinden uns hier.« Dabei deutete er auf ein vierstöckiges Gebäude in der Mitte der Festung, mit der Templerfahne auf dem Dach. Anschließend zeigte Leonidas auf einen ebenfalls neoklassizistischen Bau in unmittelbarer Nähe zur Festungsmauer. »In diesem Haus haben wir eine unserer letzten freien Wohnungen für Sie bereitgestellt. Keine besonders schöne Aussicht, zugegeben, aber bei Angriffen ist es dort verhältnismäßig sicher.«

»Hier liegt ein Missverständnis vor«, wollte Ruben klarstellen. »Wir sind kein Paar im üblichen Sinne. Wäre es möglich, zwei kleinere Unterkünfte...«

»Wie ich schon sagte, haben wir kaum noch etwas frei und erwarten noch weitere Immune, die zu uns finden werden. Obwohl wir nicht jeden aufnehmen, wird die Unterbringung früher oder später zum Riesenproblem werden. Seien Sie also froh, dass Sie vorerst unter sich bleiben dürfen und nicht mit einem anderen Paar zusammenziehen müssen.«

»Nach welchen Kriterien entscheiden Sie, wer aufgenommen wird und wer nicht?«, wollte Anna wissen.

»Wer nach Kräften das herrschende politische System unterstützt hat, das uns seit unserer Gründung zu vernichten trachtete und jetzt für die größte Katastrophe in der Menschheitsgeschichte verantwortlich ist, kann von uns keine Freundschaft und Kameradschaft erwarten. Derartige Elemente würden unsere Gemeinschaft mittelfristig untergraben und sie zerbrechen lassen. Glücklicherweise haben alle Bürger einen Chip unter der Haut, der sie verrät.

Pech gehabt, denn das Kontrollinstrument des Überwachungsstaates wendet sich nun gegen seine Schergen selbst.«

»Aber Sie können die Menschen doch nicht den Bestien da draußen zum Fraß vorwerfen«, entgegnete Anna impulsiv.

»Mein liebes *Fräulein*«, traf Leonidas wahrscheinlich bewusst den wunden Punkt der Frau, deren Gesicht auch gleich den Ausdruck annahm, als habe sie auf eine Zitrone gebissen. »Wir werfen niemanden irgendwem zum Fraß vor; das haben die machtversessenen Politiker getan, unterstützt von zahlreichen Opportunisten, deren Überlebende jetzt kreidefressend an unsere Türen klopfen und um Aufnahme betteln. Wir haben aber nur begrenzte Ressourcen und die werden wir ganz sicher nicht an diese Speichellecker verschwenden. Im Übrigen steht dieser Punkt absolut nicht zur Diskussion!« Da war es wieder: das Funkeln in den stahlblauen Augen und die hypnotische Wirkung seiner Worte, die keinen Widerspruch duldeten. Selbst Anna schwieg, wobei sich Ruben nicht sicher war, ob es am Charisma des Erzpriors lag oder daran, dass sie die Mitläufer in gleichem Maße verachtete wie der oberste Templer.

Unvermittelt nahm die Stimme Leonidas' erneut einen sanften, fast väterlichen Klang an. »Suchen Sie zunächst einmal Ihre neue Wohnung auf und ruhen Sie sich ein wenig aus. In zweieinhalb Stunden, also um zwölf Uhr, veranstalten zwei meiner Leute für Sie und die anderen zweiunddreißig Neuankömmlinge eine Führung durch unsere kleine befestigte Stadt. Danach werden Sie uns besser kennen und, so hoffe ich, auch besser verstehen.«

Als sich der charismatische Mann mit der schneeweißen Bürstenfrisur verabschieden wollte, fragte Anna: »Wo bekommen wir die Schlüssel für unsere Wohnung?«

»An der Hotelrezeption«, bewies der Erzprior, dass er auch Humor hatte. »Im Ernst: Ein Templer steht unverbrüchlich für den anderen ein. Wir sind alle bereit, unser Leben für die Gemeinschaft zu opfern. Auf diese hohen Werte wird jedes Mitglied bei der Aufnahme in den Orden vereidigt. Sich an einer

Ordensschwester oder einem Ordensbruder durch Hinterlist, Betrug oder Diebstahl zu bereichern, würde streng bestraft werden und ist seit der Gründung vor fünfundzwanzig Jahren noch nicht ein einziges Mal vorgekommen. Ich persönlich würde jedem Templer innerhalb dieser Mauern meine ganzen Besitztümer zur Aufbewahrung anvertrauen, und bei der Rückgabe würde nicht einmal ein Staubfussel fehlen.«

»Ist das nicht etwas zu viel Vertrauen?«, hakte Julian nach.

Leonidas setzte sein wissendes Lächeln auf, schloss kurz die Augen und schüttelte den Kopf. »Nein, ganz sicher nicht.«

*

Die Wohnung erinnerte Ruben an seine alte Behausung in Dortmund. Es gab einen kombinierten Wohn-Ess-Bereich, eine kleine Küche, ein Bad und zwei Schlafzimmer. Alles wirkte sehr zweckmäßig, aber nicht unfreundlich.

»Such dir ein Schlafzimmer aus«, forderte der Hüne seine Begleiterin jovial auf und fügte gespielt galant hinzu: »Ladys zuerst.«

Anna begutachtete kurz die beiden Räume und stellte fest, dass sie vollkommen identisch waren...

»... außer dass sie spiegelverkehrt sind. Ich nehme das linke Zimmer.« Mit ihrem Rucksack betrat sie den gewählten Raum und ließ verlauten, bevor sie die Tür hinter sich zuzog: »Ich regeneriere mich etwas und gehe danach duschen. Sorg dafür, dass dann das Bad frei ist.«

Ruben zog kurz die Augenbrauen ob des Befehlstons hoch, mit dem die hübscheste Nervensäge aller Zeiten ihre Wünsche äußerte. Er räumte seine Sachen aus dem Rucksack in einen einfachen Schrank aus hellem Kiefernholz und begab sich erst einmal ins Bad zum Zähneputzen, Rasieren und ausgiebigen Duschen. Anschließend stellte er den Wecker auf seinem Nachttisch ein und legte sich aufs Bett. Keine zehn Sekunden später war er eingeschlafen.

*

Nebenan fiel auch Anna übergangslos in tiefen Schlaf.

Ein düsterer unheimlicher Nebel breitete sich über das dem Verstand unzugängliche Nichts aus. Zunächst ruhig wallend verdichtete sich der Dunst immer mehr und wurde schließlich zu einem orkanartigen Wirbel, der die Frau wie ein welkes Blatt mit sich riss. Myriaden heller Punkte tanzten um sie herum wie ein den göttlichen Gesetzen nicht länger gehorchender Sternenhimmel. Der Strudel tobte immer wilder und schien jegliche Lebenskraft aus Anna herauszusaugen. Blitzende Lichter zuckten durch das Chaos und schickten sich an, der tief Schlafenden die Vernunft zu rauben und ihr dafür den Wahnsinn zu schenken.

Die schöne Schläferin stieß in ihrem Traum einen unmenschlichen Schrei aus, der sich an den Strukturen des Wahnsinns brach und für immer in den Tiefen des namenlosen Irrsinns verschwand. Als millionenfaches Echo kehrte der Schrei zu ihr zurück und wurde zu einem ewig andauernden Fanal des Schmerzes. Doch ihr eiserner Wille, getrieben durch die unmenschliche Qual, griff nach dem Chaos des Nichts und riss es wie einen Vorhang zur Seite.

Plötzlich herrschte Stille. Langsam klärte sich der Blick. Es war nicht ihr Blick. Sie sah die Welt plötzlich durch die Augen einer anderen Frau – an einem anderen Ort zu einer anderen Zeit, die nur wenige Stunden zurücklag...

Die Andere schaute auf ihre feingliedrigen blassen Hände und starrte teilnahmslos auf ihre langen scharfen Fingernägel. Sie steckte bis zur Hüfte in einer zähen milchigen Masse, aus der sie sich erst vor wenigen Sekunden erhoben hatte. Beim Betrachten der fast weißen Substanz fiel ihre schwarze, schleimverklebte Mähne ihre Wangen hinunter. Sanft strichen ihre sich leicht im Wind bewegenden Haarsträhnen über den wabernden, kleine Bläschen werfenden Brei.

Das schallende Gelächter der Anderen hallte durch den Park, als sie sich bewusst wurde, wer sie war – und dieses Wissen unbewusst mit der träumenden Anna teilte. Sie spannte die Muskeln ihrer Beine und erhob sich geschmeidig. Zäh rann der Schleim an ihren Oberschenkeln herunter.

Zwischen den Bäumen und Sträuchern des Parks schälten sich gedrungene Gestalten aus der Dunkelheit. Ein Mensch hätte die Farbe ihrer Haut bei dem schwachen Mondlicht nur als grau definieren können, doch die Andere sah bei Nacht ebenso gut wie am Tage. Für sie leuchtete die glatte, von feinen roten Adern durchsetzte Haut der Gedrungenen in einem strahlenden Hellgrün. Sie schaute in die gelben, blutunterlaufenen Augen der sich nähernden Gestalten. Weit davon entfernt, Furcht zu empfinden, erfreute sie sich an den dreieckigen, rasiermesserscharfen Zähnen der Unholde. Mit einem schmatzenden Geräusch trat nun auch sie vollends aus der Geburtsstätte ihres zweiten Lebens. Ein Leben voller Kraft, Herrschaft und Grausamkeit erwartete sie.

Werft euch nieder und preiset eure Königin Kahira!, befahl die Andere gedanklich und lächelte über den, wie sie fand, passenden Namen, den sie sich soeben selbst verliehen hatte. Ihre Worte wurden in Duftstoffen kodiert und von den Poren ihrer schneeweißen Haut ausgestoßen. Die empfindlichen Riechorgane der Ghouls nahmen den Befehl ihrer Herrscherin sofort auf und leiteten ihn an ihre zurückgebildeten Gehirne weiter. Ein instinktiver primitiver Reflex setzte ein, der die Grünhäutigen auf die Knie sinken ließ. Anschließend drückten sie ihre Oberkörper mit nach vorn ausgestreckten Armen auf den Boden und hoben und senkten ihn im Rhythmus einer unhörbaren archaischen Melodie.

Nachdem die Andere eine Weile ihre Macht genossen hatte, gab sie den nächsten Befehl: *Erhebt euch, verstreut euch in alle Winde und verkündet meinen anderen Dienern, dass ihre Königin erschienen ist. Ich warte hier auf sie.*

Mit einer Geschwindigkeit, die man den klobigen Ghouls nicht zugetraut hätte, rannten sie auf ihren kurzen Beinen, die langen Arme mitbenutzend, auf und davon und waren nach wenigen Sekunden in der Dunkelheit verschwunden. Kahira blickte in den strahlend blauen Nachthimmel, durchsetzt von gelben und grünen Sternen. Sie dankte dem grausamen düsteren Gott, der ihr dieses Leben geschenkt hatte, und versprach ihm, sich dessen würdig zu erweisen.

Wie bei einem Insektenvolk, das Königinnen, Ammen und Arbeiter hervorbrachte, so gehörte auch sie zur gleichen Art wie die Ghouls. Äußerlich menschenähnlich geblieben verfügte sie über die Mittel, ihren Artgenossen Befehle zu erteilen. In ihrem Innern verspürte sie den raubtierhaften Trieb ihrer Spezies, zu jagen, zu töten und zu fressen. Die Empfindungen der Königin gingen ungefiltert auf Anna über, was die Schläferin erneut an den Rand des Wahnsinns trieb. Nur ihre Willensstärke und das Besinnen auf sich selbst retteten sie davor, in den Abgründen des Irrsinns zu versinken.

Die Andere roch die Nähe von Wasser. Zielsicher schritt sie über den vor wenigen Tagen gemähten Rasen. Sie genoss das Kitzeln der Halme unter ihren Fußsohlen und das Liebkosen des Windes auf ihrer nackten Haut. Hinter einer zwei Meter hohen Hecke, die sie einfach übersprang, schloss sich erneut gepflegter Rasen an, auf dem sich ein im fahlen Licht des Mondes grell glitzernder Teich befand. Sie trat an das Ufer und betrachtete ihr Spiegelbild in den sich sanft kräuselnden Wellen. Anna erschrak – und Kahira frohlockte. Ihr wohlgeformter athletischer Körper, die festen spitzen Brüste, das ebenmäßig geschnittene Gesicht mit den aristokratisch schmalen Lippen und nicht zuletzt die hüftlange schwarze Mähne hätten in der alten Zeit den Männern das Blut in den Adern zum Kochen gebracht. Doch die Andere hatte eigene Vorstellungen von fleischlicher Lust – und vier dünne spitze Zähne, die über eine ganz spezielle Funktion verfügten.

Geschmeidig stieg sie in das stille Wasser und wusch die Reste des Schleims, der sie geboren hatte, von ihrer samtweichen Haut und ihrem Haar, das im sauberen Zustand einen leichten Blaustich erhielt. Das Bild ihrer sanft über die nassen, perfekt geformten Oberschenkel streichenden Hände schien sich in einzelne Punkte aufzulösen, die erneut den teuflischen Wirbel des Wahnsinns anstimmten. Doch was Anna schon einmal geschafft hatte, sollte ihr ein weiteres Mal gelingen. Mit erheblich weniger Anstrengung als zuvor durchschnitt sie den chaotischen Vorhang, als ob ihr jemand ein geistiges Schwert gereicht hätte.

Die Schwarzäugige stand auf einem Felsen, nur wenige Meter hoch, und blickte über eine wogende Masse hellgrüner Leiber, die, ihre Hinterteile leicht angehoben, mit auf den Boden gepressten Oberkörpern ihrer Königin huldigten. Es mussten Zehntausende sein. Die Herrscherin empfing die Botschaften ihrer Sklaven in Form von Duftstoffen, die einen klaren Eindruck der Erlebnisse jedes Einzelnen in ihrem Gehirn erzeugten. Ihre Metamorphose hatte einen Tag länger gedauert als bei ihren Dienern, was hauptsächlich in der Entwicklung ihres erheblich komplexeren Verstandes begründet lag. Während dieses einen Tages war viel passiert, wie Kahira nun erfuhr: unbedeutende Jagden auf Immune, Töten und Fressen der Opfer, von denen manche sogar lebend zerrissen und verschlungen worden waren...

Es gab aber auch Interessanteres zu berichten, über eine kleine Gruppe aufsässiger Menschen, die sich erfolgreich gegen die viel stärkeren Jäger zur Wehr gesetzt und sogar eine beachtliche Anzahl von ihnen getötet hatten. Anna sah vor dem geistigen Auge der Herrscherin sich selbst auf der Flucht mit Julian, Morgenfelder und Gutendorf-Schöneberg. Nachdem Ruben Morgenfelder den Verfolgern überlassen und sich das Trio unbeobachtet geglaubt hatte, hatten Ghoul-Späher die drei bis zur ihrer Ankunft in der Festung im Auge behalten. Die Königin erfuhr auch vom erfolglosen Angriff der Dragonaren auf das Bollwerk der Templer.

Eine Templerfestung, überlegte die Herrscherin, was der Lauscherin in ihrem Kopf keineswegs verborgen blieb. *Sie haben sich erfolgreich gegen die Flugwesen verteidigt. Folglich leben dort immune Menschen, die über effektive Waffen verfügen. Ich will diese Festung mitsamt ihrer Besatzung – nicht als Futter, sondern als Sklaven für meine Armee!*

Sie gab ihren Dienern den Befehl, sich in der Nähe der Festung im Wald zu verbergen und von dort aus damit zu beginnen, einen riesigen Stollen zu graben, der unter dem Fundament der mächtigen Mauern hindurch direkt ins Innere der befestigten Stadt führen sollte.

*

Ein infernalischer Lärm riss Julian aus dem viel zu kurzen Schlaf. Es hörte sich an, als ob eine Blaskapelle in seinem Zimmer stand, wobei allerdings die Bässe fehlten.

Mein Gott, das ist ›Preußens Gloria‹! Wollen die mich verarschen? Er konnte nicht ahnen, dass er mit seiner Vermutung den Nagel auf den Kopf getroffen hatte. Hätte er das schadenfrohe Grinsen des Miles Anton bemerkt, der ihre Rucksäcke hergebracht und die beiden Wecker auf die seiner Meinung nach unpassendste Melodie eingestellt hatte, wäre ihm einiges klarer gewesen.

Mit einem gezielten Hieb brachte er das aufdringliche Gerät zum Schweigen. Doch die Melodie blieb, wenn auch erheblich gedämpfter als zuvor. Sie kam von nebenan durch die Wand.

Das kommt aus Annas Schlafzimmer. Warum schaltet sie das Ding nicht endlich ab?

Mit einem Satz sprang der Hüne aus seinem Bett. In Windeseile zog er sich eine frische Unterhose über und eilte besorgt ins Nebenzimmer. Dort lag Anna, immer noch in Jeans und T-Shirt, auf dem Bett. Mit offenen Augen starrte sie zur Decke. Wie ein rasend schnell wirkendes Gift breitete sich die Angst um sie in seinem Körper aus – als er bemerkte, dass sich ihr Brustkorb schwach hob und senkte.

Gott sei Dank, sie lebt!

Julian hatte im Einsatz gelernt, sich in Notfällen zunächst auf die wichtigsten Maßnahmen zu konzentrieren: Er schaltete den zur Glorie Preußens plärrenden Wecker aus.

Dann rüttelte er seine Begleiterin an den Schultern. »Komm zu dir!«, rief er mehrere Male, immer lauter werdend, wobei er sein Schütteln intensivierte.

Die Frau tat einen tiefen Atemzug, und ihr Blick wurde klarer. »Wo bin...«, sprach sie die Frage nicht zu Ende, weil sie ihr im gleichen Moment von ihrer Erinnerung beantwortet wurde.

»Was war denn mit dir los, zum Kuckuck?!«

»Ich habe geträumt und dabei furchtbare Dinge gesehen.«

»Na ja, jeder träumt mal schlecht. Nur – du hast mit offenen Augen dagelegen, den teuflischsten Wecker des Universums nicht gehört und ich musste dich ganz schön durchrütteln, bis du endlich zu dir kamst.«

»Julian!«, sie blickte ihn ernst mit ihren funkelnden grünen Augen an. »Das war kein gewöhnlicher Traum. Ich war eins mit einer fremden unheimlichen Frau. Ich sah durch ihre Augen und konnte an ihren Gedanken teilhaben.«

»Und? Hat diese Frau wenigstens etwas Schönes erlebt?«, erkundigte sich der Hüne, süffisant lächelnd.

»Ist schon klar. Was ich dir erzähle, passt nicht in dein eingeschränktes Weltbild, also weigert sich dein Primatengehirn standhaft, sich damit zu beschäftigen.«

Ihr starrer Gesichtsausdruck und der Ernst in ihrer Stimme überzeugten Julian schließlich, dass seine Gefährtin tatsächlich mehr erlebt zu haben glaubte als einen bloßen Traum. »Mal angenommen, du hättest wirklich durch die Augen einer anderen Frau gesehen – wer war sie?«

»Kahira, die Königin der Ghouls. Und sie plant einen Angriff auf die Festung. Ich muss unbedingt den Erzprior warnen.«

Ruben war nun endgültig davon überzeugt, dass die schöne Brünette den Verstand verloren hatte, was Anna seinem Gesichtsausdruck sofort entnahm.

»Mach dich vom Acker!«, schnauzte sie ihn an. »Ich will duschen! Danach statte ich Leonidas einen Besuch ab, basta!«

Ruben erhob sich kopfschüttelnd und ging in die Küche, um

ein Glas Wasser zu füllen. Anschließend schmierte er sich Brote mit Käse und Wurst. Erfreulicherweise hatten die Templer den Kühlschrank gut gefüllt.

Als er Anna über den Flur laufen hörte, rief er: »Möchtest du auch etwas essen?«

»Mir ist nicht danach, ich bin schon von deinem Spott satt!«, erhielt er giftig zur Antwort. Kurze Zeit später hörte er das fließende Wasser der Dusche.

Während Julian seinen Hunger stillte, entschloss er sich, Anna zum Erzprior zu begleiten. Diese merkwürdigen Leute brachten es glattweg fertig, Anna nach ihrem »Ich-habe-nicht-alle-Tassen-im-Schrank«-Auftritt im Büro des Pontifex Maximus[13] wegzusperren.

Geduldig aß er seine Brote und wartete, bis Anna aus dem Bad kam und in ihrem Zimmer verschwand. Kurz darauf hörte er sie die Wohnungstür öffnen und schickte ihr ein »Warte!« hinterher. Aber die zornige Frau reagierte überhaupt nicht darauf, es sei denn, man wollte das Zuknallen der Türe als eine Reaktion werten. Der Ex-Soldat rannte ihr nach (wobei er sich irgendwie blöd vorkam) und holte sie am Ausgang des vierstöckigen Gebäudes ein.

»Was willst du?«, fragte sie unwirsch, als sie sich ihm zuwandte.

»Auf dich aufpassen. Ich weiß zwar nicht, ob die hier eine Klapsmühle haben, aber falls ja, hast du gute Chancen, selbige von innen zu sehen. Das würde ich gern verhindern.«

»Dämlicher Ignorant! Husch, husch, geh zurück in die Wohnung, aber mir nicht auf die Nerven!«

Ruben verzichtete darauf, die wütende Frau weiter zu provozieren, und begleitete sie stattdessen wortlos durch die Straßen der Festung. Unterwegs begegneten sie spielenden Kindern, deren Unbekümmertheit die Spannungen zwischen den beiden Dickköpfen ein wenig entschärfte. Der Anblick des hauseigenen

---

[13] Dabei handelt es sich selbstverständlich nur um die ironische gedankliche Bezeichnung des Erzpriors durch Julian.

»Tierreichs« war weniger erbaulich: mehrere Leopard-II-Panzer, Marder, Gepard – und Mannschaftswagen, bei denen das Hoheitszeichen der Bundesrepublik durch das Templerkreuz ersetzt worden war. *Übergelaufene Verbände der Bundeswehr,* schätzte Ruben.

Vor dem Eingang zur Ordenszentrale standen zwei Wachsoldaten in ihren typischen dunkelvioletten Rüstungen, bewaffnet mit schweren Maschinengewehren in Kombination mit Granatwerfern. Anna wollte kommentarlos an ihnen vorbeigehen, doch die beiden Templer versperrten ihr natürlich den Weg.

»Ich muss sofort den Erzprior sprechen.«

Die beiden hochgewachsenen Männer schauten sich verblüfft an. »Wer sind Sie überhaupt? Haben Sie einen Termin?«

»Mein Name ist Anna Sindtstein. Nein, ich habe keinen Termin. Aber es geht um den Fortbestand der Festung. Wir sind alle in höchster Gefahr!«

Julian blieb ein paar Schritte hinter Anna stehen und war schon gespannt, wie sie es wohl anstellen würde, zum Erzprior vorgelassen zu werden. Daran, dass sie es schaffte, hatte er keinen Zweifel.

»Aha, wir sind also alle in höchster Gefahr. Der Gedanke ist mir in der Tat auch schon gekommen, nachdem sich ein paar Milliarden Menschen in Monstren verwandelt haben«, gab der Soldat, dessen Schultern die Rangabzeichen eines Ductors zierten, belustigt zurück. Im Gesicht seines Kameraden, einem jungen Miles mit wasserblauen Augen, zuckte es verdächtig.

Anna trug ein Lehrstück weiblicher Diplomatie vor: »Bornierte Schwachköpfe!«

Offensichtlich hatten die beiden »testosteronverseuchten Gehirne« die Feinsinnigkeit und Eloquenz ihres Ausspruchs nicht verstanden, denn die Gesichtszüge der beiden Templer verhärteten sich. »Der Erzprior hat zu tun. Rufen Sie Patricia Hildegard an und lassen Sie sich einen Termin geben.« Die Stimme des Ductors hatte einen warnenden Unterton angenommen.

»Ich habe verlässliche Informationen darüber, dass die Ghouls, während wir hier lamentieren, einen Angriff auf die Festung vorbereiten. Sie planen, einen Tunnel zu graben«, legte die brünette Schönheit einen Teil ihrer Karten auf den Tisch.

Verlässliche Informationen, o Gott, o Gott!, erschrak Julian. *Der Erzprior wird sie übers Knie legen – ein Gedanke, der mir auch schon das eine oder andere Mal gekommen ist.*

»Woher haben Sie diese Informationen?«, stellte der Leutnant die naheliegendste Frage.

»Das ist nur für die Ohren des Erzpriors bestimmt«, erwiderte Anna und versuchte, ihren Worten einen geheimnisvollen Anstrich zu verpassen.

Die beiden Soldaten wussten nicht so recht, wie sie mit der Situation umgehen sollten. Vor ihnen stand eine unbekannte, außergewöhnlich schöne junge Frau und behauptete, die Festung sei in akuter Gefahr. Falls sie recht hatte, musste der Erzprior in der Tat sofort davon erfahren. Falls es sich jedoch um eine Verrückte handelte, würde Leonidas sicherlich nicht erbaut darüber sein, bei seiner wichtigen Besprechung gestört zu werden.

»Pass auf Frau Sindtstein auf! Ich trage die Sache derweil dem Erzprior vor«, sagte der Ductor seufzend zu seinem Kameraden und dachte: *Immer bleibt alles an mir hängen.*

Der Soldat verschwand hinter dem Portal und kehrte ziemlich genau zwei Minuten später zurück. »Der Erzprior ist bereit, Sie zu empfangen. Er befindet sich allerdings in einer Sitzung mit mehreren Mitgliedern der Geheimwissenschaftlichen Sektion, die er nicht bereit ist, hinauszuschicken.«

»Braucht er auch nicht«, entgegnete Anna und ging an dem Miles vorbei durch die Glastüre. Dessen Vorgesetzter folgte ihr natürlich, mit dem nagenden Gefühl, einen Fehler gemacht zu haben.

»Und wer sind Sie?«, fragte der junge Soldat den Hünen, der sich ebenfalls anschickte, das Gebäude zu betreten.

»Julian Ruben. Ich passe auf die Kleine auf, damit sie keinen Unsinn anstellt.«

Da der Ductor keine Einwände hatte, ließ der Miles den Mann passieren, wobei er kopfschüttelnd dachte: *Was für ein Irrenhaus!*

Anna stürmte an der verdutzten Hildegard vorbei und betrat ohne anzuklopfen das Arbeitszimmer des höchsten Templers.

Um den Besprechungstisch saßen neben dem Erzprior sechs Männer in Zivil. Leonidas blickte der jungen Frau freundlich entgegen und begrüßte Sie. »Hallo, Fräulein Sindtstein. Wie ich feststelle, haben Sie sich in den wenigen Stunden sehr gut bei uns eingelebt. Ich möchte jedoch darauf hinweisen, dass es bei uns nicht üblich ist, Besprechungen der Ordensleitung zu stören. Doch das können Sie, als antiautoritär erzogenes Kind der BRD, natürlich nicht wissen.«

Anna neigte schon wieder zum Aufbrausen, was gegenüber diesen Herrschaften mehr als unangemessen gewesen wäre, deshalb legte ihr Julian beruhigend die Hand auf die Schulter. Diese Berührung kanalisierte, wie beabsichtigt, ihren Zorn auf ihren ungebetenen Beschützer und ließ sie gegenüber Leonidas sofort zur Sache kommen.

»Die Körper der Menschenfresser wühlen sich in die Erde«, begann sie ihre Ausführungen. Mit holprig klingenden Worten erzählte sie von Kahira, der Königin der Ghouls, und ihrem Plan, die Festung durch einen Tunnel anzugreifen.

Das Gesicht des Erzpriors wurde aschfahl. »Woher haben Sie diese Informationen?« Die flackernden hellblauen Augen spiegelten den Gefühlssturm wider, der in dem obersten Templer tobte.

»Das tut nichts zur Sache«, entgegnete Anna unwirsch. »Schicken Sie ein paar Späher in die umliegenden Wälder. Die können gar nicht so blind sein, dass ihnen Zehntausende von Ghouls entgehen; sie werden meine Angaben bestätigen.«

»Würden Sie bitte meine Frage beantworten«, forderte Leonidas mit Nachdruck.

»Also gut! Nachdem wir unsere Wohnung bezogen hatten, legte ich mich kurz hin. Kaum schlief ich ein, wurde ich von etwas

Unvorstellbarem aus meiner eigenen Realität fortgerissen und kam im Körper der Königin wieder zu mir. Ich verstand ihre Gedanken, ihre Befehle und konnte durch ihre Augen sehen. Nichts von dem, was sie dachte oder tat, blieb mir verborgen.«

Oha! Jetzt steht für Anna ein Aufenthalt in der Gummizelle an!, befürchtete Julian.

Die Männer am Besprechungstisch starrten die brünette Schönheit an, als wäre sie das Achte Weltwunder, und der Erzprior schien noch fahler zu werden. Ruben rechnete mit einem Haufen Ärger.

»Geben Sie Großalarm!«, befahl Leonidas dem Leutnant mit schneidiger Stimme. »Sämtliche Truppen sofort bereitmachen! Panzer und gepanzerte Infanterie für einen Ausfall Aufstellung nehmen lassen!« An die Mitglieder der Geheimwissenschaftlichen Sektion gewandt fuhr er fort: »Meine Herren, die Sitzung ist beendet. Ich begebe mich umgehend in die militärische Koordinationszentrale.«

Julian konnte kaum glauben, was sich da plötzlich abspielte. Der Erzprior schien Annas Ausführungen tatsächlich ernst zu nehmen. Leonidas behandelte ihre Traumerlebnisse, als habe er soeben die Meldung eines militärischen Aufklärers über einen unmittelbar bevorstehenden Angriff der Ghouls erhalten. Dabei hatte der Erzprior auf ihn den Eindruck eines hochintelligenten Mannes gemacht, der mit beiden Beinen im Leben stand und sicherlich nicht für esoterisch begründete Ahnungen empfänglich war. Der Hüne verstand die Welt nicht mehr.

Die brauchen hier dringend einen Psychiater – und zwar einen verdammt guten.

*

Zufrieden schaute Königin Kahira zweihundert grünhäutigen Sklaven zu, die, rund fünfhundert Meter von den Mauern der Festung entfernt, mit dem Bau des Stollens beschäftigt waren. Fast fünfzigtausend Artgenossen warteten in zwei Kilometern Entfernung auf ihren Einsatzbefehl. Sie würden sich erst in Marsch setzen, wenn der Bau kurz vor seiner Fertigstellung stand.

Der wichtigste Trumpf der Königin war das Überraschungsmoment, denn gegen die überlegene Waffentechnik der Templer war eine offene Feldschlacht trotz der zahlenmäßigen Übermacht nicht zu gewinnen. Diesen Trumpf wollte sie sich nicht dadurch aus der Hand nehmen lassen, dass Zehntausende weitgehend undisziplinierte Ghouls den Gegner durch unbedachte Handlungen auf sich aufmerksam machten.

Die zweihundert am Bau des Tunnels beteiligten Ghouls hatten keine Zeit, Unbedachtes zu tun. Neunzig Prozent von ihnen gruben mit ihren tellergroßen Händen und schafften in schweren Kübeln die Erde aus dem Stollen, während die restlichen zehn Prozent Balken auf Karren heranschafften, mit denen die Decke des Stollens abgestützt werden musste.

Rund zweihundertfünfzig Meter hatten die grünhäutigen Sklaven bereits gegraben, als ein seltsames Rauschen die Waldluft durchschnitt. Kahira legte den Kopf in den Nacken, um die Ursache des ungewöhnlichen Geräusches zu ergründen. Dann sah sie ihn: Zwischen den Baumkronen hindurch kurvte in artistischem Flug ein Dragonar und hielt genau auf die Lichtung zu, die der Ausgangspunkt für die Invasion der Templerfestung sein sollte. Das mächtige Flugwesen schien peinlich darauf zu achten, unterhalb der Wipfel zu bleiben, um nicht von einem der Späher auf der Festungsmauer entdeckt zu werden, was sicherlich sofortigen Flakbeschuss zur Folge gehabt hätte.

Unmittelbar über der Königin faltete der Dragonar seine Flügel zusammen und stieß im Sturzflug hinunter. Kahira sah sich nicht genötigt, auch nur einen einzigen Schritt zu weichen. In drei Metern Höhe breitete der Besucher seine Flügel wieder aus und setzte mit einem dumpfen Aufprall, den er mit den Knien abfederte, unmittelbar vor der Herrscherin auf.

Faszinierte betrachtete die Herrscherin das teuflisch anmutende Gesicht mit dem schmalen Kinn und dem zur Stirn hin kontinuierlich breiter werdenden Schädel. Die gelben, senkrecht geschlitzten Katzenaugen harmonierten mit der rötlichen Haut des Dragonars, wobei die Konturen des Körpers ein schuppig-schmutziges Gelb zeigten. Im Brustbereich verfügte das Wesen über Muskelberge, wie sie die Königin weder in ihrem vorherigen, noch im jetzigen Leben bei einem Zweibeiner je gesehen hatte. Die Riesenfledermaus verzog die schmalen Lippen, was wohl ein Lächeln andeuten sollte, und hielt ihr die klauenartige knöchrige rechte Hand hin.

Kahira legte die ihre hinein und spürte den sanften Druck ihres Gegenübers, der sie wohl für schwächlich hielt und nicht verletzten wollte. Mit einer tiefen, rasselnden Stimme sprach der Dragonar auf Deutsch: »Ich grüße dich, Herrscherin der Ghouls. Ich habe mich Rothok genannt und bin der Anführer meines Volkes.«

»Ich bin sehr erfreut, Rothok, Herr der Dragonaren. Was führt dich zu mir?« Kahira richtete den Blick ihrer pechschwarzen Augen direkt in die senkrechten Pupillen des Flugwesens. Dabei stellte sie fest, dass sich der Fokus der Augen des Rothäutigen abwechselnd zwischen ihrem unbedeckten Schoss, ihren Brüsten und ihrem Gesicht bewegte. Ihre Nacktheit schien den aus einem Menschen hervorgegangenen Dragonar gehörig zu verwirren, denn für menschliche Begriffe war ihr Körper von vollendeter Form.

»Ich bin gekommen, um dich aufzufordern, sich mir anzuschließen. Nur wenn all jene, denen ein zweites Leben zuteil wurde, zusammenwirken, können wir die alte Welt endgültig überwinden.«

»Was meinst du mit ›anschließen‹? Du erwartest doch nicht etwa, dass ich mich mit meinem Volk unter dein Kommando stelle?« Die Königin unterstrich die Ablehnung seines absurden Vorschlags mit einem überlegenen Lachen.

Durch die Anmut und Selbstsicherheit Kahiras irritiert, entgegnete der Herrscher über die Flugwesen stockend: »Jemand muss schließlich das Kommando haben. Und wir Dragonaren sind durch unsere Flugfähigkeit allen Wiedergeborenen von Natur aus überlegen. Eine Partnerschaft kann nur unter Beachtung der naturgegebenen Ränge erfolgen.«

»Du meinst also, du stündest über mir.«

»So habe ich das nicht gemeint.«

»Dann sage ich dir jetzt etwas, was ich durchaus genau so meine: Du und deinesgleichen seid für mich und mein Volk nichts weiter als Futter, falls ihr euch mir nicht unterwerft.« Über die Poren ihres weißen Körpers schüttete sie Moleküle aus mit der Botschaft: *Packt ihn!,* was der Dragonar natürlich nicht mitbekam.

Rothok bemerkte den Angriff der Ghouls erst, als zwei an seinen Armen und zwei an seinen Beinen hingen. Vergeblich versuchte er, dem Griff ihrer mächtigen Arme zu entkommen. Er breitete seine Flügel aus, doch das Gewicht seiner Gegner war zu groß, um abheben zu können. Im Wind seines Flügelschlages tanzte Kahiras Mähne wie schwarzes Feuer. Ihre Augen wirkten wie zwei Öffnungen des Diesseits in die ewige Finsternis.

Vier weitere Ghouls hängten sich an die schlagenden Flügel und machten Rothok vollends bewegungsunfähig.

»Deine Worte sind weise, Herrscher der Dragonaren! Daher werde ich deinen Rat befolgen und deinem naturgegebenen Rang zu seinem rechtmäßigen Platz verhelfen – in der Nahrungskette.«

Wie eine Raubkatze fauchend und ihren Mund mit den vier dünnen spitzen Zähnen aufreißend, stürzte sich die Königin auf ihr schutzloses Opfer. Mit der Linken riss sie das schmale Kinn Rothoks nach oben und legte die Rechte hinter seinen Nacken. Sie gönnte sich einen letzten Blick in die vor Todesangst aufgerissenen Katzenaugen, genoss ihren Triumph, zog dann den Hals des Dragonars mit einem wilden Ruck direkt vor ihre Fänge und biss zu. Ihre Dolchzähne drangen tief in das Fleisch ihres unglücklichen Opfers. Damit konnte sie nicht nur beißen – sondern auch saugen. Gierig sog sie das Blut aus der tödlichen Wunde und ergötzte sich daran, dass Rothok mit jedem Schluck, den sie ihm von seinem kraftspendenden Lebenssaft nahm, schwächer und schwächer wurde, bis er schließlich verendete.

Nachdem sie sich gesättigt hatte, wandte sie sich mit blutverschmiertem Gesicht ab und überließ die Überreste ihren Sklaven, die den toten Dragonar innerhalb von Sekunden in Stücke rissen.

Sie schaute an sich herunter und erfreute sich an dem Blut, dass ihr auf Brust und Bauch getropft war. Ja – so wollte sie den Templern in der Stunde ihrer Niederlage entgegentreten. Jeder sollte sehen, wie Kahira mit denen umging, die es wagten, ihr Widerstand zu leisten.

In ihre Machtphantasien vertieft dauerte es einige Sekunden, bis sie das leichte Vibrieren der Erde unter ihren Fußsohlen wahrnahm. Eine weitere Sekunde später empfing sie die Duftmoleküle der beiden Späher, die sie am Waldrand positioniert hatte, um die Festung zu beobachten. Sie waren auf dem Weg hierher und hatten Angst.

Die von den Duftstoffen codierte Information ließ ein klares Bild vor Kahiras geistigem Auge erscheinen: *Panzer!* Eine Kolonne der Kettenfahrzeuge fuhr durch das geöffnete Tor und hielt auf den Waldrand zu. Dazwischen liefen mehrere Dutzend Templer in ihren dunkelvioletten Rüstungen, die mit kombinierten Maschinengewehr-Granatwerfern ausgerüstet waren.

Das Adrenalin schoss durch ihren Körper und verstärkte den Ausstoß ihrer Duftstoffe, die eine unmissverständliche Botschaft enthielten: *Rückzug!*

Kahira konnte sich keinen Reim darauf machen, wie die Templer Wind von ihrem Vorhaben bekommen hatten. Ein offener Kampf würde sie Zehntausende ihrer Sklaven kosten und war wahrscheinlich trotzdem nicht zu gewinnen. Sie musste einen neuen Plan entwickeln, der gegenwärtige war gescheitert.

Die Ghouls strömten aus dem Tunnel und rannten in Richtung ihrer zwei Kilometer entfernt wartenden Armee. Das wurde auch höchste Zeit, denn die ersten Maschinengewehrschüsse waren zu hören – offensichtlich waren die beiden Späher bei ihrer Flucht entdeckt worden.

Die welken Blätter des vergangenen Jahres jagten unter ihr hinweg, als die Königin mit übermenschlicher Schnelligkeit über den Waldboden hetzte. Ihre ebenfalls nicht gerade langsamen Sklaven konnten das Tempo nicht mithalten und blieben immer mehr zurück. Kahira drehte sich im Laufen um und sah die Panzerspitze des Feindes, die bedrohlich über einen Forstweg rumpelte. Schon schlug weit hinter ihr die erste Granate mitten zwischen ihren flüchtenden Artgenossen ein. Zerfetzte grüne Leiber flogen durch die Luft.

Der vorderste Panzer bog senkrecht vom Forstweg ab und drang in den Wald ein. Mächtige Kiefern knickten wie Streichhölzer zur Seite. Der Metallkoloss brach sich eine Schneise und positionierte sich vor die fliehenden Ghouls. Die Königin war davon nicht betroffen, sie lag bereits zu weit vorn. Tatenlos musste sie aus der Ferne zusehen, wie weitere Granaten zwischen den verzweifelt auseinander stiebenden Sklaven explodierten. Maschinengewehrsalven mischten sich in die Orgie der Vernichtung. Kahira begriff, dass keiner der Tunnelgräber aus der tödlichen Umklammerung der Templer entkommen würde.

Zweihundert getötete Ghouls waren zum Glück ein vergleichsweise geringer Preis. Viel schlimmer schmerzte sie ihre misslungene Operation. Sie witterte Verrat, denn es war völlig ausgeschlossen, dass die Templer in ihrer Festung etwas von den Grabungen auf der Lichtung mitbekommen hatten.

*

Die Königin schickte ihre Duftstoffe ihrem ebenfalls auf der Flucht befindlichen Riesenheer, das noch mehr als einen Kilometer von der über Baumstümpfe und Gräben hinwegrasenden Herrscherin entfernt war. Als Sammelpunkt legte sie den Park von Sundern fest, wo sie ihre Sklaven auf sich eingeschworen hatte. Wie sie es erwartet hatte, verzichteten die Templer auf eine weitere Verfolgung der Ghouls, um ihre Festung nicht unbeschützt zu lassen, immerhin befand sich ein Großteil der Streitkräfte draußen.

Auf dem Weg zum Park forschte Kahira gedanklich nach dem Verräter in den eigenen Reihen. Sie dachte zurück an ihre Neugeburt, an das erhebende Gefühl der Macht, das sie durchströmt hatte, als sie sich ihrer neuen Existenz bewusst geworden war, an ihr Bad im Teich des Parks, an die Befehle, die sie ihren Truppen gegeben hatte, und an die Euphorie, nun Herrscherin eines mächtigen Volkes zu sein...

Doch war da außer diesen Hochgefühlen nicht noch etwas Anderes gewesen? Etwas Fremdes, Geheimnisvolles?

Die Ghoul-Königin erforschte ihre Gefühle weiter. Ihr scharfer Verstand analysierte jede ihrer Empfindungen seit ihrer glorreichen Wiederauferstehung. Wie Wassermassen aus einem berstenden Staudamm stürzte aus ihrem Unterbewusstsein die Erkenntnis, die ganze Zeit über nicht allein gewesen zu sein. Jemand hatte die von Hochgefühlen durchtränkten ersten Stunden ihres Lebens mit ihr geteilt. Dieser Jemand hatte sich unbemerkt in ihren Geist geschlichen und hatte ihre Eroberungspläne an die Templer verraten.

Kahira wusste nicht, wer sie heimlich ausspioniert hatte, aber sie nahm sich vor, in Zukunft wachsamer zu sein. Früher oder später würde sie den Fremden in ihr sicherlich enttarnen – und Jagd auf ihn machen! Wenn sie den Verräter gestellt hatte, würde sein qualvoller Tod alles übersteigen, was je ein Mensch vor ihm erlitten hatte.

Kapitel 4: Der Plan des Grossmeisters

Langsam füllte sich die Jacques-de-Molay-Halle[14]. Sie bot allen fünftausend erwachsenen Bewohnern der Hennesee-Festung Platz. Anna und Julian, beide für die Aufnahme in den Orden vorgesehen, waren ebenfalls zu der Versammlung geladen worden.

Auf der Bühne stand bereits Leonidas, wie üblich mit schwarzem Anzug, grauem Hemd und violetter Krawatte bekleidet, und beobachtete die Zeiger der großen, in eine goldene Sonne eingefassten Uhr an der gegenüberliegenden Wand des Saales.

Noch zehn Minuten. Von der Decke hingen mehrere Kameras herab, die die Rede des Erzpriors in mehr als zwanzig Sprachen in all jene Teile der Welt via Satellit übertragen würden, in denen der Orden Festungen errichtet hatte.

Fünf Minuten vor der anberaumten Zeit waren alle Plätze eingenommen worden. Gedämpftes Gemurmel drang zu dem wie eine Statue reglos dastehenden obersten Templer. Leonidas stand allein auf der Bühne, fühlte sich aber nicht alleine. Hier war er unter Freunden.

Ein gnadenloses Schicksal hatte den Templerorden vor mehr als siebenhundert Jahren nahezu ausgelöscht. Die Gemeinschaft war damals das Opfer politischer Intrigen und Ränkespiele zwischen dem französischen König und dem Papst geworden. Doch im Untergrund hatte der Orden überlebt, unbemerkt von der Öffentlichkeit, bis durch die selbstzerstörerische Politik der westlichen Staaten der Zeitpunkt gekommen war, sich erneut zu erheben. Dieses Mal war der Orden weniger naiv vorgegangen.

---

[14] Jacques de Molay war der letzte (offizielle) Großmeister des Templerordens. Er starb am 18. März 1314 auf dem Scheiterhaufen.

Unabhängig von der Politik und von der Massenmeinung hatten sich die Templer ein supranationales kleines Reich geschaffen, eine letzte Zuflucht für die Vernunft. Vor Leonidas saßen fünftausend dieser Menschen, die vor der Bedrohung des anfangs noch übermächtigen Staates eine neue verschworene Gemeinschaft gebildet hatten und die bis kurz vor der Katastrophe mehr denn je fest entschlossen gewesen waren, eine andere Normalität als die der verasozialisierten Gesellschaften der 2020er und 2030er Jahre zu leben.

Die Staaten hatten ihre Macht, ihr Gewaltmonopol bereits lange vor dem heutigen Tag verloren. Parallelgesellschaften waren wie die Pilze aus dem Boden geschossen. Nicht nur die Gemeinschaften der Templer, auch die zahlreichen islamischen Kalifate hatten sich bewaffnet, was wegen der Bestechlichkeit von verantwortlichen Beamten oder dem Überlaufen ganzer Einheiten der desolaten Armeen nicht hatte verhindert werden können.

Die Biosphäre der Erde war in den vergangenen Jahren aus den Fugen geraten, hervorgerufen durch die skrupellosen Machenschaften machtbesessener Politiker, die dickfellig ignoriert hatten, dass die seit vielen Jahrzehnten andauernde Umverteilung von den Produktiven zu den Unproduktiven und die staatlich subventionierte Vermehrung Letzterer auf lange Sicht nicht funktionieren konnte. Das fatale, nur auf Profit fokussierte Streben einer ebenso unproduktiven Schicht von Finanzjongleuren, Raubtierkapitalisten und Großbankiers, deren Spekulationsverluste immer wieder vom Steuerzahler hatten getragen werden müssen, hatte den Untergang der westlichen Welt noch beschleunigt.

In Gedanken versunken fiel der Blick Leonidas' erst wenige Sekunden vor dem Beginn seiner Rede auf die kunstvoll verzierte Uhr. Als der Sekundenzeiger den Minutenzeiger auf 18 Uhr mitnahm, begann er mit ruhiger Stimme zu sprechen:

»Ich grüße euch, meine Schwestern und Brüder. Situationsberichte aus fast allen Ordensburgen weltweit wurden in den vergangenen Stunden hier in Hennesee zusammengetragen und von unseren Wissenschaftlern ausgewertet. Inzwischen steht definitiv fest, dass die Seuche in allen Teilen der Welt gleichzeitig ausgelöst wurde – von fünfzig Raketen, die ein Virus in der Stratosphäre freisetzten, welches das Autoritäts-Gen gegen harmlosere Gensequenzen ersetzen sollte. Die herrschende Pseudoelite, die ihre alleinige Macht dahinschwinden sah, wollte mit diesem repressiven Akt das Zugehörigkeitsgefühl der Menschen zu totalitären Gruppen auslöschen. Dieses irrsinnige menschenverachtende Experiment ist völlig außer Kontrolle geraten. Statt des gewünschten Effekts fielen Milliarden Infizierte in eine totenähnliche Starre und sonderten einen Schleim ab, der ähnlich wie bei Raupen als Kokon für eine Metamorphose diente.

Das Virus scheint extrem instabil zu sein, denn es mutiert unglaublich schnell. Dadurch haben sich regional, also abhängig von der Entfernung des Detonationspunktes der jeweiligen Trägerrakete, vollkommen verschiedene Virenstämme gebildet, die entsprechend unterschiedliche Ergebnisse der Metamorphose hervorbrachten. Allein in unmittelbarer Nähe der Hennesee-Festung konnten wir bislang drei neue Spezies beobachten: die Ghouls, die im Großraum Sundern entstanden, die Dragonaren, die sich im direkten Umfeld der Festung entwickelten, und die Skelettare, die in Dortmund ihr Unwesen treiben.

Doch damit nicht genug: Selbst die Pflanzen- und Tierwelt blieb wohl nicht von der Metamorphose verschont. Während die natürliche Immunität der Menschen bei rund einem Promille der Bevölkerung liegt, scheint die Immunitätsrate bei Tieren und Pflanzen mit dem genetischen Abstand, also dem Verwandtschaftsgrad zum Menschen zu steigen. So haben erste, natürlich noch sehr ungenaue Messungen zu der vorläufigen Erkenntnis geführt, dass bei Primaten nur ein bis zwei Prozent der Individuen immun sind, bei Hunden sind es schon vierzig Prozent, bei Vögeln achtzig Prozent und bei den Pflanzen zwischen 99,9 und 99,999 Prozent.

Nichtsdestotrotz erwarten unsere Wissenschaftler gewaltige Auswirkungen auf das Ökosystem der Erde, weil die neu entstandenen Lebensformen nun in einen Überlebenswettbewerb mit den vor der Katastrophe entstandenen Lebensformen treten und diese teilweise verdrängen werden. Es ist noch nicht abzusehen, ob es in dieser neuen Welt für den Menschen überhaupt eine ökologische Nische gibt. Somit hängt unser Überleben davon ab, die Mechanismen der Ausbreitung des Virus auf der einen, beziehungsweise die der Immunität gegen das Virus auf der anderen Seite zu verstehen. Es ist für unsere Wissenschaftler nach wie vor ein Geheimnis, warum ausgerechnet die Bewohner der Templerfestungen eine hundertprozentige Immunitätsrate aufweisen, während außerhalb unserer Mauern nur einer von Tausend von der Metamorphose verschont blieb. Erste vorsichtige Spekulationen deuten darauf hin, dass unsere Immunität auf eine erst kürzlich durchgeführte weltweite Impfung gegen ein Grippevirus zurückzuführen ist. Dieses Virus war, wie so oft in den vergangenen Jahrzehnten, bewusst von einigen Pharmafirmen freigesetzt worden, um anschließend massenhaft Impfstoffe verkaufen zu können – ein Billionengeschäft[15], an dem wenige verdienen, unter dem aber viele leiden müssen. Selbstverständlich entwickelten unsere Wissenschaftler einen eigenen Impfstoff, der nur Angehörigen des Ordens verabreicht wurde. Diese Impfung könnte uns in Sachen Immunität von den Menschen außerhalb der Festungen unterscheiden. Wie gesagt, es ist vorerst nur reine Spekulation.

Unsere Wissenschaftler nennen die durch das Anau-Virus neu entstandenen Lebensformen ›Evolutoren‹. Wenn wir die Mechanismen verstehen, die nach der Infektion zur Verwandlung führen, können unsere Forscher vielleicht den kleinsten gemeinsamen Nenner aller Evolutoren ermitteln. Damit wäre die Grundlage geschaffen, unsererseits ein Virus zu entwickeln, das alle Evolutoren tötet, wodurch die Welt biologisch gesehen wieder

---

[15] Unter Berücksichtigung der galoppierenden Inflation entspricht dies einem heutigen Milliardengeschäft.

in ihren ursprünglichen Zustand versetzt wird. Zu diesem Zweck wäre die Kenntnis der Gensequenz des ursprünglichen Virus, wie es vor der Mutation im Rahmen des Anau-Projektes freigesetzt wurde, von unschätzbarem Wert für unsere Wissenschaftler.

Vor diesem Hintergrund hat sich die Ordensleitung entschlossen, Teams von sechs bis acht Personen zusammenzustellen, die in der *Anderswelt* jenseits unserer Mauern in den einschlägigen Forschungsinstituten, sofern diese noch existieren, nach Unterlagen über das ursprüngliche Virus suchen sollen. Vielleicht gelingt es unseren Suchern sogar, eine tiefgefrorene Probe des ursprünglichen Virus zu erbeuten. Außerdem werden wir versuchen, von möglichst vielen Evolutoren-Spezies Gewebeproben zu erbeuten, um den besagten kleinsten gemeinsamen Nenner zur Entwicklung des Anti-Evolutoren-Virus zu finden.

Die Sucher-Teams werden aus mindestens zwei Wissenschaftlern und zu ihrem Schutz aus vier bis sechs erfahrenen Soldaten bestehen. Eingesetzt werden nur Forscher und Krieger, die sich freiwillig zu diesen äußerst gefährlichen Einsätzen melden. Die Ordensleitung bittet all diejenigen, die ohne Wenn und Aber bereit sind, das Wagnis auf sich zu nehmen, im Anschluss an diese Versammlung bei der Kommandantur ihrer jeweiligen Festung vorstellig zu werden.«

*

»Ich melde mich freiwillig«, verkündete Anna beim Verlassen der Halle.

Julian zog die Augenbrauen hoch und entgegnete: »Das ist viel zu gefährlich!«

»Ja – aber nur für die Evolutoren!« Das Selbstbewusstsein sprühte förmlich aus Annas Augen.

Jetzt knallst du wohl völlig durch!, erwiderte Julian, allerdings nur in Gedanken, denn wenn er diesen Satz laut aussprach, würde seine Begleiterin sich erst recht weigern, ihren Entschluss zu revidieren. Sie nahm von ihm grundsätzlich nichts an, schon gar keine guten Ratschläge.

Während sich beide auf dem Vorplatz der Jacques-de-Molay-Halle mit den Menschenmassen an den dort bereitstehenden Panzern vorbeischoben, fasste auch Ruben einen Entschluss. »Da ich dich sowieso nicht umstimmen kann, komme ich mit.«

»Ich brauche keinen Aufpasser.«

»Du nicht, aber die Evolutoren vielleicht.«

Nun war es an Anna, einzusehen, dass umgekehrt auch der Hüne mit keinem noch so ausgefeilten Argument von seiner Entscheidung abzubringen war. Sie waren halt beide unvernünftige Dickköpfe, wie sie im Buche standen.

*

Der alte Mann mit der schwarzen Mönchskutte saß unbeweglich da. Seine tief geschnittenen Gesichtszüge wirkten wie eingefroren, während seine hellblauen Augen immer noch das Feuer der Jugend versprühten. Zwischen Computerschränken und langen Tischreihen mit chemischen Apparaturen aller Art wirkten sowohl der Alte wie auch sein antiker Schreibtisch vollkommen deplatziert. Die Kapuze seiner Kutte hing ihm auf dem Rücken und gab den Blick auf seine kurzen, schütteren hellblonden Haare frei. Trotzig standen sie wie die überlebenden Soldaten einer Schlacht halbwegs aufrecht auf seiner von Altersflecken überzogenen Kopfhaut.

»Die Prophezeiungen scheinen sich auch weiterhin zu erfüllen, mein Inquisitor«, bemerkte ein vor dem Schreibtisch stehender Templer mit tiefer, rasselnder Stimme. Er war von mittlerer Größe und trug sein dunkelblondes Haar streng nach hinten gekämmt. Seine breiten Schultern und die voluminösen Muskeln, die sich unter dem dunkelgrünen T-Shirt spannten, deuteten eher auf einen Sportler als auf den genialen Wissenschaftler hin, der er zweifellos war. Erneut richtete er seine rauen, jedoch fast geflüsterten Worte an den alten Mann, der innerhalb der Geheimwissenschaftlichen Sektion des Templerordens ›Inquisitor‹ genannt wurde: »Nach den bereits eingetroffenen Ereignissen ist sie nun leibhaftig bei uns: die Seherin. Die neuronale Struktur ihres Gehirns ist derart sensibel, dass sie die mit der Aussendung von elektromagnetischen Wellen verbundenen Gedanken eines geistig starken Evolutors empfangen kann – zumindest dann, wenn sie sich in einem Zustand der totalen Entspannung befindet, beispielsweise kurz vor dem Übergang in eine Tiefschlafphase.«

Der Alte benetzte kurz seine Lippen. Seine sonore Stimme wechselte bei keinem seiner Worte die Tonlage: »Sind Sie sich sicher, dass die Vision dieser Anna Sindtstein kein Zufall war, sondern tatsächlich auf neuronaler Resonanz beruht?«

»Eine hundertprozentige Sicherheit gibt es natürlich nicht – noch nicht. Doch die Wahrscheinlichkeit, dass diese Frau die Seherin ist, übersteigt bei Weitem jenes Maß, das einen vernunftbegründeten Zweifel zulassen würde.«

Der Inquisitor blickte über faltige Tränensäcke hinweg aus seinem bequemen bordeauxroten Sessel an seinem Gegenüber hoch. »Mein lieber Theoderich, ich muss wohl nicht betonen, dass die Seherin für uns von größtem Wert bei der Suche nach Proben des ursprünglichen Anau-Virus ist. Es muss eine genetische Verwandtschaft, zumindest derjenigen Sequenzen, die für den Aufbau des Gehirns verantwortlich zeichnen, zwischen ihr und den Evolutoren geben. Nur so ist zu erklären, dass ihre neuronale Struktur so fein auf die Frequenzen der Denkprozesse der Ghoul-Königin abgestimmt ist. Man bedenke, dass unsere empfindlichsten Apparaturen nach tagelanger Justierarbeit die extrem schwache elektromagnetische Strahlung des Denkens eines Menschen nur auf eine Entfernung von wenigen Metern empfangen können. Der Seherin gelang dies jedoch auf eine räumliche Entfernung von einigen Kilometern und sogar über die zeitliche Distanz von mehreren Stunden.«

»Wäre die Seherin dann nicht in der Festung wertvoller als bei den Suchern? Hier könnte sie eventuell zukünftige Angriffe der Evolutoren voraussagen.«

»Unsere Festung kann sich solcher Angriffe problemlos erwehren. Das Risiko für die Sucher dürfte ungleich größer sein, und der Erfolg ihrer Mission ist wichtiger als das Überleben dieser Festung.«

Außerdem könnte die neuronale Resonanz auch umgekehrt funktionieren, überlegte der Inquisitor im Stillen. *In diesem Fall hätte die Ghoul-Königin eine unerschöpfliche Informationsquelle direkt aus unseren Reihen. Die damit verbundene Gefährdung der Festung schließen wir erst einmal aus, indem wir die junge Frau auf Reisen schicken.*

Diese Gedankengänge teilte der Inquisitor seinem Gegenüber selbstverständlich nicht mit. »Sie, mein lieber Theoderich«, fuhr der alte Mann fort, »sorgen dafür, dass die Seherin Ihrer Sucher-Gruppe zugeteilt wird, damit Sie sie ständig unter Kontrolle haben. Auf Ihnen und Ihren Begleitern ruht unsere ganze Hoffnung. Für die übrigen Gruppen sehe ich eine erheblich geringere Chance, das Virus zu finden – nicht alle Sucher werden am Ende in die Festung zurückkehren.«

»Wäre es dann nicht klüger, von vornherein nur meine Gruppe loszuschicken?«

»Genau das habe ich Leonidas vorgeschlagen.« In den Augen des Alten blitzte es kurz auf. »Er war meinen Argumenten durchaus zugänglich und wird den anderen Gruppen befehlen, Gewebeproben von möglichst vielen Evolutoren-Spezies einzusammeln und die unmittelbare Umgebung der Festung von ihnen zu säubern. Zusätzlich werden Ordensritter mit einem Räumpanzer und einigen Begleitfahrzeugen die Autobahn bis nach Rotterdam von Wracks säubern, damit wir Zugang zu all dem Benzin erhalten, das dort in Mengen lagert, die für Jahrzehnte reichen werden.«

Einen Einwand hatte Theoderich noch: »Riskieren wir nicht unnötig den Tod der Seherin, wenn wir sie an einer derart gefährlichen Mission teilnehmen lassen?«

Der Blick des Alten richtete sich abwesend und traurig in die Ferne. Fast geflüstert, nur mit akzentuiert anklingenden Stimmbändern, entgegnete er: »Wenn das ihr Schicksal ist...«

Einige Sekunden Stille signalisierten Theoderich, dass der Inquisitor nichts mehr hinzuzufügen hatte. »In Ordnung, ich melde mich jetzt bei den Suchern und werde versuchen, das Fräulein zu überreden, sich mir anzuschließen.« Er ahnte nicht, dass es dafür keinerlei Überredungskünste bedurfte.

*

Mehr als dreihundert Männer und knapp fünfzig Frauen hatten sich zum Sucher-Einsatz gemeldet, die meisten davon Soldaten.

Dr. Theoderich stand neben Centurio Hagen in der Kommandantur der Hennesee-Festung und studierte mit ihm zusammen die Liste der hiesigen Freiwilligen. Das tief geschnittene, meist keine Reaktion verratende Gesicht des Wissenschaftlers hellte sich kurz auf, als er den Namen ›Anna Sindtstein‹ unter den Bewerbungen fand.

»Die möchte ich unbedingt dabeihaben, und zwar in meiner Gruppe«, forderte Theoderich und deutete mit dem Zeigefinger auf den Namen der Frau. Als wissenschaftlicher Leiter hatte sein Wort bei der Zusammenstellung der Gruppen großes Gewicht.

Der hohe Offizier, gekleidet in eine dunkelviolette Stoffuniform mit gleichfarbiger Schirmmütze, hob seine schmalen hellblonden Augenbrauen und entgegnete: »Die ist ja noch nicht einmal Ordensmitglied und mit ihrem Begleiter nur auf Probe hier.«

»Das spielt keine Rolle. Wer es geschafft hat, sich des Nachts von Dortmund bis hierher durchzuschlagen, eignet sich für die bevorstehenden Aufgaben hervorragend«, ließ der Geheimwissenschaftler den Militär über die wahren Zusammenhänge im Unklaren. »Wissen Sie Näheres über ihren Begleiter? Er hat seinen Namen direkt unter den von Frau Sindtstein in die Liste eingetragen.«

Hagen beugte sich über den Tisch und gab ›Julian Ruben‹ in seinen Rechner ein. »Ehemaliger Bundeswehrsoldat. Politisch unauffällig. Teilnahme an mehreren Kommandounternehmen in Afghanistan, Pakistan und dem Iran. Mit dem Ehrenkreuz für Tapferkeit ausgezeichnet.«

»Der Mann wird uns demnach eine echte Hilfe sein«, meinte Theoderich. »Er kommt ebenfalls in meine Gruppe.« Der Wissenschaftler setzte voraus, dass Anna und Julian ein Paar waren und sie sich bestimmt weigern würde, ohne ihn auf die Suche zu gehen.

»Ich verstehe zwar nicht, warum Sie partout Neulinge, deren Loyalität zum Orden noch nicht einmal erwiesen ist, zu dieser bedeutsamen Mission mitnehmen möchten, aber ich respektiere Ihre Entscheidung.« Der Centurio hielt große Stücke auf den Naturwissenschaftler, der, wie Hagen bekannt war, über eine ausgezeichnete militärische Ausbildung verfügte.

Mit ausgestrecktem Zeigefinger ging Theoderich weiter die Listen durch. »Ah! Sehr schön! Doktor Meinert hat sich ebenfalls gemeldet. Auch den nehme ich natürlich mit.« Meinert war einer der besten Genetik-Spezialisten des Ordens. »Ha! Ductor Gundert! Hätte mich auch gewundert, wenn er hiergeblieben wäre.« Der Soldat galt als ein beinharter Krieger, der weder Tod noch Teufel fürchtete und seine Position immer in der vordersten Front einnahm. »Schau an, Ductor Sascha. Erst seit zwei Monaten von der Moskauer Ordensfestung zu uns gestoßen und schon meldet er sich zum Einsatz. Vorbildlich, so muss das sein.«

Damit hatte der Vertraute des Inquisitors sein Team zusammen. Sein Mentor hatte im Hintergrund dafür gesorgt, dass man ihm die erste Auslese überließ, weshalb der Centurio davon ausgegangen war, Theoderich würde sich ein Team von begehrten Elitekämpfern zusammenstellen. Doch von Gundert einmal abgesehen, war die Wahl nach Ansicht Hagens auf ziemlich fragwürdige Gestalten gefallen. Diese Gruppe würde mit Sicherheit schon frühzeitig völlig demoralisiert heimkehren – oder für immer verschollen bleiben.

Mit einem zufriedenen Lächeln, für den verschlossenen Geheimwissenschaftler mehr als untypisch, verließ er den Rekrutierungsraum der Kommandantur.

*

Die folgende Nacht gestaltete sich erholsam. Keine Flakgeschütze bellten, keine Ghoul-Horden rannten gegen die Festungsmauern an, und Anna plagten keine Visionen oder traumatische Erinnerungen an ihre Jugend.

Vollkommen erschöpft waren sie bereits gegen neun Uhr abends schlafen gegangen: »Der Schöne und das Biest«, wie Julian ihre Wohngemeinschaft insgeheim bezeichnete, was er aber für sich behielt (weil er wusste, was gut für ihn war). Das zwölf Stunden später klingelnde Telefon beendete ihren bis dahin ungestörten Schlaf.

Unwillig rollte sich Ruben aus seinem Bett, hastete in Unterhose in den Wohn-Ess-Bereich, wo das Telefon auf einem schmalen, mit Templerkreuzen verzierten Schränkchen stand. Das letzte Klingeln des Fernsprechers wurde noch vor seinem Eintreffen abgewürgt. Anna, ebenfalls nur mit einem knappen Slip bekleidet, hatte bereits abgenommen und meldete sich. »Sindtstein!«.

Immerhin fängt der Tag nett an, stellte Ruben vergnügt fest, während er die atemberaubende Rückansicht der Brünetten genoss.

»Ja, Doktor Theoderich«, vernahm er die erotisch klingende Stimme seiner Begleiterin. »Wir werden in einer Stunde da sein.«

»Wo werden wir in einer Stunde sein?«, wollte Julian wissen, nachdem Anna aufgelegt hatte.

Sie drehte sich um, wobei sie ihre perfekt gewachsenen Brüste mit dem angewinkelten Arm verdeckte, eigentlich eine überflüssige Maßnahme, immerhin hatten sich die beiden bereits vollständig nackt gesehen, beim ersten Angriff der Skelettare. »Wir beide sind einem Sucher-Team zugeordnet worden, unter der Leitung von Doktor Theoderich von der Geheimwissenschaftlichen Sektion des Ordens. In einer Stunde sollen wir uns in seinem Büro melden.«

»Man hat uns dem gleichen Team zugeordnet?«, hinterfragte der Hüne, der davon ausgegangen war, darum kämpfen zu müssen, bei dieser Mission an Annas Seite bleiben zu dürfen. Wieso er darauf so großen Wert legte, konnte er sich selbst nicht erklären, schließlich hatte er sich oft genug über ihre Zickigkeit geärgert.

Sie verstand sich meisterhaft darauf, seine Abneigung noch zu verstärken. »Ich verstehe deine Verwunderung. Mir ist auch nicht klar, was die bei einer derart schwierigen Mission mit einem Haufen Muskeln, der nur von wenigen Gehirnzellen gesteuert wird, anfangen wollen.«

»Ich glaube, die wollen mich bestrafen«, konterte Ruben. »Ich weiß nur noch nicht für was.« Mit einem Ruck drehte er sich um. »Ich dusche als Erster!«, ließ er Anna wissen und schritt durch den Flur Richtung Badezimmer. Verzückt betrachtete nunmehr sie seine Rückansicht, die sie nicht minder atemberaubend fand als er die ihrige.

*

Um zehn vor zehn machten sich die beiden auf den Weg, den Theoderich Anna am Telefon beschrieben hatte. Die Morgensonne sorgte bereits für angenehme Temperaturen und tauchte die neoklassizistischen Bauten in ein angenehmes gelbrotes Licht. Auf einem Spielplatz tobten ein Dutzend Kinder, so als ob außerhalb der Festungsmauern die alte Welt immer noch existierte und die Menschheit nicht um ihre Existenz fürchten musste. Der Homo Sapiens stand dicht vor seiner kompletten Auslöschung, einen Schritt vor dem Abgrund. Wenn die Schätzungen der Templer-Wissenschaftler stimmten, war ein Promille aller Menschen immun gegen das Virus. Vor der Katastrophe hatten acht Milliarden Menschen den Planeten bevölkert – jetzt waren es vermutlich nur noch acht Millionen, von denen inzwischen sicherlich ein signifikanter Anteil den Evolutoren zum Opfer gefallen war.

Anna und Julian betraten das Gebäude, in welchem Theoderich residierte. Der geschwungene Schriftzug ›Geheimwissenschaftliche Sektion‹ über dem Portal bestätigte, dass sie hier richtig waren. Im vierten Stock fanden sie das Büro des Wissenschaftlers, gekennzeichnet durch ein kleines Plastikschildchen auf der weiß gekalkten Wand. Ruben klopfte an.

»Herein!«, kam es von drinnen.

An einem einfachen hellen Holztisch saßen vier Männer, die sich beim Eintreten der Ankömmlinge erhoben.

Zwei weitere Muskelprotze, dachte Anna und beherrschte sich, die Augen nicht zu verdrehen. Der unwesentlich kleinere von beiden kam mit ausgestreckter Hand auf sie zu und stellte sich mit tiefer, rasselnder Stimme als Doktor Theoderich vor. Mit seinen unergründlichen dunkelgrünen Augen musterte er zunächst die Frau, dann den Hünen. Beim Händeschütteln wirkte sein tief geschnittenes Gesicht irgendwie ausdruckslos. Lediglich um die Mundwinkel meinte Anna ein Willkommenslächeln erkennen zu können.

»Das ist Ductor Gundert.« Der Wissenschaftler deutete auf den zweiten Muskulösen, der zehn Zentimeter kleiner als Ruben sein mochte und dessen pockennarbiges Gesicht von einer Hakennase unter wässrigblauen Augen verunziert wurde. Letztere konnten ihre Bewunderung für die schöne Anna kaum verbergen. Hätte er sie eine knappe Stunde zuvor in ihrer Wohnung am Telefonschränkchen erblickt, hätte er wohl vor Verzückung einen Herzinfarkt erlitten.

»Und hier hätten wir dann noch Doktor Meinert und Ductor Sascha«, vervollständigte Theoderich die Vorstellungsrunde.

Der zweite Wissenschaftler im Bunde hatte ein rundliches Gesicht mit weichen Zügen. Seine hellbraunen Augen blickten ein wenig melancholisch in die Welt und ließen den Eindruck aufkommen, dass ihr Besitzer keiner Fliege etwas zuleide tun konnte. Sein deutlich unter einem weißen Hemd hervortretender Bauch deutete darauf hin, dass der Genetiker wenig für Sport, aber desto mehr für Gaumenfreunden zu begeistern war.

Ductor Sascha war um die einssiebzig groß beziehungsweise klein, trug seine hellblonden Haare als militärisch kurze Bürstenfrisur, hatte eine nordische Kopfform, zu der seine Knollennase nicht so recht passte, und stellte sich mit einem Herzlichkeit ausströmenden Lächeln in einem grauenhaften russischen Akzent vor.

Nachdem die sechs Sucher an dem runden Holztisch Platz genommen hatten, erläuterte Theoderich seine Vorstellungen von dem bevorstehenden Einsatz: »Wie wir mittlerweile durch das Verhör der Kommissarin für Volksgesundheit erfahren haben, wurden die Forschungen zur Entwicklung des Anau-Virus auf deutscher Seite in Münster durchgeführt. Unsere Aufgabe wird es sein, die dort hoffentlich noch vorhandenen Unterlagen hierher zu bringen. Idealerweise lagert im Medizinischen Institut von Münster sogar eine tiefgefrorene Probe des Virus, die wir ebenfalls mitnehmen werden. Zusätzlich werden wir auf dem Hin- und Rückweg möglichst viele Gewebeproben unterschiedlicher Evolutoren-Spezies sammeln, mit deren Hilfe wir dann die Mutationen des ursprünglichen Virus im Detail nachvollziehen können, ebenso seine Wirkung bei der Metamorphose.

Für unsere Mission wird uns ein geräumiger BMW-Geländewagen zur Verfügung gestellt, auf dessen Dach, unmittelbar vor der in der Mitte befindlichen Schiebedachluke, ein schweres Maschinengewehr montiert wurde. Jeder von uns erhält eine Securit-Rüstung und ein Maschinengewehr mit kombiniertem Granatwerfer. Zusätzlich werden wir ein paar Handgranaten mitnehmen. Diese Kampfausrüstung sollte uns eine sichere Fahrt ermöglichen.«

»Gibt es bereits weitere Erkenntnisse darüber, was für Bestien uns zwischen Hennesee und Münster neben Ghouls, Skelettaren und Dragonaren sonst noch so erwarten?«, wollte Julian wissen.

»Nein, wir wissen noch nicht exakt, welche Spezies in welchen Regionen hausen, abgesehen von denen in unmittelbarer Umgebung der Templerfestungen«, räumte Theoderich unumwunden ein. Irritierend war dabei der monotone Klang seiner Stimme, die den Eindruck erweckte, als wäre ihm das Ganze auch herzlich egal. »Diese dringend notwendige Aufklärungsarbeit ist ein weiteres Ziel unserer Außenmission.«

Er breitete eine Straßenkarte auf dem Tisch aus und erklärte den Anwesenden die Route, die sie von Hennesee bis zum Forschungsinstitut in Münster nehmen würden.

»Wann brechen wir auf?«, fragte Ductor Gundert.

»Morgen früh um sechs Uhr. Auf diese Weise nutzen wir das Tageslicht voll aus«, erklärte der Wissenschaftler. »Am heutigen Tag werden wir uns mit der Ausrüstung vertraut machen. Speziell für Sie, Frau Sindtstein, habe ich einen Schnellkurs für den Umgang mit unserem G-67 Sturmgewehr vorgesehen, der von Ductor Gundert durchgeführt wird. Ich gehe doch recht in der Annahme, dass Sie bisher noch kein Gewehr abgefeuert haben?«

»Das haben Sie richtig erkannt«, gab die Frau zu. Ihre Begeisterung, die Handhabung einer Schusswaffe zu erlernen, hielt sich in Grenzen.

»Bitte folgen Sie mir«, forderte Theoderich die Mitglieder seiner Sucher-Gruppe auf, während er sich von einem hässlich kreischenden Stuhl erhob, der durch den Schwung ein Stück über den gefliesten Boden holperte.

Der Wissenschaftler führte das Team quer durch den Festungsbereich zum großen Tor, das zu Julians Verblüffung weit offenstand. In einem kleinen Wärterhäuschen an der inneren Festungswand saß jedoch ein Soldat, der das mächtige Portal innerhalb weniger Sekunden per Sensorschalter verschließen konnte.

Draußen waren mehrere Leopard-Panzer dabei, die Baumgrenze deutlich weiter weg von der Festung zu verlegen. Auf dem freien Gelände warteten sogar zwei Gepard-Flakpanzer, um einen eventuellen Angriff der Dragonaren gleich im Keim zu ersticken.

Ein paar Dutzend Menschen hatten sich vor den Mauern eingefunden. Zudem standen dort zwei Militärlastwagen und sechs Geländewagen. »Sechs weitere Sucher-Gruppen mit Hilfspersonal«, kommentierte Theoderich und bewegte sich auf einen der Lastwagen zu, vor dem mehrere Soldaten in ihren Rüstungen standen. Einen davon erkannte Ruben gleich wieder: Centurio Hagen, der sie am Strand in Empfang genommen hatte.

Der Offizier begrüßte den Wissenschaftler und musterte skeptisch die fünf Gefährten des einflussreichen Mitglieds der Geheimwissenschaftlichen Sektion. »Na, dann wollen wir Sie mal als Erstes mit den Rüstungen vertraut machen.«

Hagen öffnete die seitliche Klappe der Ladefläche des LKW. Zum Vorschein kamen mehrere mit Zahlen- und Buchstabenkombinationen beschriftete Holzkisten, deren Deckel bereits aufgestemmt waren. Prüfend schätzte der Centurio den Wissenschaftler ab, griff in eine der Kisten und kramte einen dunkelvioletten, metallisch glänzenden Anzug hervor, der zu einer Rolle aufgewickelt war. »Der müsste Ihnen passen.«

Ebenfalls nach Augenmaß verteilte er fünf weitere Rüstungen. »Das Material ist, wie Sie feststellen werden, ziemlich elastisch, es sei denn, es wird durch ein Projektil oder einen Hieb an der entsprechenden Stelle extrem verhärtet. Die Nanomaterialien passen sich ihren Körperformen wie eine zweite Haut an. Der einzig weniger elastische Teil der Rüstung ist aus ästhetischen Gründen in der Lendengegend verbaut worden, wir wollen ja niemanden zu Tode erschrecken. Bitte entkleiden Sie sich bis auf Unterhose und Strümpfe und probieren Sie die Rüstungen an. Streifen Sie sich zunächst die Hose über, dann ziehen Sie das Oberteil wie einen Pullover über den Kopf und legen letztlich den Gürtel über die Verbindungsstelle. Danach drehen Sie das Templerkreuz auf der Gürtelschnalle um neunzig Grad im Uhrzeigersinn. Dadurch wird ein elektrisches Feld an den Nahtstellen aktiviert, das eine Verbindung zwischen den beiden Teilen des Anzuges ermöglicht.«

Julian beobachtete heimlich Anna, die sich völlig unbekümmert auszog und sich erst von der Gruppe abwandte, als sie sich ihres Trägerhemdchens entledigte, unter dem sie keinen BH trug.

Nachdem die Rüstungen angelegt waren, erkundigte sich der Offizier nach den Schuhgrößen der sechs Teammitglieder und reichte ihnen entsprechende Stiefel und Handschuhe. Die Helme verteilte er wiederum nach Augenmaß. Sie bestanden aus zwei Teilen: Zunächst bedeckten die Sucher ihren Kopf mit einer aus atmungsaktivem Material gefertigten Sturmhaube, die lediglich ihre Augen freiließ. Die Hauptteile aus dunkelviolettem Leder, welche anschließend über die Haube gezogen wurden, hingen wie etwas zu lang geratene Fliegerkappen an den Seiten und im Nacken des Trägers herunter.

Ruben bewegte jene »Lappen« misstrauisch hin und her. Trotz seines Drucktests, direkt nach seiner Ankunft in der Festung, konnte er sich einfach nicht vorstellen, dass sich diese nachgiebige Substanz unter richtig massiver Gewalteinwirkung zu einem Schutzpanzer verhärtete.

Hagen entging die Skepsis des Hünen natürlich nicht. Mit einem Satz sprang er von der Ladefläche und ernannte den kräftigen Mann kurzerhand zum Demonstrationsobjekt. »Herr Ruben! Wären Sie so freundlich, an einer kleinen Vorführung teilzunehmen?«

Julian nickte ein wenig unsicher, wie immer, wenn er nicht genau wusste, was ihn erwartete. Überraschungen waren nicht sein Ding, schon als Kind hatte er Wundertüten gehasst.

Der Centurio baute sich unmittelbar vor ihm auf. »Ich werde Ihnen nun seitlich gegen den Kopf schlagen und bitte Sie, anschließend Ihre Wahrnehmung zu schildern.« Bevor der Hüne etwas entgegnen konnte, hieb ihm der Centurio die behandschuhte Faust mit voller Wucht gegen seine rechte Schläfe. Ruben taumelte zwei Schritte zur Seite. »Und?«, fragte der Offizier erwartungsvoll.

»Ich spürte einen gleichmäßig über die rechte Kopfhälfte verteilten Druck plus zusätzlichen Druck, den die linke Seite des Helms auf meine linke Schulter ausübte. Auf gut Deutsch: Ich habe den Schlag problemlos weggesteckt.«

Hagen lächelte zufrieden und reichte dem Hünen eine Neun-Millimeter-Halbautomatik. Es handelte sich um das gleiche Modell, wie es Ruben bei der Flucht aus Dortmund bei sich gehabt hatte.

»Schießen Sie damit bitte auf meinen Brustpanzer.« Das selbstbewusste Lächeln des Centurio war nur deshalb zu sehen, weil der Offizier keine Sturmhaube unter seinem Haupthelm trug.

Julian zuckte mit den Achseln, entsicherte die Waffe und schoss. Nun war es der Templer, der zwei Schritte zurücktaumelte.

»Obwohl Sie von der besonderen Fähigkeit des Materials wussten, Herr Ruben, ist es nur ganz natürlich, dass in Ihrem Unterbewusstsein nach wie vor ein gewisses Misstrauen herrschte«, sagte der quicklebendige Hagen. »Ich denke, ich konnte Sie – und die sonstigen Anwesenden – nun vollends von der Wirksamkeit der Rüstung überzeugen. Mit Schutz allein ist es jedoch nicht getan, Sie müssen sich auch wehren – womit wir bei Ihrer Bewaffnung angelangt wären.«

Erneut sprang der Centurio auf die Ladefläche des LKW und reichte jedem der Sucher ein Kampfmesser und eine Neun-Millimeter-Pistole. Beides konnte am Taillengurt der Rüstung befestigt werden. Zu guter Letzt verteilte er sechs Sturmgewehre G-67 an alle Sucher.

»Dieses Gewehr ist eine Neuentwicklung des Herstellers Heckler & Koch«, verkündete Hagen stolz, »die vom Orden in Auftrag gegeben wurde. Die ersten Gewehre dieses Typs wurden vor fünf Jahren an uns ausgeliefert. Während die Bundeswehr immer noch das alte G-36 verwendete, erhielten die Ordensstreitkräfte das G-67 exklusiv. Durch konsequente Verwendung von Kohlenstofffasern und neuartigen Kunststoffen wiegt die Waffe nur wenig mehr als drei Kilogramm – obwohl sie außer als 5,56-mm-Kaliber-Standardsturmgewehr noch zusätzlich als 40-mm-Granatwerfer benutzt werden kann. Wir haben dort drüben, vor dem Waldrand, ein paar Zielscheiben aufgebaut, ungefähr zweihundert Meter entfernt, also genau die Entfernung, auf die die Waffe eingerichtet wurde. Ich übergebe nun an Ductor Gundert, der Sie mit den Details vertraut machen wird. Viel Erfolg!«

*

Während sich der Centurio entfernte, gruppierten sich die Sucher um den Soldaten mit dem pockennarbigen Gesicht, der sofort damit begann, die Einzelheiten des G-67 zu erklären.

»Doktor Theoderich, bitte nehmen Sie die linke Zielscheibe mit fünf Einzelschüssen unter Feuer. Auf diese Entfernung empfehle ich Ihnen, sich hinzulegen und die Waffe aufzustützen.«

Der Wissenschaftler kam der Aufforderung nach und traf fünfmal ins Schwarze.

Als Nächster war Dr. Meinert an der Reihe. Er hielt das Gewehr umständlich in seinen Händen und ging damit auf Gundert zu. »Das hier ist also der Sicherungshebel, hm... Und den muss ich auf Einzelfeuer stellen?« Mit dem linken Daumen hantierte er ungeschickt an dem kleinen Hebel, während er seinen rechten Zeigefinger auf den Abzug legte. Der Ductor sah das Unheil kommen und warf sich auf den Boden. Den Bruchteil einer Sekunde später pfiff eine Schusssalve über ihn hinweg und krachte in das Heck eines Leopard-Panzers, der gerade ein paar Bäume umwalzte. Funken stoben an den Aufschlagstellen, von denen die Querschläger heulend in alle nur erdenklichen Richtungen jagten. Glücklicherweise ließ der Doktor das Gewehr vor Schreck fallen, sodass das Rattern des auf Feuerstoß geschalteten Gewehrs erstarb.

Gundert erhob sich mit einem Gesichtsausdruck, als wolle er dem Genetiker die unsachgemäß bediente Waffe noch unsachgemäßer als Zäpfchen einführen. »Sie verdammter Vollidiot! Sie bringen uns noch alle um!«

»Ja, aber ich wollte doch nur ...«

Die Luke des beschossenen Panzers öffnete sich. Zum Vorschein kam ein ziemlich erboster Soldat, dessen Stimme trotz der Entfernung deutlich zu verstehen war: »Mach das noch mal, Schmock, und ich schieße zurück!«

Obwohl er sich nichts sehnlicher wünschte, gelang es Meinert nicht, im Erdboden zu versinken.

Nacheinander kamen die anderen an die Reihe, mit Ausnahme von Anna. Das beste Ergebnis erzielte mit Abstand Julian. »Nicht schlecht!«, kommentierte der Ductor die Leistung des Ex-Soldaten. »Sie sollten bei den Festungsmeisterschaften mitmachen.«

Letztlich wandte er sich Anna zu. »Bitte legen Sie sich auf den Bauch, Frau Sindtstein. Ich erkläre Ihnen die Handhabung der Waffe.« Gundert reichte der Liegenden das G-67. »Pressen Sie den Gewehrkolben fest gegen die rechte Schulter. Gut so! Schauen Sie durch das Zielfernrohr.« Anschließend erläuterte er ihr die unterschiedlichen Markierungen...

»Legen Sie nun den Sicherungsschalter auf Einzelschuss.«

Anna fand den bezeichneten Schalter nicht auf Anhieb. Der Ductor ging in die Hocke, nahm die rechte Hand der Brünetten in die seine und legte sie auf den Schalter. »Spüren Sie ihn? In dieser Stellung ist die Waffe gesichert.« Er führte ihren Zeigefinger, sodass der Schalter auf Einzelschuss sprang. »Wenn Sie den Hebel noch etwas weiter bewegen, steht er auf Feuerstoß. Dazu kommen wir später.« Immer noch hielt er die Hand der angehenden Schützin. »Visieren Sie das Ziel mit der von mir beschriebenen Marke an. Dann legen Sie den Finger an den Abzug und atmen ein.«

Helfend wollte er die rechte Hand der Frau an den Abzug führen.

»Mein lieber Ductor, nach dem Sicherungsschalter zu fahnden ist eine Sache, aber den Abzug finde ich durchaus allein«, bemerkte Anna ablehnend.

Fast erschrocken zog Gundert seine Hand zurück. »Na gut! Dann atmen Sie nun ein, visieren das Ziel an und schießen Sie«, forderte er eine Spur härter als beabsichtigt. Julian, der unmittelbar danebenstand und die Hilfestellungen des Ductors beobachtete, freute sich diebisch über die kleine Abfuhr, die der Templer erhalten hatte.

Schon krachte der Schuss aus Annas Waffe – und traf mitten ins Schwarze. Auch die vier weiteren Treffer der jungen Frau lagen für einen Anfänger außerordentlich gut, ihren Glückstreffer konnte sie allerdings nicht wiederholen.

»So, jetzt versuchen wir das Ganze im Stehen«, legte Gundert fest.

Theoderich legte routiniert wieder eine ordentliche Serie hin. Meinert hantierte dermaßen ungeschickt mit der Waffe herum, dass sich die anderen schon mal darauf vorbereiteten, den Boden zu küssen. Immerhin schaffte er es, fünf Schüsse in die ungefähre Richtung der Zielscheibe abzugeben. Er traf sie zwar nicht, aber auch keinen Kameraden oder einen der Räumpanzer, was sein Ausbilder als Teilerfolg wertete.

Ruben erzielte erneut das beste Ergebnis, dicht gefolgt von Sascha, der sich ebenfalls als ausgezeichneter Scharfschütze erwies.

Als Anna an der Reihe war, stellte sich Gundert hinter sie und schmiegte sich fest an ihren Rücken. Dabei korrigierte er mit beiden Händen die Haltung ihrer Arme. Er beugte sich vornüber, berührte mit seiner Wange die ihre und blickte an dem ausgerichteten Gewehr vorbei.

»So – und jetzt...« Weiter kam er nicht. Kurz hintereinander lösten sich fünf Schüsse aus dem G-67 und lagen bemerkenswert gut.

»Wie Sie sehen, lerne ich schnell«, bemerkte Anna schnippisch. »Mit etwas mehr Bewegungsfreiheit hätten die Treffer sicherlich noch besser gelegen.«

Gundert ruckte zurück, und es bildeten sich ein paar rote Flecken auf seinem pockennarbigen Gesicht. Ruben hingegen grinste von einem Ohr zum anderen, was dem Ductor natürlich nicht verborgen blieb. »Was ist daran so lustig?«, fragte er den Neuen scharf.

»Ach, nichts. Ich bin von Natur aus ein fröhlicher Mensch«, entgegnete Julian, ohne das Grinsen verschwinden zu lassen.

Den Rest des Tages verbrachten die sechs Sucher mit weiteren Schießübungen, dem Werfen von Handgranaten und einer abschließenden Besprechung, in der Theoderich die örtlichen Gegebenheiten des Einsatzziels in Münster beschrieb.

»Wir wissen nicht, welche Kreaturen uns auf dem Weg und am Ziel entgegentreten werden, aber ich denke, wir sind für alle Eventualitäten gut gerüstet. Wir sehen uns um sechs Uhr morgen früh.« Damit schloss er die Besprechung gegen 18:30 Uhr und entließ seine kleine Truppe in die wohlverdiente Nachtruhe.

Anna und Julian mussten zuvor allerdings noch einen wichtigen Termin wahrnehmen.

*

Um 19 Uhr 30 erhoben sich der Erzprior und seine beiden Beisitzer hinter dem Richterpult. Sie trugen weiße Roben mit dem roten Ordenskreuz auf der Brust. Der Gerichtssaal hatte sich bereits eine Viertelstunde zuvor bis auf den letzten Platz gefüllt. Die rund fünfzig Anwesenden erhoben sich nun ebenfalls.

»Als Vorsitzender des hohen Templergerichts erkläre ich die Verhandlung gegen Jennifer Gutendorf-Schöneberg für eröffnet.« Die tiefe Stimme Leonidas' erfuhr einen leichten Widerhall an den grauen Granitwänden des Saals, was ihr zusätzliche Autorität verlieh.

»Zunächst verlese ich die Anklagepunkte in der Reihenfolge der Schwere des damit verbundenen Verbrechens:

- Mitwirkung an der fahrlässigen Tötung von acht Milliarden Menschen.
- Planung und Durchführung eines Versuchs zur Unterwerfung der Menschheit, zugunsten der skrupellosen Machtinteressen einer kriminellen Minderheit, in Verbindung mit der Planung

und Durchführung der Manipulation des Erbgutes von acht Milliarden Menschen ohne deren Einverständnis.

- Aktive Mitarbeit in einer bestechlichen, unfähigen Regierung, die den Wohlstand und den Forschritt der Menschheit über Jahrzehnte blockierte.

Bitte setzen Sie sich, meine Damen und Herren.«

»Von Gewaltenteilung haben die hier wohl noch nichts gehört, wenn der Obermufti gleichzeitig der oberste Richter ist«, flüsterte Anna dem neben ihr sitzenden Ruben ins Ohr. Beide saßen in der ersten Reihe, da sie noch als Zeugen aufgerufen werden sollten.

»Von Säkularisierung ebenfalls nicht«, gab Julian leise zurück. »Leonidas ist auch der oberste Führer der Templerreligion, die ich zugegebenermaßen noch nicht so ganz verstanden habe.«

»Zunächst hat die Angeklagte Gelegenheit, sich zu den Vorwürfen zu äußern«, hallte die Stimme des ›Obermufti‹ durch den Saal.

Mit einem Ruck erhob sich die rundliche Politikerin. Natürlich hatte man ihr, ebenso wie ihren beiden Lebensrettern, längst ein paar saubere Kleidungsstücke zum Wechseln zukommen lassen.

Ihre blaugrünen Augen schienen Feuer zu sprühen, als sie mit schriller, sich überschlagender Stimme das Wort ergriff: »Dieses Gerichtsverfahren ist nichts weiter als eine Farce! Das Urteil steht sowieso von vornherein fest. Wozu also soll ich mich zu den Vorwürfen äußern? Ich erkenne dieses Affentheater hier nicht als ein ordentliches Gericht an.« Ebenso ruckartig wie sie aufgestanden war, setzte sie sich wieder hin.

»Wissen Sie, Frau Gutendorf-Schöneberg, ich könnte Ihnen jetzt einen Vortrag über undurchschaubare, unverständliche Urteile der ›ordentlichen‹ Gerichte Ihres Regimes halten, oder über Gesetze, die von einer Politmafia geschaffen und bei Bedarf von parteiabhängigen Richtern bis kurz vor dem Erreichen der Sollbruchstelle verbogen wurden – doch das wäre müßig und mir viel zu anstrengend. Es spielt überhaupt keine Rolle, ob Sie dieses

Gericht akzeptieren oder nicht. Sein Urteil werden Sie wohl oder übel entgegennehmen müssen.« Der Blick des Erzpriors wandte sich von der Angeklagten ab. »Ist hier jemand anwesend, der etwas zur Entkräftung der Anklagepunkte beitragen kann oder der von jemandem weiß, der dazu beitragen könnte?«

Etwa dreißig Sekunden wartete der oberste Richter. Kein Laut außer dem leisen Schluchzen Gutendorf-Schönebergs war im Gerichtssaal zu hören. Da sich niemand meldete, ergriff Leonidas erneut das Wort: »Damit schreite ich zur Urteilsverkündung: Wegen Mitwirkung am schwersten Verbrechen wider die Menschheit seit Beginn der Geschichtsschreibung verurteile ich die Angeklagte zu lebenslanger Verbannung. Nie wieder soll sie den Boden der Templergemeinschaft betreten dürfen, und jeder Templer, der der Verurteilten Hilfe gewährt, macht sich des Verrats an der Gemeinschaft schuldig. Wir hätten alles Recht der Welt, der Massenmörderin ihr Leben zu nehmen, doch das wäre zu milde. Es ist nur gerecht, dass sie sich da draußen dem Grauen stellen muss, das zu schaffen sie beitrug. Das Urteil ist sofort zu vollstrecken.«

»Ich hatte eigentlich erwartet, Leonidas würde die Dicke teeren, federn und vierteilen lassen«, flüsterte die frischgebackene Sucherin Julian zu.

»Lässt er doch auch«, meinte der Hüne, »nur dass das nicht seine eigenen Leute erledigen, sondern die Ghouls, Skelettare oder was außerhalb dieser Mauern sonst noch so herumkrabbelt. Sie ist ganz auf sich allein gestellt und hat kaum Überlebenschancen. Das klingt grausam, dennoch finde ich das Urteil gerecht. Wenn ich an meine Freunde, meine Familie und meine Kameraden denke, die gegen ihren Willen zu Monstren oder umgebracht wurden, nur wegen des krampfhaften Festhaltens dieser sogenannten Volksvertreter an ihrer Macht, kann die fette Schlampe meinethalben irgendwo in Wald und Feld verrecken.«

Zwei Templersoldaten in Rüstungen, die an den beiden schwarzen Flügeln der Ausgangstüre gewartet hatten, begaben sich im

Gleichschritt zur Anklagebank und packten die Kommissarin für Volksgesundheit unter den Achselhöhlen. Anschließend schleppten sie die Verurteilte, deren Gesicht weiß wie eine Kalkwand war, aus dem Gerichtssaal. Ihnen folgten die meisten Zuschauer bis zu dem riesigen Stahltor in der Festungsmauer. Eine der darin eingelassenen Türen wurde geöffnet. Die beiden Soldaten beförderten die Politikerin unsanft ins Freie und schlossen die Tür hinter ihr – für immer.

Das Urteil war vollstreckt.

Kapitel 5: Aufbruch der Sucher

Kahira hatte den Tag damit verbracht, Befehle zu geben. Es war also ein schöner Tag gewesen, obwohl sie keinen Feind getötet oder Beute geschlagen hatte.

Sie hatte wahllos Anführer ernannt, Gruppen gebildet und diese losgeschickt, um Bauernhöfe zu besetzen und immune Menschen zu fangen. Ihr Plan war es, in der Umgebung von Sundern die Landwirtschaft der alten Zivilisation weiter zu betreiben. Dazu waren ihre Ghouls nicht intelligent genug, deshalb hatte sie ihren Artgenossen unter Androhung eines grausamen Todes befohlen, kein Rind, kein Schwein, kein Huhn und erst recht keinen immunen Menschen zu fressen. Letztere plante sie als Aufseher in den landwirtschaftlichen Betrieben einzusetzen, um die Ernährung ihres Volkes auf Dauer zu gewährleisten.

Die Königin der Ghouls hatte ihr Hauptquartier vorläufig im Kloster Brunnen, rund fünf Kilometer südöstlich von Endorf eingerichtet. Nach diesem langen, anstrengenden Tag räkelte sich die bleichhäutige Herrscherin auf einem luxuriösen Bett mit eigenem Himmel, das sie von ihren Dienern in das Plenum des Klosters hatte schaffen lassen.

Nackte Angst stand in den Gesichtern der knapp dreißig Immunen, die ihre Soldatensklaven soeben herbeigeschafft hatten. Die Männer, Frauen und Kinder drängten sich dicht zusammen, um den sie bewachenden Ghouls nicht zu nahe zu kommen, denen vor lauter Fressgier der Schleim in langen Fäden aus den Mundwinkeln hing.

Verteilt sie auf die Zimmer im ersten Stock und bewacht sie gut, war in den Molekülen codiert, die Kahiras Poren ihren Dienern entgegenschickten. Sie hätte sich zwar auch der gesprochenen Sprache bedienen können, die ebenfalls von den Ghouls verstanden wurde, wenn sie nicht zu kompliziert formuliert war, doch das war ihr jetzt zu anstrengend. Ruhe wollte sie haben. Ruhe, um über alles nachzudenken, Ruhe, um dem geheimnisvollen Gedankenspion näherzukommen, und schließlich Ruhe, um endlich entspannen zu können. Nur im Vollbesitz ihrer körperlichen und geistigen Kräfte würde sie in der Lage sein, das Reich der Ghouls aufzubauen und Schritt für Schritt zu erweitern.

Nachdem die Immunen von ihren Bewachern fortgeführt worden waren, dachte sie noch kurz darüber nach, wie die mittlerweile insgesamt einhundert Menschen auf die Bauernhöfe aufzuteilen seien. Dann gab sie ihren immer schwerer werdenden Lidern nach und entspannte jede Muskelfaser ihres wohlgeformten Körpers. In diesem Zustand ging sie auf die Reise in ihr Innerstes. Sie suchte nach Spuren des Eindringlings, der ihren Angriff auf die Templerfestung verhindert hatte.

Düstere Wolkenberge, die vor einem grauen körnigen Firmament schwebten, das sich langsam drehte, formten sich vor ihrem geistigen Auge. Die Rotation beschleunigte allmählich. Fetzen wurden aus dem fast schwarzen Nebel gerissen und in das Zentrum der wirbelnden Kreise gesogen, zu denen die grauen Punkte des Hintergrunds geworden waren. Die Wolken schienen in den Schlund der Hölle zu schweben, der sich langsam als dunkler wabernder Fleck auf der Drehachse des Chaos zu bilden begann. Kahira blickte direkt in diesen Schlund. Namenloses Entsetzen zerrte an ihrem Verstand, der ebenfalls in das wirbelnde Zentrum des Wahnsinns gerissen zu werden drohte – wenn sie das zuließ, würde man nur noch ihre leere Körperhülle in ihrem Quartier vorfinden...

Als Kahira glaubte, die Pein ihrer zerreißenden Seele nicht mehr aushalten zu können, klärte sich ihr Blick übergangslos. Sie saß an einem runden Holztisch und blickte in die dunkelgrünen Augen eines Mannes mit streng nach hinten gekämmtem dunkelblonden Haar und tief geschnittenen Gesichtszügen. Sie hörte seine Worte und erfuhr so von den Plänen der Templer, das ursprüngliche Virus in Münster zu suchen, um daraus ein Mittel zur Vernichtung der Evolutoren zu entwickeln. Die Königin kannte nun die Mitglieder der Sucher-Gruppe und die Route, die sie für ihre Reise gewählt hatten.

Kahira verstand, dass die Frau, durch deren Augen sie sah, auf ähnlich geheimnisvolle Weise ihre Angriffspläne auf die Templerfestung ausspioniert und verraten hatte. Die Herrscherin fühlte tiefe Befriedigung darüber, dass ausgerechnet diese Frau Mitglied der Sucher-Gruppe war. Sobald die armselige Streitmacht die Festung verließ, würde es für sie und ihre Begleiter kein Entrinnen geben. Das schmerzvolle Sterben der Verräterin würde Wochen dauern...!

*

Rote Wolken am östlichen Horizont verkündeten das baldige Aufgehen der Sonne, als sich die sechs Sucher vor dem Gebäude der Geheimwissenschaftlichen Sektion einfanden. Als Letzte erschienen, immer noch pünktlich, Anna und Julian. Im sanften Dämmerlicht entkleideten sich die Teilnehmer an der Expedition und legten die Rüstungen an, die für sie in dem vor dem Gebäude geparkten Geländewagen bereitlagen.

»Gut geschlafen?«, erkundigte sich der zu dieser frühen Stunde bereits bestens gelaunte Sascha in seinem russischen Akzent.

Theoderich hob nur die Augenbrauen und schien sich ein *Wen interessiert's?* zu verkneifen, während Meinert fröhlich »Ausgezeichnet!« trällerte, sich bei dem tadelnden Blick Theoderichs jedoch abwandte, kurz räusperte und sich weiter umständlich an seiner Rüstung zu schaffen machte. Der die Figur seines Trägers exakt nachzeichnende Kampfanzug war nicht unbedingt vorteilhaft für den untersetzten Genetiker.

Der tarnfarbene BMW-Geländewagen, eine Spezialanfertigung für das Militär auf Basis eines Serienmodells, war geräumig genug, um bei Bedarf zehn Personen auf seinen drei Sitzreihen

Platz zu bieten. Dementsprechend wenig störten die jeweils zwei G-67, die in jeder der Reihen gegen die Sitze gelehnt waren.

Anna wirkte in ihrem dunkelviolett schimmernden hautengen Kampfanzug und mit ihren grün funkelnden Augen wie eine Rachegöttin; sie nahm in der hinteren Sitzreihe Platz. Sehr zu Julians Missfallen beeilte sich Gundert, sich in die gleiche Reihe zu setzen. Der Hüne und der gutgelaunte Russe nahmen die zweite Sitzbank ein, während sich Theoderich neben Meinert ans Steuer setzte.

Ein leises Summen kündete davon, dass der kräftige Elektromotor auf Theoderichs Geheiß seine Arbeit aufgenommen hatte. Schon ruckte das schwere Fahrzeug an und ließ die neoklassizistischen Bauten an den Insassen vorübergleiten.

Der Wärter im Pförtnerhäuschen am Haupttor war natürlich über die frühe Ausfahrt der Sucher-Gruppe informiert. Er öffnete das Portal elektronisch, als der Wagen in Sichtweite kam. Langsam glitten die mächtigen beiden Stahlflügel des Tores auf und gaben den Blick auf den im gespenstischen Dämmerlicht liegenden See frei. Seine Oberfläche wirkte wie ein dunkler verwunschener Spiegel, aus dem gleich die schrecklichsten Bestialitäten hervorbrechen konnten – was in *Anderswelt* durchaus im Bereich des Möglichen lag.

Doch nichts geschah, als der BMW mit leise summendem Motor die asphaltierte Zufahrt der Festung entlangfuhr. Ein Linksknick vor dem Ufer des im Zwielicht daliegenden Sees führte zunächst weiter am Rand der Halbinsel entlang, auf der die Festung erbaut worden war. Anschließend verlief die Straße schnurstracks geradeaus durch das von den Panzern gerodete Gebiet und durch den darauf folgenden dichten Wald, der schon bald durch Felder ersetzt wurde, bis die Zufahrt nach etwas mehr als einem Kilometer auf eine Landstraße mündete.

Theoderich bog links ab Richtung Löttmaringhausen. Aus der Ferne drangen fremdartige Geräusche herüber. Das rasselnde Heulen monströser Wölfe mischte sich mit dem dumpfen Dröhnen von Schiffssirenen und dem hellen Kreischen überdimensionaler Kreissägen. Je näher sie dem Stadtteil Meschedes kamen, umso lauter wurden die unheimlichen Rufe.

Ruben ließ das Seitenfenster elektronisch hinabgleiten, um die verschiedenen Laute zu analysieren. »Die Schiffssirenen kennen wir schon. Diese Töne werden von Viechern ausgestoßen, die so groß wie Elefanten sind, aber wie weißrosahäutige haarlose Wildschweine aussehen. Von denen sollten wir uns fernhalten. Anna und ich sind mit einem Zwanzigtonner gegen eins davon gekracht, mit dem Effekt, dass wir in einen Graben geschleudert wurden, während das Biest verletzt das Weite suchte.«

»Ich nehme an, wir sollten den anderen Monstrositäten ebenfalls aus dem Weg gehen«, entgegnete Gundert mit bestechender Logik. »Wer solche Geräusche ausstößt, mit dem ist sicher nicht gut Kirschen essen.«

»Aus dem Weg gehen? Wir sollen doch von möglichst vielen Evolutoren-Spezies Gewebeproben mitbringen«, erinnerte Meinert an ihren Auftrag.

»Das wird schon schwer genug sein bei den Biestern, die sich aus Menschen entwickelt haben«, konstatierte Gundert. »Aber was auch immer da aus Rindern, Pferden und Hunden entstanden ist, möchte ich gar nicht wissen. Oder hat jemand eine Idee, wie wir solch ein Monstrum bei der Gen-Entnahme zur Kooperationsbereitschaft bewegen können?«

»Indem wir es vorher erschießen«, bemerkte Meinert trocken.

»Wir?«, konterte der Ductor. »Sollten Sie tatsächlich in Erwägung ziehen, das Feuer auf jemanden oder etwas zu eröffnen, geben Sie uns bitte kurz vorher Bescheid, damit wir alle in Deckung gehen können.«

Meinert seufzte, während Anna leise kicherte.

Das Glück, die Ungeheuer bestenfalls aus der Ferne zu betrachten, wurde den sechs Suchern nicht zuteil, denn plötzlich bogen sich die Bäume des Waldrandes rechts von der Straße wie Streichhölzer zur Seite. Mit einem ordentlichen Satz sprang ein

Monstrum auf die Straße, das wie ein skelettierter Dobermann wirkte und eine Schulterhöhe von vier Metern hatte. Zottiges schwarzes Fell hing von dem abgemagerten Gerippe. Der Riesenköter hob die Lefzen und gab den Blick auf gut und gern dreißig Zentimeter lange Reißzähne frei. Seine Augen glühten wie Kohlen, als Theoderich den Geländewagen in wenigen Metern Abstand vor dem Ungeheuer mittels Vollbremsung zum Stehen brachte.

Ruben schnellte mit einem Ruck hoch, die Fliehkräfte des verzögernden Fahrzeugs ausnutzend, und betätigte den Öffnungsmechanismus des Schiebedachs. Das vibrierende Knurren der sich langsam nähernden Bestie breitete sich in den Innereien der Menschen aus bis fast zum Erbrechen. Julian bediente das auf dem Dach des Wagens montierte Maschinengewehr, das seine Munitionskette aus einem ebenfalls auf dem Dach befestigten Kasten bezog. Trotz des trommelfellbetäubenden Ratterns der schweren Waffe überwogen die Vibrationen in der Magengegend gegenüber den Ohrenschmerzen.

Funken und Querschläger stoben von dem ausgemergelten Leib weg. Je nach Auftreffwinkel der Geschosse entstanden jedoch auch rote Flecken, aus denen das Blut der Bestie spritzte. Daraufhin wurde das Knurren zu einem schrillen Geheul, das jeden Hundefreund entsetzt hätte. Der Riesendobermann sprang wie er erschienen war mit einem einzigen Satz zurück in den Wald. Die jungen Bäume am Straßenrand gaben krachend nach, als sich der knochige stabile Körper seinen Weg bahnte.

»Dabei sind wir erst zwei Kilometer gefahren. Wenn das so weitergeht, dürfte sich unsere Reise nach Münster doch etwas schwieriger gestalten als erwartet«, stellte Theoderich mit monotoner Stimme fest.

Dann trat er das Gaspedal voll durch. Falls sich die Bestie entschloss, zurückzukehren, wollte er nicht mehr anwesend sein. Der Leiter der Gruppe ließ den Geländewagen auf einhundertzwanzig Kilometer pro Stunde beschleunigen. Erst nach tausend

Metern reduzierte er die Geschwindigkeit wieder auf etwas weniger als die Hälfte, um beim unvermittelten Auftauchen eines weiteren Untiers rechtzeitig bremsen zu können.

An den wenigen Häusern Löttmaringhausens waren sie längst vorbei, als sie den Stadtrand Meschedes erreichten.

*

Zu beiden Seiten säumten Baumreihen die Straße, deren Wipfel im leichten Morgenwind winkend die aufgehende Sonne begrüßten. Das goldene Licht brachte die Blätter zum Funkeln und erzeugte zusammen mit der herrschenden Stille ein Gefühl von Zeitlosigkeit.

Theoderich war in dieser Gegend aufgewachsen. Wehmütig dachte er an seine Jugend zurück und erinnerte sich an das Bild der sonnendurchfluteten Wipfel, das sich ihm vor dreißig Jahren an frühen Sommertagen wie diesem dargeboten hatte. Die Bäume waren immer noch dieselben – sie schienen sich kaum verändert zu haben.

Mit dem Schulbus war er täglich diese Strecke gefahren. Was war wohl aus seinen Freunden von damals geworden? Man hatte sich nach der Schulzeit aus den Augen verloren, einige hatten Familien gegründet, andere hatten die Gegend verlassen. Bisher hatte es der Geheimwissenschaftler nie bedauert, den Kontakt zu seinen Schulkameraden abgebrochen zu haben. Wenn er gewollt hätte, wäre es ihm ein Leichtes gewesen, die alten Freunde zu besuchen oder sogar ein Schülertreffen zu organisieren. Das hatte er jedoch versäumt – und seit ein paar Tagen gab es diese Möglichkeit nicht mehr. Die Bande waren endgültig unwiderruflich zerrissen. Die Jungen und Mädchen, deren Gesichter vor seinem geistigen Auge auftauchten, waren entweder tot oder suchten irgendwo als blutrünstige Bestien nach Opfern, um ihre Fressgier zu stillen.

Oder gab es auch noch andere Evolutoren-Spezies, die ihren Verstand behalten hatten, mit denen eine friedliche und vielleicht sogar fruchtbare Koexistenz möglich war? Würde er unter ihnen einen seiner Schulfreunde wiederfinden? Falls es den Wissenschaftlern der Geheimwissenschaftlichen Sektion tatsächlich gelang, ein Gegenmittel gegen die Wirkung des Anau-Virus zu entwickeln, würden ohne Ausnahme *alle* Evolutoren sterben – und damit auch die gutartigen, falls es überhaupt welche gab.

Gespannt beobachteten die Sucher die Straßen, Häuser, Plätze und Parks, bereit, jeder Gefahr sofort mit ihren Sturmgewehren zu begegnen. Das sanfte goldene Licht der Sonne wechselte immer stärker zu einer blendenden Helligkeit, als bemühe sie sich, die Landschaft aus ihrer Zeitlosigkeit zu reißen, um den Weg für neue Ereignisse zu bahnen. Theoderichs zwischen Vergangenheit und Zukunft hin und her pendelnde Gedanken kehrten langsam in die Gegenwart zurück. Nirgends regte sich etwas. Meschede schien zu einer Geisterstadt geworden zu sein.

*

Wie aus heiterem Himmel erfolgte ein dumpfer Aufprall, der den vorderen Wagenteil ein Stück weit eindrückte, sodass ein Spalt zwischen dem Schiebedach und seiner Führung entstand. Zwei gelbrote Klauen mit schwarzen Fingernägeln langten hindurch und versuchten, nach dem »Konservenfutter« zu greifen. Weil der Spalt dafür zu schmal war, wurde das Schiebedach, das mit einem schrillen Knirschen gegen diese Gewaltmaßnahme zu protestieren schien, mit einem kräftigen Ruck aus seiner Halterung gerissen. Das hässliche, triumphierende Gesicht eines Dragonars schaute nach drinnen und präsentierte den Wageninsassen sein gelbes Raubtiergebiss sowie bösartig flackernde Katzenaugen.

Julian reagierte als Erster. Sein Bewegungsablauf war so präzise, als ob er ihn tausende Male einstudiert hätte. Der Hüne griff sein G-67 und wuchtete es neben sich auf den Sitz. Innerhalb einer Sekunde hatte er die Waffe entsichert. Die Klauen der

Riesenfledermaus griffen gezielt nach Sascha. Statt zurückzuweichen katapultierte sich der Russe hoch, glitt zwischen den Klauen hindurch und wuchtete dem Angreifer seine Faust mitten auf dessen lange Hakennase. Der Kopf des Dragonars flog wohl mehr vor Schreck denn durch die Wirkung des Treffers ruckartig hoch.

Im gleichen Moment betätigte Ruben den Abzug seiner auf Feuerstoß geschalteten Waffe. Mehrere Kugeln trafen das Gesicht des Evolutoren. Blut spritzte in den beschädigten Geländewagen, während der vom Anau-Virus Veränderte auf die Straße geworfen wurde.

Erneut erfolgte ein Aufprall auf dem Dach. Unmittelbar danach ein zweiter auf der Motorhaube. Anna, Ruben und Gundert eröffneten das Feuer blind durch das Metall über ihnen. Ihr total zerschossener Gegner krachte neben das schlingernde Fahrzeug auf die Straße.

Der Dragonar auf der Motorhaube stellte sich aufrecht und zog eine schwere Metallstange aus einem Gürtel. Meinert griff nervös nach seinem Gewehr, das ihm jedoch sofort von Theoderich aus den Händen geschlagen wurde. Der vordere Teil des Militärfahrzeugs, speziell die Windschutzscheibe, war gepanzert. Hätte der Genetiker die Waffe auf den Dragonaren abgefeuert, so wären die resultierenden Querschläger zur ernsthaften Bedrohung für die Sucher geworden.

Theoderich wurde auch ohne Waffe mit dem Problem fertig, indem er voll auf die Bremse trat. Die Riesenfledermaus knallte rücklings auf den Asphalt. Der Geheimwissenschaftler gab Gas und überrollte das Wesen, als es sich auf die Handflächen stützte, seine Schwingen ausbreitete und sich zu erheben versuchte. Für einen Lidschlag versperrten die Flügel des Monströsen dem Fahrer die Sicht, wurden jedoch vom Gewicht des Geländewagens und seiner Insassen erbarmungslos heruntergedrückt und plattgemacht.

Mit dem Verschwinden der Flügel vor der Windschutzscheibe veränderte sich das Bild wie beim Schnitt einer geheimnisvollen

Regie. Zwei Dutzend Dragonaren näherten sich dem Fahrzeug in hohem Flugtempo von vorn. Julian und Gundert sprangen gleichzeitig hoch, doch der weiter vorn sitzende Hüne erreichte das Maschinengewehr durch die zerrissene Dachluke als Erster. Waffe und Munitionskiste waren auf einem stabilen Holm befestigt worden, weshalb beides von den Attacken der Bestien kaum in Mitleidenschaft gezogen worden war.

Schon spuckte die schwere Waffe todbringendes Blei, und die ersten Angreifer trudelten dem Boden entgegen. Ruben war nur zu klar, dass er sämtliche Gegner auf diese Weise niemals würde aufhalten können, es waren einfach zu viele. Trotzdem nahm er sie unverdrossen weiter unter Beschuss. Falls es den Dragonaren gelang, sie alle zu töten, wollte er möglichst viele von denen mit ins Verderben reißen. Die Hälfte des Geflügels lag bereits am Straßenrand.

Kurz bevor die zweite Hälfte das Militärfahrzeug erreichte, drehten die Riesenfledermäuse ab. Julian, der mit einem blutigen Nahkampf gerechnet hatte, stellte das Feuer ein. Staub wirbelte unter den Flügelschlägen der Flüchtenden hoch. Ruben vermutete, dass ihnen der Blutzoll zu hoch war, den sie gegen die verbissen kämpfenden Menschen gezahlt hatten und noch hätten zahlen müssen.

Der Elektromotor des BMW summte unverändert, während das schwere Fahrzeug die Hauptsraße hinunterfuhr. Meschede wirkte nicht länger verlassen. Auf den Dachrändern saßen Dutzende Dragonaren und blickten ihnen aus ihren Katzenaugen finster hinterher. Zur Abschreckung blieb Julian hinter dem Maschinengewehr stehen und ließ durch seinen Anblick keinen Zweifel aufkommen, dass sich die vermeintlich leichte Beute bis zum bitteren Ende verteidigen würde. Diesem Argument beugten sich die Evolutoren; es erfolgte keine weitere Attacke, weil keiner beim Sterben der Erste sein wollte.

*

Unbehelligt gelangte die Sechsergruppe auf die Autobahn A 46. Theoderich wollte die A 44 und schließlich die A 1 nach Münster erreichen. Zwar waren die Autobahnen voller Wracks, doch der mächtige Kuhfänger vor dem Kühlergrill verschaffte den Männern den nötigen Platz, insofern sich die Hindernisse nicht umfahren ließen. Mehrfach rammte Theoderich mit niedriger Geschwindigkeit liegengebliebene und teilweise stark zerstörte PKWs, deren Fahrer die Kontrolle verloren hatten, als bei ihnen urplötzlich die Verwandlung einsetzte. Wegen der mit der unkonventionellen Räumung verbundenen Erschütterungen hatte Julian seinen Sitzplatz inzwischen wieder eingenommen und alle Insassen hatten sich angeschnallt.

Die nicht enden wollende auseinandergezogene Kette von Autowracks, die größtenteils geschickt umkurvt wurden, rief in Sascha eine Erinnerung hervor, die bis heute wie eine unlöschbare Glut in seiner Seele brannte. Die Ereignisse drangen mit übermächtiger Gewalt in sein Bewusstsein, als würde er sie in diesen Sekunden erneut erleben...

*

Es war ein wolkenloser Sommertag. Sascha fuhr auf der Moskauer Ringautobahn, um seine Eltern zu besuchen. Der Himmel spannte sich wie eine blaue Kuppel über der Landschaft. Hundertfach spiegelte sich die Sonne in den Glasteilen seines Wagens und auf mehr oder weniger blank poliertem Lack.

Die Verkehrslage konnte man in einem Wort zusammenfassen: dicht. Eine nahezu endlose mehrspurige Autokolonne schien ganz Moskau zu umfassen. Mit kaum mehr als hundert Kilometer pro Stunde floss der Strom aus metallenen Leibern eher gemächlich dahin. Wem ein unbarmherziges Schicksal keine Klimaanlage spendiert hatte, der fluchte und schwitzte, schwitzte und fluchte, immer abwechselnd. Der Fahrtwind schoss chaotische Kapriolen und legte donnernd Protest gegen geöffnete Seitenscheiben ein, was wenigstens ein bisschen Kühlung brachte.

Tausende von Fahrzeugen fuhren in die gleiche Richtung, obwohl jedes ein anderes Ziel hatte. Ein Stück weiter vorn geriet ein weißer Tanklastwagen ins Schlingern. Sein Heck drehte sich nach rechts weg und schob die mächtige Flanke des Fahrzeugs immer mehr in Saschas Blickfeld. Das Donnern des Windes übertönte jedes Geräusch, weshalb er die Drehung des Tankers, der auf dem Asphalt schwarze Striche hinter sich herzog, nur optisch wahrnahm. Selbst als das mächtige Gefährt von der rechten Spur ausgehend die links fahrenden Wagen nach und nach erfasste und wie Kegel wegschleuderte, war nichts davon zu hören. Dadurch wirkte das Geschehen irgendwie unwirklich. Als Sascha die Vollbremsung einleitete, bewegte sich der Lastwagen bereits in Querstellung über die Fahrbahn.

Ein blauer Volvo Kombi rollte sich fortwährend überschlagend hinter dem LKW her und erhielt noch einen zusätzlichen Impuls durch einen silbernen Mercedes, der zu spät bremste und in das wirbelnde Automobil knallte. Daraufhin hob der Volvo mit beschleunigter Rotation ab und fraß sich in die Flanke des mittlerweile stillstehenden Tanklastwagens. Wie eine Fräse zerfetzte der rotierende Klumpen das weißlackierte Metall.

Mehrere Dutzend PKWs kamen vor dem weißen Riesen zum Halten. Sascha blickte in die vor Schreck geweiteten Augen eines rothaarigen Mädchens in einem vor ihm querstehenden VW Passat.

Aus dem zerrissenen Tank des Giganten schoss eine klare Flüssigkeit, die sich innerhalb von Sekunden in den Atem der Hölle verwandelte. Eine fürchterliche Explosion verursachte das erste, dafür umso gewaltigere Geräusch, das Sascha von dem gespenstischen Geschehen wahrnahm. Ein Dom aus roter Glut breitete sich nach allen Seiten hin aus und verschlang gierig die kreuz und quer stehenden Fahrzeuge. Stetig wachsend raste die Feuerwand auf den Russen zu.

Das Mädchen schaute entsetzt mitten hinein in das sich nähernde Verderben. Sein feuerrotes Haar wirkte wie eine Prophezeiung über das Schicksal, das ihr bestimmt war. Bevor die Glut auf der Fahrerseite durch die geöffnete Seitenscheibe des Fahrzeuges eindrang und ihre neben ihr sitzende Mutter regelrecht grillte, drehte sich die Kleine noch einmal um und sah ein letztes Mal flehend, von Todesangst erfüllt in Saschas Richtung. Er konnte ihr nicht helfen, als die Flammen auf der Beifahrerseite wieder aus dem Auto schossen und sich an der Windschutzscheibe seines alten Ford brachen.

Die Feuerwand zog sich wieder ein Stück zurück. Der beißende Gestank von schmelzenden Türverkleidungen drang in Saschas Nase. Vor ihm standen zahlreiche Autos in Flammen. Er war wie erstarrt und merkte gar nicht, dass er gerade selbst im Begriff war zu verbrennen.

Plötzlich wurde seine Fahrertür aufgerissen, jemand beugte sich über ihn, löste seinen Sicherheitsgurt, zog ihn aus seinem Wagen und warf ihn zu Boden. Dann spürte der Russe, wie der Unbekannte sich auf ihn warf, um die Flammen seiner in Brand stehenden Kleidung zu ersticken.

Ich brenne!, *wurde dem unter Schock stehenden Sascha erst zu diesem Zeitpunkt bewusst.*

*

Diese Erkenntnis holte den Russen zurück in die Gegenwart – nach *Anderswelt.*

Wie damals war die Autobahn voll von verkohlten Wracks. Doch diesmal erstreckte sich das Unglück nicht nur über ein paar hundert Meter Länge. Die gegenwärtige Katastrophe hatte das millionenfache Ausmaß angenommen. Damals war er ins Krankenhaus eingeliefert worden, doch danach konnte er zu seinen Eltern und seinen Freunden zurückkehren. Und heute? In den vergangenen Tagen waren nicht Dutzende, sondern Milliarden gestorben. Tausende davon allein auf dieser Autobahn. Niemals wieder würde er zu seinen Eltern heimkehren können. Sie waren tot oder sie hatten sich in etwas verwandelt, das schlimmer als der Tod war.

Die Ereignisse auf der Moskauer Autobahn hatten Sascha auf ewig geprägt. Immer mal wieder wachte er nachts schweißgebadet auf, weil er im Traum in die flehenden Augen des Mädchens geblickt hatte.

Die damalige Katastrophe war zwar schrecklich, aber für den Fortbestand der Menschheit bedeutungslos gewesen. Was würde in Zukunft mit ihm passieren? Würden ihn im Traum die gelben Augen der Ghouls oder die Katzenaugen der Dragonaren verfolgen? Das würde ihm wahrscheinlich weniger ausmachen als der verzweifelte Blick dieses kleinen Mädchens.

*

Nördlich von Sundern, in Höhe von Arnsberg, stießen die Sucher auf einen umgestürzten weißen Tanklastwagen, der die Autobahn auf ihrer gesamten Breite versperrte. Erneut drohte Sascha von seinen Erinnerungen überwältigt zu werden. Musste das riesige Fahrzeug einer sadistischen Regie folgend ausgerechnet weiß sein?

Theoderich lenkte den BMW rechts neben den Standstreifen auf eine schmale, ebene grasbewachsene Fläche, an die ein mit bunten, teilweise abgeblätterten Farben angestrichener Lärmschutzwall grenzte. Vorsichtig fuhr der Geländewagen am auf der Seite liegenden Führerhaus des LKWs vorbei.

Plötzlich und unerwartet gab der Boden nach. Mit der Front voran stürzte das Militärfahrzeug in eine zwei Meter tiefe Grube. Die Sicherheitsgurte fingen den Aufprall ab, und die Rüstungen sorgten dafür, dass ihre Träger nicht verletzt wurden.

Julian reagierte sofort. Jemand hatte ihnen eine Falle gestellt, also würde dieser Jemand gleich hier auftauchen, um sich seiner

Opfer zu bemächtigen. Der Hüne hatte bereits sein G-67 in der Hand, als über ihm das Gesicht eines Ghouls durch die zerfranste Dachluke sichtbar wurde. Ruben zog den Abzug durch und schoss direkt in das drohend aufgerissene Maul mit den rasiermesserscharfen Haifischzähnen.

Theoderich hieb auf den Verschlussschalter für die Zentralverriegelung.

Auf der Motorhabe landeten zwei weitere grünhäutige Bestien und schlugen sich die mächtigen Fäuste an der Panzerglasscheibe blutig. Vom Rand der Grube wurde den beiden eine schwere Eisenstange zugeworfen und landete auf dem Kopf eines Ghouls, dem der Begriff *Fangen* offenbar fremd war. Immerhin wusste der Getroffene mit dem Hiebwerkzeug etwas anzufangen. Gereizt knurrend hob er es auf und begann damit die Frontscheibe zu bearbeiten.

Mehrfach dröhnte der dumpfe Aufprall von Körpern auf das geschundene Metall des Daches durch den Innenraum. Die sechs Sucher begannen wahllos, das Blech mit Gewehrkugeln zu durchlöchern. Das Rattern war ohrenbetäubend.

Das Fenster der Fahrertür wurde mit einer Art Rohrzange zerschlagen und Theoderich an seinem mit dem Securit-Helm bedeckten Kopf getroffen. Sein Oberkörper flog zur Seite. Als er sich wieder aufzurichten versuchte, schoss die Faust eines Ghouls durchs zerbrochene Glas und schickte den Leiter der Gruppe erneut in Meinerts Richtung. Der Genetiker jagte einen Feuerstoß in den Leib des Angreifers, doch sofort war ein neuer zur Stelle, der mit übermenschlicher Kraft die Fahrertür einfach herausriss. Die Ghouls waren instinktiv clever genug gewesen, die Grube so breit anzulegen, dass ihnen im Kampf genügend Bewegungsfreiheit verblieb.

Sofort stürzte sich der Grünhäutige auf Theoderich, riss ihm den Helm vom Kopf und schlug mit aller Härte zu. Der Geheimwissenschaftler erschlaffte sofort. Sein Oberkörper fiel Meinert auf den Schoss. Damit war die Schusslinie für Julian frei. Mit einer einzigen Kugel in ihren Dummschädel erledigte er die Bestie.

Als sei dies der Startschuss für den Großangriff gewesen, flogen schwere Metallgegenstände durch sämtliche verbliebenen Seitenscheiben. Klauen streckten sich gierig hinein, Schüsse fielen, Blut spritze durchs Innere des Wagens, Türen wurden aus den Scharnieren gerissen. Todesverachtend kletterten die Ghouls über ihre erschossenen Artgenossen hinweg und stürzten sich auf die Insassen. Einem Sucher nach dem anderen wurde der Helm vom Kopf gerissen, nacheinander fielen sie unter den auf sie niederprasselnden Hieben in Bewusstlosigkeit.

Ruben hatte soeben seine Neun-Millimeter-Pistole zwischen die Augen eines der Monstren gehalten, das ihm den Helm vom Kopf gerissen hatte, und abgedrückt. Blut spritzte ihm von vorn ins Gesicht – während ihn zeitgleich etwas Hartes mit furchtbarer Wucht am Hinterkopf traf. Übergangslos wurde es dunkel um den Hünen. Er versank in einem Meer bodenloser Schwärze.

Kapitel 6: Allein unter Ghouls

Feurige Ringe entstanden und vergingen sofort wieder vor Julians Augen. Seine Umgebung nahm er nur als dunkle Konturen wahr. Raue Stricke scheuerten in unregelmäßigen Abständen über seine Haut, seine Hände waren auf dem Bauch gefesselt. *Ich trage meine Rüstung nicht mehr,* war der erste zusammenhängende Gedanke des Hünen.

Mit dem Nachlassen des dumpfen Schmerzes in seinem Schädel nahm auch die Intensität der feurigen Ringe ab. Er legte den Kopf auf die Brust – so ziemlich die einzige Bewegung, die die Stricke erlaubten – und erblickte sechs Ghouls, welche in zwei Dreiergruppen die Deichsel eines Karrens zogen, auf dessen Ladefläche man ihn festgebunden hatte. Rechts neben sich erkannte er Gundert, vor sich die übrigen drei Männer des Teams, sie alle befanden sich in der gleichen misslichen Lage.

Ruben wandte den Blick nach links und erblickte Anna, die ebenfalls ihrer Rüstung beraubt nur mit ihrem knappen Slip bekleidet neben dem Karren herlief. Ihre Hände waren mit dicken Stricken auf dem Rücken gefesselt worden. Vor und hinter ihr bewegten sich mehrere Ghouls in dem für sie typischen schaukelnden Gang.

Der Hüne stemmte die Brust gegen die Seile und legte seinen Kopf so weit wie möglich in den Nacken. Hinter dem Karren marschierte eine ganze Ghoul-Armee in Viererreihen, bewaffnet mit Mistgabeln und Sensen wie bei einem Bauernaufstand.

Die Sonne stand bereits hoch am Himmel – Julian musste also ein bis zwei Stunden bewusstlos gewesen sein.

Der Zug der Leichenfresser ging über einen außergewöhnlich breiten holperigen Waldweg. Jedes Schlagloch verursachte erneut das schmerzhafte Scheuern der Seile.

Hin und wieder trafen sich Annas und Julians Blicke. Erstaunlicherweise las Ruben in ihrem Gesicht keine Verzweiflung und erst recht keine Angst, dafür umso mehr Trotz und Kampfeswille.

»Schneller, da vorne!«, kam eine befehlsgewohnte weibliche Stimme von hinten. Zunächst leises, dann immer lauter werdendes Hufgetrampel folgte den Worten. Ein schwarzes Pferd überholte den Karren im Galopp. Auf ihm saß eine Frau mit unnatürlich weißer Haut, perfekter Figur und langer schwarzer Mähne. Die Reiterin trug keinen Fetzen Stoff am Leib; lediglich ihre Füße steckten in wadenhohen schwarzen Reitstiefeln. In der Rechten hielt sie eine lange Peitsche, wie sie zum Longieren von Pferden benutzt wurde. Sie ließ den Lederriemen gut einen Meter oberhalb der Köpfe der den Karren ziehenden Ghouls knallen. Diese Drohung reichte aus, um deren Anstrengungen merklich zu erhöhen.

Die Reiterin ließ sich wieder ein wenig zurückfallen, bis sie auf der Höhe des Karrens war. Niemals zuvor hatte Julian Augen wie diese gesehen. Sie waren pechschwarz. Iris und Pupille waren nicht unterscheidbar. Ein böses, grausames Funkeln lag in diesen Augen, als die Königin der Ghouls – dass es sich um die von Anna beschriebene Frau handelte, stand für den Hünen außer Frage – mit triumphierendem Lächeln ihre auf den Karren festgebundenen Gefangenen betrachtete.

Ruben schätzte die Dauer ihrer weiteren Reise auf nochmals eine Stunde. Schließlich kam ein ausgedehntes zweieinhalbgeschossiges Gebäude mit angrenzender Kapelle in Sicht. Die Sonne brannte auf Julians nackte Haut und die Baumwipfel wogen sich in einem sanften Wind, der angenehme Kühlung verschaffte. Unmittelbar vor der kleinen Kirche kam der Pulk zum Stehen. Sofort sprangen mehrere Ghouls auf den Karren und lösten die Stricke der Gefangenen. Die Fesseln an den Händen blieben allerdings. Unsanft wurde Julian in die Höhe gerissen. Für den Leichenfresser schien er das Gewicht eines Kindes zu haben. Ein Stoß in den Rücken beförderte ihn von der Ladefläche, doch der Ex-Soldat fing sich geschickt mit den Füßen auf und federte den Sturz elegant ab. Letzteres gelang Theoderich ebenso, während die anderen drei der Länge nach hinschlugen. Gundert stieß fürchterliche Flüche aus und beendete seine Schimpfkanonade mit: »Verdammte Hurensöhne!«

Die Königin stieg von ihrem Pferd und schritt würdevoll auf den Ductor zu, der sich wieder aufgerichtet hatte. Als sie unmittelbar vor ihm stand, schoss ihre Rechte unvermittelt an seinen Hals und drückte ihn gegen das Holztor der Kapelle. »Ich betrachte meine Soldaten als meine ungestümen Kinder«, fauchte die Herrscherin. Ihre schwarzen Augen schienen Funken zu sprühen und ihre schneeweißen gefletschten Zähne sprachen eine noch deutlichere Sprache als ihre Worte. »Du wagst es, mich als Hure zu bezeichnen?«

Gundert traute sich nicht, sich zu bewegen.

»So hat er das sicherlich nicht gemeint«, mischte sich Ruben ein.

»Und du schwache Kreatur wagst es, mein Urteilsvermögen anzuzweifeln?«, wandte sich die Königin dem Hünen zu, ohne den Hals des Ductors loszulassen.

Julian langte es jetzt. »Befreie mich von meinen Fesseln, und ich wage noch ganz andere Dinge, du blöde Schlampe!«

Kahira stieß ein helles Lachen aus. »Oh, oh, wir haben einen Helden unter uns! Ich wüsste zu gern, wie die schmecken. Deshalb werde ich dich zu Ehren meines Sieges über euch Templer wie ein Schwein schlachten, dir deine Gedärme herausreißen, dein Blut trinken und deine Überreste an meine Sklaven verfüttern.«

»Ach, jetzt sind es auf einmal deine Sklaven – eben waren es noch deine Kinder«, spottete Ruben. Was hatte er schon groß zu verlieren? Gefressen werden sollte er sowieso.

Für einen Moment sah es so aus, als würde sich die Königin auf den Hünen stürzen, aber sie beherrschte sich. »Werft die Templerbrut in den Käfig!«, befahl sie mit schneidender Stimme und riss Gundert am Hals zur Seite, was diesen erneut zu Boden schickte. Die Herrscherin schien über außergewöhnliche Körperkräfte zu verfügen.

Zwei der Grünhäutigen öffneten das hölzerne Portal der Kapelle. Es knirschte und quietschte, als hätte es jahrelang keine Pflege mehr erfahren. Dieser Eindruck verstärkte sich im Inneren der christlichen Gebetsstätte. Die Kirchenbänke waren unordentlich an den Seitenwänden aufgestapelt worden, der Altar lag umgekippt auf der Seite, Kerzenständer verteilten sich über den Boden, die Fensterläden waren mit Löchern und Rissen durchsetzt und über allem lag eine dicke Staubschicht.

In der Mitte des freigeräumten Bereichs befand sich ein großer Käfig aus dicken Metallstäben, rund zweieinhalb Meter hoch, mit einer Grundfläche von zwanzig Quadratmetern. Eine Gittertüre stand weit offen.

Jeweils zwei der Grünhäutigen hakten sich unter die Arme der Gefangenen, zerrten sie vor die Käfigöffnung und stießen sie hinein. Kahira warf die Metallgittertür scheppernd hinter ihnen zu und versperrte den Riegel mit einem Vorhängeschloss, dessen Schlüssel sie sich an einer Kordel um den Hals hängte.

»Keine Sorge, ich kümmere mich schon bald um euch«, ließ sie die Sucher wissen, wandte sich dann ab und verließ die Halle. Zwei Ghouls blieben als Wachen zurück.

»Ich habe das Gefühl, wir sitzen ganz schön in der Tinte«, stellte Meinert mit einer einen gewissen Fatalismus ausdrückenden Miene fest.

»Hat jemand eine Idee, wie wir hier rauskommen?« Annas Tonfall ließ darauf schließen, dass sie keine ernsthaften Vorschläge erwartete.

»Ihr ruhig!«, grollte die Stimme eines Wächters. Drohend hob er seine Mistgabel.

Julian setzte sich auf den schmuddeligen Käfigboden mit dem Rücken gegen das Gitter und stierte mit seinen blauen Augen in eine imaginäre Ferne. Die anderen taten es ihm nach. So verging eine Stunde, in der jeder seinen Gedanken nachhing.

Schließlich öffnete sich die Kapellentür knarrend. Herein kam ein höchstens vierzehn Jahre altes Mädchen mit blonden Locken. Es trug ein rotes Kleidchen und schob einen Einkaufswagen vor sich her. Unmittelbar vor dem Käfig hielt es an, nahm eine Dose Eintopf aus dem Wagen, öffnete sie mit einem Dosenöffner und hielt sie wortlos durch die Gitterstäbe.

»Wer bist du?«, fragte Theoderich. »Wo kommst du her?«

Das Mädchen schüttelte nur den Kopf, während der Ghoul seine ausgefeilten Sprachkenntnisse mit einem erneuten »Ihr ruhig!« dokumentierte.

Der Geheimwissenschaftler nahm die Dose entgegen. »Wie sollen wir das essen, ihr sabbernden Barbaren?«, provozierte er die Wachen. »Gibt es kein Besteck, wie unter zivilisierten Leuten?«

»Uns egal, ob essen oder nicht. Ihr ruhig, sonst Bestrafung«, grollte der Ghoul, der kaum die Hälfte von Theoderichs Ausführungen verstanden hatte und mit dem Wörtchen »zivilisiert« nicht einmal annähernd etwas anfangen konnte.

Das Mädchen reichte weitere Dosen durch die Gitterstäbe, deren kalter Inhalt von den Suchern wohl oder übel geschlürft werden musste, um körperlich bei Kräften zu bleiben. Die Halbwüchsige stellte ein halbes Dutzend Wasserflaschen auf den Boden vor den Käfig, in Griffweite der Gefangenen. Wortlos, mit traurigen braunen Augen blickte sie ein letztes Mal auf die Sucher und schob dann den leeren Einkaufswagen zurück zur Kapellentür, durch die sie gleich darauf verschwand.

Die sechs Menschen waren gerade fertig damit, sich zu bekleckern, als sich die mächtige Holztür erneut öffnete. Diesmal war es Kahira, deren makelloser weißer Körper sich kaum von der gleißenden Helligkeit des sonnendurchfluteten Hintergrundes abhob. Für einen Moment schien es beinahe, als ob die schwarze Mähne, die Augen und das kleine Dreieck im Schambereich frei im Raum schwebten. Ihr folgten sechs Ghouls. Erst als sie das Tor hinter sich schloss, war sie deutlicher zu erkennen.

Mit dem geschmeidigen Gang einer Raubkatze näherte sie sich ihren Gefangenen. »Wer von euch ist der Chef?«, fragte die Herrscherin.

Langsam erhob sich Theoderich. Er strich sich durch sein dunkelblondes Haar und entgegnete mit selbstbewusster Stimme: »Ich!«

Die Schwarzhaarige öffnete das Vorhängeschloss und entriegelte die Tür. »Holt ihn da raus!«, befahl sie ihren sechs monströsen Begleitern.

Drei ihrer Sklaven packten den Geheimwissenschaftler und zerrten ihn heraus, während die drei übrigen Bestien die Sucher mit Mistgabeln in Schach hielten und sich mit dem Rücken voran wieder aus dem Käfig zurückzogen. Obwohl sie in der Übermacht waren, schienen sie sich vor den Templern zu fürchten.

Ohne ein weiteres Wort verriegelte die Königin die Käfigtüre und verließ mit den sechs Grünhäutigen und ihrem Gefangenen die Kapelle.

Es dauerte eine geschlagene Stunde, bis drei Ghouls Theoderich zurückbrachten. Diesmal begleitete sie ihre Herrscherin nicht. Zwei der Bestien hatten sich unter die auf den Bauch gefesselten Arme des Wissenschaftlers gehakt und schleiften ihn über den staubigen Boden. Der muskulöse Mann hing kraftlos zwischen ihnen, den Kopf vornüber bebeugt. Seine normalerweise streng nach hinten gekämmten Haare baumelten wirr herab. Offenbar hatte man ihn gefoltert.

Das dritte Monstrum hatte die Kordel mit Kahiras Schlüssel bei sich und öffnete äußerst ungeschickt das Schloss. Es brauchte dafür annähernd zwei Minuten, in denen es mehrfach ein unwilliges Knurren von sich gab. Nachdem der Ghoul es endlich geschafft hatte, die Tür zu öffnen, schleuderten seine beiden Artgenossen den Geheimwissenschaftler mit solcher Wucht in den Käfig, dass er gegen die hintere Gitterwand gekracht wäre, hätten Gundert und Julian ihn nicht gemeinsam aufgefangen. Der Unhold mit dem Schlüssel trottete mit wiegendem Gang aus der Kapelle, zusammen mit seinen beiden Begleitern.

Theoderich blutete aus mehreren Platzwunden an der Stirn, aus dem Mund und aus der Nase. Er stöhnte leise, als er von seinen Kameraden vorsichtig auf den Boden gelegt wurde, und schlug seine angeschwollenen Augen auf.

»Was wollte die blöde Schlampe?«, fragte Ruben flüsternd; er schien dieses Schimpfwort in Bezug auf die Königin geradezu zu lieben.

»Ihr ruhig!«, kam es sofort grollend von draußen.

»Leck mich am Arsch, du blödes Vieh!«, forderte der Hüne den Ghoul auf, wobei er mit voller Absicht aufs Neue die Fäkalsprache anwendete.

Das hauptsächlich instinktgesteuerte Wesen ließ sich provozieren und stach mit seiner Forke durch die Gitterstäbe in Julians Richtung. Der wich geschickt aus, packte den Stiel mit unglaublicher Geschwindigkeit und entriss dem verblüfften Ghoul das zur Waffe umfunktionierte Arbeitsgerät mit einem kräftigen Ruck.

Die beiden grünhäutigen Wächter stießen aufgeregte Laute aus und wichen vom Gitter zurück. Sie hatten keinen Schlüssel für das Vorhängeschloss und standen nun vor der unlösbaren Aufgabe, sich die Mistgabel zurückzuholen.

Ruben grinste von einem Ohr zum anderen. »Schaut euch das an«, bemerkte er spöttisch, »die grünen Volltrottel können tatsächlich noch dümmer aus der Wäsche schauen als sie es sonst schon tun.«

Auch dies war wieder reine Provokation. Sofern ein Mensch überhaupt in der Mimik eines Ghouls lesen konnte, blitzte in ihren Gesichtern die nackte Wut, gepaart mit dem unstillbaren Verlangen zu töten. Julian wusste jetzt, dass er die Bestien wütend machen konnte. Wer schnell und unkontrolliert in Rage geriet, beging Fehler.

»Was wollte die Königin?«, wiederholte der Hüne seine Frage an den Wissenschaftler leise.

»Sie hat mich verhört. Sie wollte alles über die Festung, uns Templer, unsere Gewohnheiten und unsere Bewaffnung wissen.«

»Und? Was haben Sie ihr gesagt?«, hakte Julian nach.

»Ich habe ihr allen möglichen Unsinn erzählt. Lauter dummes Zeug, das ihr bei ihren Eroberungsgelüsten mit Sicherheit nicht helfen wird. Gelegentlich hat sie gemerkt, dass ich sie verarsche oder hat es zumindest geahnt, dann hat sie mir jedes Mal ins Gesicht geschlagen. Ich kann euch sagen, die hat wirklich was in den Armen. Mitunter hatte ich die Befürchtung, das Dreckstück prügelt mir den Kopf von den Schultern.«

*

Stunden vergingen, in denen sich die Sucher angeregt miteinander unterhielten, während die beiden Wächter nicht so recht wussten, was sie dagegen tun sollten.

Noch einmal erschien das Mädchen mit seinem Einkaufswagen und reichte Brot, Käse und Wurst durch die Gitterstäbe.

Sie hatten ihr Abendessen soeben beendet, als die sechs bewaffneten Ghouls wieder auftauchten. Nacheinander holten sie jeden einzeln aus der Zelle und brachten ihn nach draußen, wo er sich hinter der Kapelle erleichtern konnte. Den meisten Folterknechten waren derlei Bedürfnisse egal, vermutlich wollte Kahira den Käfig sauber halten.

Schließlich fiel nur noch rötliches Licht durch die zerlöcherten Kapellenfenster, und wenig später breitete die Nacht ihren Mantel aus. In der Kapelle wurde es so dunkel, dass die Sucher kaum noch die Hände vor den Augen sehen konnten. Bis auf diverse gespenstische Geräusche, die aus dem Wald drangen und von denen niemand wirklich wissen wollte, wer sie ausstieß, herrschte eine bedrückende unheimliche Stille.

*

Irgendetwas riss Julian aus dem Schlaf, der auf dem harten Fußboden ohnehin nicht besonders tief gewesen war. Noch halb benommen richtete er sich auf und versuchte zu ergründen, was ihn geweckt hatte. Er presste seine Hände auf die Steinplatten. Deutlich spürte er ein im Halbsekundentakt auf- und abschwellendes Vibrieren, so als ob ein riesiger Schmied in großer Entfernung einen monströsen Hammer in kurzen Abständen auf den Amboss krachen ließ.

Ruben spürte, dass die Erschütterungen langsam stärker wurden. Er tastete nach seinen Gefährten, deren Umrisse im schwachen Mondlicht, das durch die zerlöcherten Fensterläden drang, nur undeutlich zu erkennen waren, und weckte sie auf.

»Ich bin mir nicht ganz sicher, aber irgendetwas Riesiges nähert sich von irgendwoher«, flüsterte er. »Legt eure Hände auf den Boden, dann spürt ihr es auch.«

Das war nicht mehr notwendig, denn das rhythmische Vibrieren war zu einem deutlich hörbaren Pochen geworden, das schließlich zu einem bedrohlichen Donnern wurde. Selbst die beiden Wächter wurden nun auf das Phänomen aufmerksam. Sie stießen kurze, für einen Ghoul ungewöhnlich helle Laute aus, was die Sucher als aufkommende Angst der Grünhäutigen interpretierten.

Jeder einzelne Donnerschlag übertrug sich auf die am Boden sitzenden Menschen von den Knochen bis in den Schädel. Es fühlte sich an, als sei unter den Höllenteufeln ein fürchterlicher Streit ausgebrochen, den sie tief in der Erde mit monströsen Hämmern und Äxten austrugen.

Von den vom Mondlicht beschienenen Kirchenfenstern rieselte Staub herab. Die Sucher erhoben sich und die Ghouls rannten zum Tor der Kapelle. Sie öffneten es und spähten vorsichtig hinaus, um vielleicht etwas über die Ursache des andauernden Erdbebens zu erfahren. Dieser Wunsch wurde ihnen erfüllt. Hell quiekend rannten sie zurück in das von ihnen entweihte Gotteshaus.

Augenblicke später zerbarst das Tor mitsamt dem es umgebenden Mauerwerk. Holz- und Gesteinssplitter flogen wie Geschosse in den Raum. Durch den Türrahmen brach ein Riesenwildschwein, dessen weiße Haut im fahlen Mondlicht noch bleicher wirkte. Es war deutlich größer als das, welches den LKW von Anna und Julian während ihrer Flucht von der Straße abgebracht hatte. Seine Schulterhöhe mochte fünf oder sechs Meter betragen, während die aus dem Unterkiefer ragenden Hauer mindestens eineinhalb Meter lang waren. Das Urvieh hielt kurz inne und öffnete sein schleimtriefendes Maul zu dem bereits bekannten schiffssirenenartigen Ruf, diesmal jedoch so laut, dass die Menschen für kurze Zeit nur noch ein Pfeifen in den Ohren hörten, nachdem der grauenhafte Laut verebbt war.

Der viele Tonnen schwere Körper setzte sich in Bewegung und verfolgte die grüne Beute, die er zuvor im geöffneten Tor der Kapelle erspäht hatte. Die beiden als Nahrung auserkorenen Ghouls rannten in weiten Sprüngen an dem Käfig vorbei in den hinteren Teil der kleinen Kirche, als suchten sie Schutz bei den verstaubten Bildnissen der Heiligen, die in die kunstvollen Schnitzereien an der Rückwand vor dem umgestürzten Altar integriert waren.

»Nicht bewegen!«, befahl Theoderich leise, als das Ungeheuer auf den Käfig zuschoss.

Wild schnaubend rammte das Riesenwildschwein seinen Kopf gegen die Gitterstäbe und riss die ganze Konstruktion, als bestünde sie aus Pappe, aus ihrer Verankerung. Die sechs Menschen wurden gegen die gegenüberliegende Seite ihres Gefängnisses geschleudert und unter dem verbogenen Metall begraben.

Der bleiche Koloss hielt sich nicht weiter mit den schwer zugänglichen »Speisen« auf, trampelte stattdessen rasant hinter einem der beiden Ghouls her und schnappte zu. In seiner unermesslichen Gier konnte der Gigant nicht mehr rechtzeitig anhalten und durchbrach mit seinem Opfer im Maul die Schnitzereien mitsamt der dahinterliegenden Wand.

Draußen angelangt biss das Schwein noch mal kräftig zu. Kopf und Beine des Ghouls fielen an beiden Seiten des Mauls hinunter. Hastig verschlang das Vieh den Torso, nahm noch schnell die Leckereien vom Boden auf, kehrte um und setzte zur Verfolgung des zweiten Grünhäutigen an, der mit weiten Sätzen schrille Laute ausstoßend an dem halb zerstörten Käfig vorbei durch das zerborstene Tor lief. Erneut tobte die Höllengeburt durch die Kapelle. Gesteinsbrocken lösten sich aus der Decke des geschundenen Gebäudes. Die Sucher hatten das große Glück, weder von einem der Brocken noch von den trampelnden Hufen des Riesen getroffen zu werden. Seine heimtückischen Augen, viel zu klein für den gigantischen Körper, schienen die Eingeschlossenen gar nicht mehr wahrzunehmen.

Der Ghoul gewann an Vorsprung, was die grauenhafte Kreatur veranlasste, abzukürzen, indem sie neben dem ehemaligen Tor kurzerhand die Mauer durchbrach. Dadurch wurde die Stabilität der Kapelle erheblich in ihren Grundfesten erschüttert. Teile der Decke stürzten herab und krachten mit dumpfem Knall auf den Steinfußboden.

Die Sucher wuchteten die auf ihnen liegenden Metallgitter zur Seite und rannten am zermalmten Altar vorbei auf das Loch in der Wand zu. Hinter ihnen stürzte die Decke vollständig ein und begrub die Überreste des Käfigs unter sich. Das angstvolle Quieken von Ghouls und bellende Befehle drangen an die Ohren der Fliehenden, gelegentlich unterbrochen von dem sirenenartigen Gebrüll des Monsters. In letzter Sekunde gelangten die Menschen ins Freie, bevor hinter ihnen die Kapelle zusammenbrach.

»Zum Waldrand!«, rief Julian und deutete mit der Forke, die er nicht versäumt hatte mitzunehmen, auf die dunklen Reihen der Bäume in fünfzig Metern Entfernung.

Die Sucher sprinteten los. Theoderich hob unterwegs noch eine Sense auf, die ihm ein geflohener oder vielleicht sogar gefressener Ghoul freundlicherweise hinterlassen hatte. Erst nachdem sie die schützenden Baumreihen erreicht hatten, hielt Ruben kurz inne und blickte zurück.

Drei der riesigen Schweinebestien, die offenbar in kleinen Rudeln zu jagen pflegten, befanden sich in einer blutigen Schlacht gegen Hunderte von Ghouls, die aus ihren Lagern rund um das Kloster herbeigestürmt kamen. Der Hüne sah und hörte Kahira irgendwelche strategischen Anordnungen brüllen, die in dem Kampflärm untergingen.

Die Grünhäutigen, denen die Befehle ihrer Königin wichtiger waren als ihr eigener Tod, schlangen dicke Seile um die Beine der Monstren und hängten sich zu Dutzenden daran. Hin und wieder wurde ein Ghoul von den schnappenden Kiefern erwischt, was die anderen jedoch nicht aufhielt. Kahira schien ihre Diener angewiesen zu haben, die angreifenden Ungeheuer lebendig zu fangen.

»Sieht so aus, als wolle sie sich einen Streichelzoo zulegen«, bemerkte Anna trocken.

Die Sucher wandten sich von der bizarren Szene ab und drangen tiefer in den düsteren Wald ein, nachdem sie an Theoderichs Sense ihre Handfesseln durchschnitten hatten. Sie wollten sich so schnell und so weit wie möglich von Kahira und ihren grausamen Schergen entfernen.

*

Eine Stunde später färbte sich der Himmel über den Baumwipfeln rot und kündigte einen neuen Tag dieser aus den Fugen geratenen Welt an. Das Morgenrot wandelte sich zu einem stumpfen Gold, das die Tautropfen auf der Wiese einer vor ihnen liegenden Lichtung wie Edelsteine glitzern ließ. Mit nackten Füßen, nur mit ihren Slips bekleidet, betraten die sechs Sucher das feuchte Gras. Julian blickte sich prüfend um, es war keine Gefahr auszumachen.

Der morgendliche Tau, der eigentlich erfrischend an den geschundenen Füßen hätte wirken müssen, fühlte sich unangenehm warm und klebrig an. Anna verzog angeekelt das Gesicht.

In diesem Moment schossen ein Dutzend Ranken aus dem Boden und umklammerten Meinert und Sascha mit stählernem

Griff. Blitzschnell wichen ihre vier Begleiter an den Rand der Lichtung zurück.

Unter den Unglücklichen öffnete sich das Erdreich und gab zwei jeweils einen Meter durchmessende Schlünde frei, die an den Rändern mit dolchartigen Zähnen gespickt waren. Die beiden Männer spreizten ihre Beine, um sich gegen den Druck der unterarmdicken Ranken gegen die Ränder der Mäuler abzustützen. Meinert knickte allmählich in den Knien ein, auch Sascha hielt dem Druck kaum noch stand, sie schienen den Kampf gegen die übermächtigen Pflanzen zu verlieren.

Nach einer Schrecksekunde schüttelte Theoderich das Grauen ab und sprang mit einem Satz auf die Wiese. Wie ein Berserker ließ er seine Sense kreisen und durchtrennte eine Ranke nach der anderen, ohne die Umklammerten zu verletzen. Ein grünlich milchiger Saft schoss fontänenartig aus den Stümpfen, während aus den aufgerissenen Mäulern das schrille Kreischen teuflischen Schmerzes drang.

Auch Julian war zur Stelle und ergriff durch das Geflecht hindurch die Hand von Sascha. Mit aller Kraft versuchte er, ihn aus der Gefahrenzone zu ziehen. Gundert kümmerte sich um Meinert. Mit jedem Hieb der Sense Theoderichs konnten sie ihre Kameraden ein Stück weiter aus der tödlichen Umklammerung befreien.

Plötzlich gaben die Angreifer auf und zogen ihre noch nicht durchtrennten Ranken genauso schnell wieder in den Boden zurück, wie sie aus ihm emporgeschossen waren. Gundert und Ruben landeten auf den Rücken, die Befreiten auf den Bäuchen.

Nur Theoderich stand noch aufrecht auf der Lichtung. »Verdammt!«, fluchte er. »Wir stolpern von einer Katastrophe in die nächste und wissen noch nicht einmal, in welche Richtung wir marschieren müssen. Ich vermute, wir müssen nach Osten, doch das dürfte etwas zu ungenau sein, um die Festung Hennesee nach dem Stand der Sonne zu finden.«

»Immerhin haben wir ein paar Kilometer zwischen uns und die Königin mit ihrer Menschenfresserbande gebracht, die mit der Bändigung von Kahiras neuen Schoßhündchen erst einmal beschäftigt sind«, stöhnte Sascha in noch fürchterlicherem russischen Akzent als gewöhnlich. Rote Stellen bedeckten seinen und Meinerts Körper, wo sie mit den Ranken in Berührung gekommen waren.

»Wir sollten nach Häusern oder einem Bauernhof Ausschau halten«, schlug Julian vor, »damit wir einen festen Orientierungspunkt haben. Außerdem finden wir dort vielleicht etwas zum Anziehen.«

Die kleine Gruppe umrundete die Lichtung und stieß noch aufmerksamer als bisher wieder in den Wald vor. Bereits nach fünfhundert Metern verließen sie die Baumgruppen und standen vor einer eingezäunten Weide, deren Gräser aussahen, als seien sie in einem Standbild eingefroren. An mehreren Stellen entdeckten sie hässliche dunkelrote Flecken. Kein Lüftchen regte sich. Aus dem Wald hinter ihnen drang verhaltenes Vogelgezwitscher.

»Wir sollten auf keinen Fall offenes Gelände betreten«, riet Anna. »Wenn dann plötzlich ein Urvieh auftaucht, haben wir keine Deckung. Außerdem holt man sich als Nudist außerhalb schattenspendender Bäume leicht einen Sonnenbrand.«

»Es ist ja nur ein kurzes Stück.« Julian deutete auf einen an mehreren Stellen durchbrochenen, stacheldrahtbewehrten Weidezaun. »Die roten Flecken sehen für mich verdächtig nach den Überresten von Evolutoren-Mahlzeiten aus. Was immer sich hier verwandelte, hat vermutlich erst die immunen Schafe oder Kühe gefressen und sich danach auf die Suche nach weiteren Opfern begeben.«

Als sie trotz gewisser Bedenken auf die Weide hinaustraten, sahen sie nach einigen Metern hinter einer Biegung des Waldes ein rot verklinkertes Bauernhaus mit Walmdach. Es schien unbeschädigt zu sein, während die Stallungen daneben bis auf die Grundmauern niedergebrannt waren.

Ruben setzte sich an die Spitze der Gruppe. »Kommt, dort finden wir sicherlich Kleidung, vielleicht ein Fahrzeug oder sogar Waffen.«

Die Sonne spiegelte sich schillernd in den Fensterscheiben des Gebäudes, dem sich die Sucher mit entsprechender Vorsicht näherten. In einigen Kilometern Entfernung zog ein Dragonar am Himmel seine Bahnen. Er schien die Menschen jedoch nicht zu bemerken, denn er stürzte sich plötzlich auf etwas hernieder, das außerhalb des Sichtbereiches der Sucher lag.

Der Vorplatz des Hauses war mit graubraunem Beton gepflastert und an einigen Stellen von Algenflecken durchsetzt. Mitten auf dem Vorplatz stand ein plätschernder Springbrunnen, der eine Normalität vermittelte, die in dieser Welt völlig deplatziert wirkte. Von den schwelenden Trümmern der Stallungen zog der penetrante Gestank verbrannter Gedärme herüber.

Julian drehte vorsichtig den Messingknauf der stabilen dunkelbraunen Haustür und musste feststellen, dass sie verschlossen war. »Versuchen wir es am Hintereingang!« Der Hüne machte sich auf den Weg zur anderen Seite des Gebäudes. Dort lag eine Terrasse aus weinroten und eigelben Steinplatten, umgeben von liebevoll angelegten Blumenbeeten. Eine gläserne Verandatür mit braunem Rahmen erwies sich ebenfalls als verschlossen. Ruben blickte sich nach einem geeigneten Türöffner um und entschied sich für einen schweren bepflanzten Tonkrug. Mit voller Wucht schleuderte er ihn gegen das Glas. Ein klirrender Scherbenregen ergoss sich auf Perserteppiche und rote Fliesen.

»Passt auf, dass ihr nicht in die Scherben tretet«, riet Julian seinen Begleitern überflüssigerweise, denn der Glassalat war nicht zu übersehen.

Anna hielt ihm triumphierend einen Schlüssel hin, den sie unter einem anderen Blumentopf gefunden hatte. »Tja, wenn unser allseits beliebter Muskelberg zwischendurch auch mal nachdenken würde...«

»Warum nennst du mich nicht Testosteronbunker, so wie immer? Da stehe ich nämlich drauf!«, gab der Hüne ungerührt zurück.

Theoderich zog die Stirn kraus, denn er fand die Umgangsformen der beiden schon ein wenig ungewöhnlich. Gundert hingegen lächelte vergnügt, weil er die Worte Annas als Geringschätzung Rubens interpretierte. Er war zwar ein guter Soldat, hatte aber keine Ahnung, in welche Fallen ein Mann bei der Interpretation der Worte einer Frau tappen konnte.

Die Sucher betraten das rustikale, mit Eichenmöbeln vollgestopfte Wohnzimmer durch die zerstörte Verandatür. Feine Staubpartikel schwebten im hellen Licht der Augustsonne funkelnd durch den Raum. Aufgeschlagene Zeitschriften lagen auf einem kleinen Couchtisch, eine Tasse Kaffee stand daneben. Sascha legte kurz seine Hand daran. »Kalt!«, kommentierte er lakonisch; keiner hatte etwas anderes erwartet.

Ein paar Kleidungsstücke hingen über den Stuhllehnen eines rechteckigen eichenen Esszimmertischs. Der Raum machte den Eindruck, als käme jeden Moment eine Familie herein, um ihr normales Leben fortzuführen. Doch niemand trat ein. Stattdessen lag eine bedrückende Stille wie ein Fluch über dem Haus.

»Seht euch hier im Erdgeschoss um, aber seid vorsichtig!«, befahl Theoderich. Er selbst durchquerte eine angrenzende Diele und öffnete wahllos eine der Türen. Dahinter lag lediglich der Heizungsraum.

Seine Gefährten fanden ein Gästezimmer, ein Bad mit Toilette, einen mit Lebensmitteln vollgepackten Abstellraum und einen Waschraum.

»Gehen wir nach oben!«, ergriff nun Julian die Initiative. Mit vorgehaltener Forke begab sich der Fastnackte über eine Holztreppe ein Stockwerk höher.

Theoderich, Gundert und Sascha folgten ihm, während Anna im Waschraum ein frisches lila Trägerhemd und eine beinfreie Jeans fand, die einigermaßen passte. Ein Paar Turnschuhe in ihrer Größe stand dort ebenfalls herum. Sie sahen exakt so aus wie die bequemen Lieblingsschuhe ihrer guten Freundin Monika Deutschmann, die sie in ihrer gemeinsamen Wohnung in Dortmund zurückgelassen hatte.

Die dortigen Ereignisse hatte sie bislang erfolgreich verdrängt. Warum war sie mit Julian geflohen, anstatt bei Monika zu bleiben und sie rechtzeitig vor der Verwandlung von ihrem schrecklichen Schicksal zu erlösen? Höchstwahrscheinlich war ihre Freundin längst zu einem Skelettar geworden, dazu verdammt, in primitiven grausamen Gedanken und einem abgrundtief hässlichen Körper gefangen zu sein. Anna schwor sich, irgendwann nach Dortmund zurückzukehren, um ihre Schuld zu begleichen – und Monika zu töten!

Am Waschbecken schüttete sich Anna ein paar Handvoll Wasser ins Gesicht – zur Erfrischung und um ihre aufkommenden Tränen wegzuwischen.

Im Obergeschoss legte Julian derweil die Hand an eine Klinke und drückte sie herunter. Das nachfolgende Ereignis war nur mit einem Schutzengel des Hünen zu erklären. Es gab einen lauten Knall, und unmittelbar neben Julians Kopf bildete sich ein fußballgroßes Loch in der Tür. Holzsplitter spickten seine rechte Wange.

»Verdammte Scheiße!« Den Fluch stieß er bereits hinter der sicheren Wand aus, als eine zweite Schrotladung direkt neben der ersten durch die Tür krachte.

»Wir sind Menschen, keine Monstren!«, rief Theoderich.

»Mir egal! Verpisst euch!«, kam eine energische Männerstimme aus dem Inneren des Zimmers. Ein Klackern verriet, dass der Schütze nachlud.

»Wir brauchen Hilfe«, versuchte Theoderich, so etwas wie eine Verhandlung aufzunehmen. »Wenn Sie wollen, nehmen wir Sie nachher mit in die Templerfestung, wo Sie in Sicherheit wären.«

»Ihr braucht Hilfe?« Die Männerstimme aus dem Zimmer klang um keinen Deut freundlicher als vorher. »Die könnt ihr haben!« Erneut krachte ein Schuss und stanzte ein weiteres großes Loch in die Tür.

Ruben verständigte sich mit Theoderich per Handzeichen. Dann drückte er, seinen Körper hinter der Wand verbergend, mit dem

Stiel der Mistgabel die Klinke nach unten und stieß die Türe auf. Die Antwort war ein vierter Schuss. Einen Sekundenbruchteil später stürmte der Hüne ins Zimmer. Die Gefährten hörten einen erstickten Schrei und ein Poltern.

Als Erster blickte Theoderich hinein. Ruben stand mit der Schrotflinte in den Händen neben einem dunkelblauen Stoffsessel, in dem ein stoppelbärtiger Mann mit glasigen blauen Augen saß. Sein Alter lag schätzungsweise bei Mitte bis Ende Fünfzig. Der Kleidung nach war er ein Landwirt.

»Doppelläufige Schrotbüchse«, erklärte Julian. »Man braucht einen Moment, um die nachzuladen.«

»Warum, zum Teufel, wollten Sie uns umbringen?«, fragte Theoderich den Mann, der seine Ellenbogen auf die Knie gestützt hatte und sein Gesicht in den Handflächen vergrub.

»Ich habe sie getötet – alle. Alle! Alle!« Ein Schluchzen begleitete die wirren Worte des Sitzenden.

»Wen haben Sie getötet?«, hakte der Leiter der Sucher-Truppe nach. »Und sehen Sie mich gefälligst an, wenn ich mit Ihnen rede!«

»Ich kenne die Antwort!«, rief Gundert vom Flur aus. »Kommt mal her!«

Theoderich verließ das Zimmer und folgte dem Templer in einen Nebenraum. Meinert, der nach gründlicher Durchsuchung des Erdgeschosses die Treppe hochkam, begab sich ebenfalls dorthin. Ihnen bot sich ein Bild des Grauens: Fünf Ghouls lagen auf dem Fußboden, fein säuberlich nebeneinander platziert. Der Größe nach zu urteilen eine Erwachsene – deutlich war der Ansatz eines Busens zu erkennen – und vier Kinder unter zehn Jahren. Die Leichen wiesen blutige Schussverletzungen auf. Zwei Tote hatten ausgefranste Löcher in der Brust, einem war das halbe Gesicht weggeschossen worden, dem vierten Kind fehlte der komplette Kopf und in der Erwachsenen, wahrscheinlich die Mutter, klafften gleich zwei Einschüsse, einer im Bauch und einer zwischen den grünen Brüsten.

Nebenan war wieder ein Gepolter zu hören. Der Geheimwissenschaftler lief zurück zu Julian, der den heftig zappelnden und fluchenden mutmaßlichen Landwirt ohne große Anstrengung mit den Armen umschlossen hielt.

»Er wollte türmen«, erklärte Ruben knapp.

»Ich wollte nicht fliehen!«, schrie der Bauer mit sich überschlagender Stimme. »Ich wollte nur die pietätlosen Arschlöcher aus dem Raum vertreiben, in dem ich meine Familie aufgebahrt habe! Lassen Sie mich sofort los!«

Theoderich starrte den Mann finster an. Unvermittelt schlug er ihm mit der flachen Hand ins Gesicht, was dazu führte, dass Julian seine Umklammerung vor Verblüffung lockerte. Der Bauer kam frei und wollte auf den Geheimwissenschaftler losgehen, was dieser aber durch einen zweiten, wesentlich heftigeren Schlag, ebenfalls mit der flachen Hand geführt, zu verhindern wusste. Sein Widersacher krachte gegen einen Fernseher, den er scheppernd umriss. Sofort war Theoderich über ihm.

»Hören Sie mir gut zu, ich sage das nur einmal: Gefährden Sie nie wieder unser Leben, anderenfalls töte ich Sie auf der Stelle, verstanden?« Obwohl er eine unmissverständliche Drohung aussprach, klang seine Stimme wie gewohnt emotionslos. »Ich kann mir gut vorstellen, was Sie durchgemacht haben. Ihre Familie verwandelte sich in Bestien und Sie mussten das, was aus ihren Liebsten geworden war, notgedrungen erschießen. Das ist Vergangenheit und spielt keine Rolle mehr, so hart das auch klingt. Wenn wir in dieser aus den Fugen geratenen Welt überleben wollen, können wir auf die Befindlichkeiten Einzelner keine Rücksicht nehmen. Entweder Sie wollen leben, dann kommen und kämpfen Sie mit uns. Oder aber Sie wollen lieber sterben, dann verpasse ich Ihnen gern den Gnadenschuss!«

Der Bauer wurde merklich ruhiger. Tränen rannen über seine Wangen. »Sie können sich nicht vorstellen, wie es ist, wenn sich die eigene Frau, die eigenen Kinder in Dämonen verwandeln, die ihren Ehemann, ihren Vater zerreißen wollen. Diese unheimliche Gier in ihren Augen, das bestialische Knurren...«

»Mir ist durchaus bewusst, dass Sie das niemals werden vergessen können. Doch damit müssen sie allein klarkommen, wie jeder Überlebende.«

»Für mich hat das Leben keinen Sinn mehr.«

»Wie Sie wollen. Ruben! Geben Sie mir die Waffe!«

Der Hüne war fassungslos über soviel Kaltblütigkeit. Theoderichs Emotionslosigkeit ließ ihm einen kalten Schauer über den Rücken gleiten. Selbstverständlich gab er ihm die Flinte nicht.

Der Wissenschaftler bückte sich und nahm zwei Schrotpatronen aus einer Schachtel, die umgekippt neben dem Sessel lag. »Nun machen Sie schon, Ruben, her mit dem Gewehr! Wenn wir ihn mitnehmen, bringt er uns alle in Gefahr, wenn wir ihn zurücklassen, wird er früher oder später von den Ghouls zerfleischt. Im Übrigen traue ich diesem Psychopathen zu, dass er irgendwo eine zweite Waffe versteckt hat, mit der er uns in den Rücken schießt, sobald wir das Haus verlassen. Er sieht keinen Sinn darin, am Leben zu bleiben und für den Fortbestand der in ihrer Existenz bedrohten Menschheit zu kämpfen, also tun wir ihm den Gefallen und befördern ihn ins Jenseits – da muss es phantastisch sein, sonst würden nicht so viele dorthin gehen.«

Der Bauer vergrub erneut sein Gesicht in den Handflächen und schluchzte leise. Julian Ruben begriff, dass Theoderich die in der Kürze der Zeit praktisch einzig mögliche Taktik anwandte, um den Landwirt zur Vernunft zu bringen: Er konfrontierte ihn brutal mit der grausamen Realität.

Ruben unterstützte den Gruppenleiter bei seinem Vorhaben, indem er ruhig auf den Trauernden einredete. »Ihre Frau, Ihre Kinder, das waren Menschen wie wir. Wollen Sie wirklich zulassen, dass auch die letzten unserer Art von der Erde weggefegt werden wie unnützer Dreck? Ausgelöscht von einer Teufelsbrut, die die Immunen versklavt oder frisst? Mit der Annahme des Geschenks unserer Geburt verpflichten wir uns gleichzeitig, für den Fortbestand der Menschheit zu sorgen.« Große Worte eines kinderlosen Abenteurers an einen heimatverbundenen Familienvater.

Langsam hob der Landwirt seinen Kopf. Seine blauen Augen glänzten feucht. Er wischte sich mit dem Handrücken die Tränen von den Wangen. Sein sonnengebräuntes stoppelbärtiges Gesicht nahm jetzt einen trotzigen Ausdruck an. »Wie viele Menschen gibt es noch?«, fragte er heiser.

»Wir schätzen, dass nur rund ein Promille der Menschheit von der Katastrophe verschont wurde«, antwortete Theoderich.

»Oh, mein Gott! Was hat dieses schreckliche Unheil ausgelöst? Eine Strafe Gottes?«

»Nein. Es ist die Strafe dafür, dass wir zu lange die Herrschaft derer zugelassen haben, die seit Jahrzehnten gegen die Interessen des Volkes regieren und den daraus resultierenden Verlust ihrer Macht durch die Freisetzung eines teuflischen Virus korrigieren wollten.«

»Wird es uns je wieder gelingen, eine Zivilisation aufzubauen, die über die Erde herrscht?«

»Ja, das ist unsere Hoffnung. Wir werden ein Gegenmittel finden, um die Höllenbrut auszurotten.«

Der Bauer war seelisch hin und her gerissen zwischen seinem Wunsch, nicht mehr Teil dieser grauenhaften Wirklichkeit zu sein, seine Erlösung in den Abgründen des barmherzigen Nichts zu finden, und dem Willen, gegen das Schicksal aufzubegehren, indem er seinen Beitrag im Kampf gegen die Katastrophe leistete.

»Ich komme mit euch!«, flüsterte er seine Entscheidung.

*

Der Landwirt, der sich als Jürgen Sanders vorgestellt hatte, packte ein paar persönliche Sachen ein, während die Sucher sich an seinen Kleiderschränken bedienten. Sanders hatte in etwa die Größe von Julian, war jedoch von hagererer Statur. Somit waren Ruben, Theoderich und Gundert gezwungen, Hemden zu tragen, die sich über ihren Brustkörben spannten wie ein zu enges T-Shirt bei einer vollbusigen Frau. Die Hosen mussten der Geheimwissenschaftler, Sascha und Meinert umschlagen.

Der Bauer erklärte, dass er einen geländetauglichen Pickup besaß, der vier Personen im Innern Platz bot. Ruben, Gundert und Sascha sollten auf der Ladefläche mitfahren, entschied Theoderich. Zu ihrer Bewaffnung zählten außer der Schrotflinte ein Kleinkalibergewehr und eine 44er-Magnum. »Alles illegal!«, verriet ihnen Sanders. »Ich habe mir die Knarren auf dem Schwarzmarkt zugelegt, um den Hof gegen plündernde Prollis verteidigen zu können. Wenn der Staat nicht für Sicherheit sorgen kann, darf er den Menschen nicht verbieten, dies selbst zu tun.«

Unten im Erdgeschoss wartete bereits Anna in den Jeansshorts, den Turnschuhen und dem lila Trägerhemd der verstorbenen Frau des Landwirts. »Es kann losgehen!«, rief ihr Julian von der Treppe aus zu.

Sie begab sich zum Ausgang, drückte die Klinke und zog die Haustür nach innen auf. Der Anblick, der sich ihr bot, hätte zarteren Gemütern sofort das Blut in den Adern gefrieren lassen. Den Türrahmen ausfüllend stand ein Ghoul vor ihr, das Maul mit den scharfen gelben Haifischzähnen in Erwartung einer Mahlzeit weit aufgerissen. Anna wollte ihm reaktionsschnell mit voller Wucht ins Gemächt treten, doch der Grünhäutige bewegte sich, weshalb ihr Tritt auf seinem Oberschenkel landete. Wahrscheinlich spürte das Untier die Attacke nicht einmal. Seine linke Klaue schloss sich um ihren Hals und drückte erbarmungslos zu, bis das Blut in ihren Adern rauschte. Der Ghoul schien Freude an den Qualen seines Opfers zu empfinden und zögerte den Todesbiss hinaus...

Das war ein Fehler, denn nun sprang Ruben die Treppe in einem Satz hinunter, in der Rechten die Schrotbüchse, in der Linken die Mistgabel. Da er die Flinte nicht einsetzen konnte, weil er sonst Anna gleich mit in Stücke geschossen hätte, stieß er mit der

Mistgabel wie mit einem Degen zu. Das Monstrum wehrte den Stoß mit dem freien Arm spielerisch leicht ab, ohne Anna, deren Füße den Kontakt zum Boden verloren hatten, loszulassen. Wie eine Puppe hielt er die Brünette am ausgestreckten Arm.

Ruben stieß erneut zu. Diesmal war der Ghoul vorbereitet, packte den Schaft der Mistgabel mit einer schnellen Bewegung und entriss sie dem Hünen. Julian überließ ihm die Behelfswaffe freiwillig, denn nun hatte der Grünhäutige beide Hände voll und konnte sich nicht wehren, als er ihm den Gewehrkolben gegen die flache Nase schlug. Der Unhold brüllte auf und ließ sowohl Anna als auch die Mistgabel fallen.

Mit einem ungezielten Schlag streifte der Grüne Rubens Bauch. Seine dolchartigen Fingernägel hinterließen vier rote Streifen. Der Hüne sprang mit schmerzverzerrtem Gesicht zurück, legte die Schrotflinte an und schoss dem Ghoul aus nächster Nähe in die Brust. Durch die Wucht des Treffers fiel die Bestie auf den Rücken. Julian hob die Mistgabel auf und jagte seinem Gegner die Zinken kraftvoll in den gierigen Rachen – Eisen war ja bekanntlich nahrhaft. Mit einem gurgelnden Geräusch quollen rotes Blut und gelber Schleim aus dem Mund der sterbenden Kreatur.

Doch Ruben, der für seinen Angriff einen Meter ins Freie getreten war, wurde überraschend von zwei weiteren Ghouls angesprungen, die von links und rechts kamen. Er duckte sich und entging nur knapp den mit einem hässlichen Knirschen zuschnappenden Zähnen. Sein eigener Schwung riss ihn zu Boden, wobei er die Monstren mitriss. Anna handelte sofort und verpasste einem der beiden Grünhäutigen einen knallharten Fußtritt in die entstellte Fratze. Der Getroffene stieß das für diese Spezies typische gequälte Heulen aus.

Ruben erhob sich fast gleichzeitig mit dem zweiten Unhold. Seine beiden Waffen waren ihm beim Sturz entglitten und lagen außerhalb seiner Reichweite auf dem Pflaster. Anna trat dem Grünhäutigen von hinten in die Kniekehle, was ihn aus dem Gleichgewicht brachte. Mit einem fürchterlichen Faustschlag gegen die Kinnspitze setzte der Hüne nach und holte das Biest endgültig von den Beinen. Dadurch verschaffte er sich genügend Luft, um die Forke zu ergreifen und den beiden Ghouls die gleiche Behandlung zukommen zu lassen wie kurz zuvor ihrem Artgenossen.

Allmählich reichte es dem Kampfpaar wider Willen, aber drei weitere Schergen der Kahira rannten mit unbeholfen wirkenden Sprüngen von den ausgebrannten Stallungen kommend über den Vorplatz. Zum Glück waren Anna und Julian nicht allein. Gundert stand im Haustürrahmen, legte das Kleinkalibergewehr an und traf den vorderen Angreifer genau zwischen die Augen.

Zu aller Erstaunen schien das Projektil nicht in den Ghoulschädel eingedrungen zu sein. Der Grünhäutige wurde zwar von den Beinen gerissen, erhob sich aber sofort wieder.

Daraufhin schoss der Ductor sein gesamtes Magazin auf die drei Bestien ab. Kaum gingen sie zu Boden, erledigte Julian einen nach dem anderen mit der Mistgabel, noch bevor sie aufstehen konnten.

»Schnell zum Wagen! Die Viecher sind sicher nur ein Vorauskommando Kahiras«, brüllte Theoderich für seine Verhältnisse ungewöhnlich laut.

Die sieben Menschen rannten zu einer Doppelgarage rechts neben dem Haus. Noch im Laufen drückte Sanders auf den Knopf seiner Fernbedienung, die das Tor öffnen sollte. »Funktioniert nicht! Der Strom ist ausgefallen! Wir müssen durch die Seitentür!«

»Wartet draußen!«, befahl Theoderich den anderen und verschwand mit Sanders durch den nicht verschlossenen Garagenseiteneingang. Sekunden später vernahmen die Wartenden das leise Surren eines Elektromotors, da schoss der Pickup auch schon durch das verschlossene Rolltor, das sich verbog und aus den seitlichen Führungsschienen gerissen wurde. *Wer braucht schon eine Fernbedienung?,* dachte der am Steuer sitzende Gruppenleiter.

Meinert und Anna stiegen in die Fahrerkabine, Julian, Gundert und Sascha sprangen auf die Ladefläche. Mit einer beachtlichen Beschleunigung, die dic drei hinteren Passagiere zwang, sich an den Begrenzungen der Ladefläche festzuhalten, jagte das Gefährt vom Hof. Sanders kannte die Gegend genau und dirigierte Theoderich auf dem kürzesten Weg zum nur fünfzehn Kilometer entfernten Hennesee.

Ruben betrachtete nachdenklich die Felder und Wälder, die an ihnen vorbeizogen. Alles deutete immer noch auf eine Bewirtschaftung durch Menschen hin. Doch wie lange würde es hier noch so vertraut aussehen? Wie lange würde die aus den Fugen geratene Natur brauchen, dies alles zu überwuchern? Und welche Pflanzen würden sich durchsetzen? Diejenigen, die hier bereits seit Jahrtausenden wuchsen, oder jene neuen Arten, die durch das Virus entstanden waren und nun den Kampf um die Besetzung ökologischer Nischen aufnahmen? Wenn die neuen Lebensformen ihren Platz eingenommen hatten – würde dann auf der Erde noch Platz für die Menschheit sein?

Der Hüne dachte an die rund achtzigtausend Menschen, die allein in Deutschland dem Virus widerstanden haben könnten. Was war mit seinen Freunden, seinen Kameraden, seinen Eltern? Ein schmerzhafter Stich fuhr durch seine Brust, als er sich die verschwindend geringe Wahrscheinlichkeit bewusst machte, dass sie zu den Immunen gehörten und den Evolutoren bislang erfolgreich entkommen waren. Und trotzdem: Er würde nicht nur nach dem Virus suchen, um dazu beizutragen, die verhängnisvolle Entwicklung rückgängig zu machen, er würde obendrein nach Dortmund zurückkehren, um Angehörige und Freunde ausfindig zu machen.

Unterwegs erblickten Julian und die anderen in ein paar hundert Metern Entfernung eines der riesigen Wildschweine, das kurz zur Verfolgung ansetzte, doch schon bald einsah, dass es dem erheblich schnelleren Pickup nicht folgen konnte. Hinter jeder Biegung konnte eine neue, vielleicht tödliche Überraschung auftauchen.

*

Die Wachposten auf den Mauern der Festung sahen den Wagen über die lange Zufahrt heranrasen, somit war das mächtige Tor bereits weit geöffnet, als die sechs Sucher mit dem Landwirt eintrafen.

Nach ihrer Ankunft bat Theoderich sofort um ein Gespräch mit Leonidas. Der Großmeister aller Templer weltweit und gleichzeitig Erzprior der Festung Hennesee verschob seine Termine und empfing den Wissenschaftler. Die beiden Templer saßen sich an Leonidas' Besprechungstisch gegenüber.

»Die Flora und Fauna des gesamten Planeten ist völlig aus den Fugen geraten«, begann der Mitarbeiter der Geheimwissenschaftlichen Sektion und erzählte dann von den Begegnungen der Sucher-Truppe mit unterschiedlichen Evolutoren. »Und als ob das noch nicht schlimm genug wäre, schart die Königin der Ghouls immer mehr von diesen Biestern um sich. Die gefangenen Gigantenschweine wird sie vermutlich für den Angriff auf unsere Festung abrichten. Uns wird daher nichts anderes übrigbleiben, als das Miststück und ihre wilde Horde mit einem Präventivschlag zu vernichten.«

»Ganz so einfach ist das nicht«, entgegnete Leonidas nachdenklich. »Wenn wir die Ghouls mit unseren schweren Waffen angreifen, entblößen wir die Festung. Das können wir nicht riskieren.«

»Sehe ich auch so«, pflichtete ihm Theoderich bei. »Wir sollten eine schlagkräftige Eingreiftruppe ausrüsten – mit wesentlich stabileren Fahrzeugen, um in der feindlichen Umwelt überhaupt überleben zu können. Geländewagen reichen dazu nicht aus, wie unser netter kleiner Ausflug bewiesen hat. Außerdem müssen wir die schweren Fahrzeuge anständig bewaffnen, sonst macht ein Angriff keinen Sinn.«

»Und wo wollen Sie eine solche Ausrüstung hernehmen?«, fragte ihn der Großmeister. »Es gibt kaum noch Panzer in Europa, weil sie aus Kostengründen fast alle verschrottet wurden.«

»Als vor drei Jahren die Hungeraufstände begannen, kamen auch mehrere Dutzend Polizisten durch die aufgebrachte Menge, die fast schon fanatisch nach Schuldigen suchte, ums Leben. Ihre Einsatzwagen wurden mit Brandsätzen beworfen und mit Gewehren beschossen. Somit kam die Regierung trotz desolater Haushaltslage nicht darum herum, stark gepanzerte Mannschaftswagen herstellen zu lassen. Diese geländegängigen Fahrzeuge bieten dreißig Polizisten Platz und wären mit ihren zwei Meter durchmessenden Rädern für unsere Zwecke ideal geeignet. Die 30-Tonnen-Kolosse könnten selbst von einem der Riesenwildschweine nicht umgeworfen werden, und MG- und Flakstände lassen sich nachträglich einbauen. Wenn ich das nächste Mal mit einer Sucher-Truppe losziehe, möchte ich in einer solchen fahrenden Festung sitzen.«

»Das hört sich ja alles vielversprechend an – aber noch mal zum Mitschreiben: Woher wollen Sie die Fahrzeuge nehmen?«

»Das ist ja das Schöne: Zwanzig dieser herrlichen Transporter stehen in einer Polizeikaserne am Stadtrand von Dortmund – also nur ein paar Dutzend Kilometer von hier. Genau dorthin möchte ich mit meinem Sucher-Team aufbrechen und zwei der Kolosse mitbringen.«

»In Ordnung«, stimmte der Erzprior zu. »Wie haben sich übrigens unsere beiden Neuen geschlagen?«

»Ich denke, dass aus ihnen zuverlässige und loyale Ordensmitglieder werden. Ich schlage vor, Anna Sindtstein und Julian Ruben in unsere Gemeinschaft aufzunehmen.«

*

Am Nachmittag, nachdem sich die Heimkehrer ausgeruht und frischgemacht hatten, klingelte das Telefon in Annas und Julians Wohnung. Die Assistentin des Erzpriors war am Apparat und bat die beiden zu einer Besprechung ins Büro des obersten Templers.

»Ich freue mich sehr, dass Sie wieder wohlbehalten zurück sind«, begrüßte Leonidas das außergewöhnliche Paar, das sich sofort auf den Weg gemacht hatte. »Bitte nehmen Sie Platz.« Am Besprechungstisch kam er sofort zur Sache: »Die Ordensleitung hat über eine Reihe von Aufnahmeanträgen entschieden. Um es kurz zu machen: Sie wurden beide in unsere Templergemeinschaft aufgenommen. Sie, Frau Sindtstein, dürfen wegen Ihrer Warnung vor dem Angriff der Ghouls auf die Festung und Ihrem unerschrockenen Einsatz bei der Expedition der Sucher künftig den Titel ›Patricia‹ tragen. Und Sie, Herr Ruben, würden wir gern in unsere Streitkräfte aufnehmen. Ihre langjährige Kampferfahrung bei der Bundeswehr und ihr mutiger Einsatz unter dem Kommando von Theoderich haben uns bewogen, Sie gleich zum Ductor zu ernennen. Sind Sie beide, Anna Sindtstein und Julian Ruben, bereit, unter diesen Voraussetzungen der World Templar Organization beizutreten?« Seine Frage klang wie die eines Standesbeamten bei einer Eheschließung.

»Ja!« und »Nein!«, kam es gleichzeitig von Julian beziehungsweise Anna.

Leonidas blickte verwirrt in die smaragdgrünen Augen der brünetten Schönheit. »Nein?«

»Ich möchte ebenfalls zur kämpfenden Truppe. Nur weil ich eine Frau bin...«

»Tut mir leid, aber das ist unmöglich!«, unterbrach sie Leonidas, dessen weißblonde Bürstenfrisur sich wie ein Hahnenkamm aufzurichten schien. »Es widerspricht dem Ehrenkodex von uns Templern, Frauen für sich kämpfen zu lassen! Im Gegenteil, es ist die ritterliche Pflicht eines jeden Mannes, Gefahren von den Frauen unserer Gemeinschaft fernzuhalten.«

»So ein alberner Machokram!«, rutschte es Anna heraus. Julian legte beruhigend seine Hand auf ihren Oberarm, was ihren Zorn auf ihn umleitete. *Das funktioniert immer wieder,* dachte er belustigt, und grinste dermaßen unverschämt, dass Anna aus ihren bezaubernden Augen einige imaginäre Giftpfeile abfeuerte. Leonidas verzog pikiert sein Gesicht, empfand er doch seine Überzeugungen nicht unbedingt als ›Machokram‹ und schon gar nicht als albern.

»Frau Sindtstein könnte doch als Zivilistin weiterhin als Sucherin tätig sein«, versuchte Julian zu vermitteln.

»Ja, das wäre machbar«, bestätigte der oberste aller Templer.

»Na, siehst du«, wandte sich der Hüne an Anna, in einem Tonfall, in dem Väter ihren Töchtern erklären, dass ein Dackel als Haustier vollkommen ausreicht und ein Pony in der Dreizimmerwohnung nicht unbedingt von Nöten ist. »Bei den Suchern kannst du genauso viele Ghouls, Skelettare und sonstige Monstren anzicken wie beim Militär.«

Zu den Giftpfeilen aus Annas Augen gesellten sich glühende Dolche und in brennenden Teer getauchte Lanzen.

»Wie sieht's aus?«, hakte der Erzprior nach, um dessen Mundwinkel es verdächtig zuckte.

»Bei den Suchern kann ich also mitmachen?«, verlangte die Schönheit eine erneute Bestätigung. »Auch kämpfen?«

»Ja!«, grollte die Stimme Leonidas'. »Neben der Suche nach dem Virus brauchen wir auch Gruppen, die beispielsweise die Kernkraftwerke abschalten. Das hätte zwar längst automatisch erfolgen müssen, doch angesichts der mangelnden Wartung in den letzten Jahren habe ich da so meine Zweifel. Deshalb werden wir uns selbst darum kümmern, bevor die maroden Klötze hochgehen. Zusätzlich müssen wir Produktionsanlagen in unsere Festungen schaffen, um wirklich autark zu werden. Zudem hatten wir kürzlich über Satellit Kontakt zur islamischen Gemeinde Kölns. Einige tausend Menschen haben sich dort gegen eine besonders hinterhältige Evolutoren-Spezies verschanzt und brauchen unsere Hilfe. Es gäbe also auf unseren Sondereinsätzen viel für Sie zu tun.«

»Bestens, dann bin ich dabei!«

Des Erzpriors Gesicht hellte sich auf; diese Frau war wirklich nicht leicht zufriedenzustellen. »Sehr schön! Dann darf ich Sie beide bitten, den Namen zu wählen, den Sie in Zukunft in unserer Gemeinschaft führen möchten.«

»Ich bleibe bei ›Anna‹.«

»Mein Nachname kann auch ein Vorname sein. Daher wähle ich ›Ruben‹.«

»Herzlich willkommen in der Gemeinschaft der WTO, Patricia Anna und Ductor Ruben. Ihre feierliche Vereidigung findet morgen Abend zusammen mit einigen weiteren neuen Mitgliedern statt.« Der Großmeister erhob sich, um seine Gäste zu verabschieden.

»Gestatten Sie mir noch eine Frage«, bat der Hüne.

»Selbstverständlich!«

»Warum haben Sie Annas Traum über den Angriff der Ghoul-Königin so viel Bedeutung beigemessen?«

Leonidas blickte die beiden frischgebackenen Templer ernst an. »Wissen Sie, wir nennen uns nicht einfach nur ›Templer‹, weil wir das irgendwie schick finden. Seit der offiziellen Auflösung des Ordens im vierzehnten Jahrhundert besteht eine ununterbrochene Kette von im Verborgenen agierenden Frauen und Männern, die das Geheimnis der alten Templer bis in unsere Neuzeit vor der Kirche und später auch vor den Regierungen schützten, bis sich der Orden im Jahre 2010 neu manifestierte. Anna, wiederholen Sie bitte den ersten Satz, den Sie in meinem und dem Beisein der Geheimwissenschaftler zu Ihrem Traum äußerten.«

»Ich kann mich weiß Gott nicht an jeden Satz erinnern, den ich irgendwann einmal gesagt habe«, entgegnete die Brünette unsicher.

»Aber ich kann«, fuhr der Erzprior fort: »›Die Körper der Menschenfresser wühlen sich in die Erde‹. Genau dieser Satz steht in der vollständigen Version einer nur den Templern bekannten viele tausend Jahre alten Schrift. Ich zitiere die Verse 11 bis 13 des dreizehnten Kapitels dieser Schrift:

11. Die Körper der Menschenfresser wühlen sich in die Erde, einen verborgenen Weg zu schaffen in die Festung am See.

Letzte Fluchtburg von Marduks Streitern,
den Kriegern unter dem Zeichen der blutroten Sonne.

12. Die Königin der Entarteten beschaut zufrieden ihre Schar,
den giftgrünen Auswurf aus Dämonozoas Nachkommenschaft.
Ihre Augen, schwarz wie ihre Seele, glänzen frohlockend.
Ihr Name, den sie sich selbst gab, ist – Kahira.

13. In der Stunde höchster Bedrohung, schickt Marduk eine
Seherin, zu warnen die Aufrechten, die ihr Glauben schenken.
Sie sah das Verhängnis durch die Augen Kahiras,
denn sie war in ihr, ohne sie zu sein, wie sie auch in mir ist,
ohne ich zu sein.«

Plötzlich nahm Annas Gesicht einen geistesabwesenden Ausdruck an. Ihr Blick trübte sich, als schaue sie in die zugleich schillernden wie düsteren Abgründe aus Raum und Zeit – ein Einblick, der anderen Menschen verwehrt blieb. Ihr Antlitz glich dem einer Göttin mit glühenden Smaragden in den Augenhöhlen.

Fast flüsternd brachte sie nur ein einziges Wort hervor:

»Sajaha.«

Zeitleiste

1960: Die Central Intelligence Agency (CIA) beginnt mit Gedankenkontrollexperimenten in großem Stil. Ziel ist die Entwicklung von Methoden auf psychologischer und chemischer Basis zur Unterdrückung des natürlichen Wertesystems der Menschen, um es durch neue Werte zu ersetzen. Aus dem patriotisch/national/religiös denkenden Menschen soll der globale Mensch werden, dessen Lebensinhalt in der Befriedigung seines Konsumbedürfnisses liegt[16] .

2010: Die »Welt Templer Organisation« (World Templar Organization) WTO wird in Deutschland gegründet. Die Gründer errechnen aus der qualitativen Veränderung der Bevölkerungsstruktur zugunsten der Leistungsunwilligen ein Zusammenbrechen der westlichen Gesellschaften in den kommenden Jahrzehnten.

2010 – 2035: Religiös geprägte Großgruppen, hauptsächlich islamische Zuwanderer im Zig-Millionenmaßstab, gründen faktisch ihre eigenen Lebensräume und vertreten ihr selbsternanntes Recht auf diese Gebiete – meist ein Viertel westlicher Großstädte – auch politisch immer offener und lautstärker. Die Bildung dieser Parallelgesellschaften trägt erheblich zum endgültigen Kollaps der westlichen Systeme bei.

2016: Es entstehen Ableger der WTO in mehreren anderen europäischen Staaten, den USA, Russland und in Asien. Da die Organisation keine Konfrontation mit der jeweiligen Staatsmacht sucht, wird sie überall als »sonstige Vereinigung« geduldet.

Die WTO kauft gezielt Burgen, Großgehöfte und andere Einrichtungen auf, die aufgrund ihrer Beschaffenheit potentiell gute Möglichkeiten zur Abschottung bieten.

2020: In allen westeuropäischen Großstädten werden Unruhen zur Gewohnheit. Ungebildete Zuwanderergruppen ebenso wie ein-

---

[16] Vgl. Ref. 9: »Das Netz« von Lutz Dammbeck (DVD, ISBN 978-3-89848-800-6)

heimische Asoziale greifen immer brutaler und offener mit Unterstützung linksautonomer Gruppen, die den Untergang des Systems aus ideologischen Gründen beschleunigen wollen, die Staatsmacht an. Fast täglich sterben Menschen bei Plünderungsaktionen.

Die WTO besteht aus weltweit circa 1.100 Mitgliedern.

2024: Die WTO wächst auf 5.000 Mitglieder an.

2028: Die deutsche Regierung zieht alle Truppen aus Auslandseinsätzen zurück, um die Bundeswehr und Polizeisondereinheiten zur Bekämpfung von Massenkriminalität und massiven Unruhezuständen im eigenen Land einsetzen zu können. Die tatsächlichen Aktionen der Soldaten und Polizisten bestehen jedoch im unmittelbaren Schutz der herrschenden Politkaste. Innerhalb eines halben Jahres desertiert ein Drittel der Soldaten zu ihren Familien, um sich um deren persönlichen Schutz zu kümmern.

Die Mitgliederzahl der WTO erreicht in Deutschland die Marke von 3.000 und ist damit der stärkste Verband der mittlerweile in 9 Ländern vertretenen Templer-Gemeinde. Der Großmeister der WTO ruft zum Steuerboykott auf; alle Leistungen der Mitglieder der WTO sollen nur noch in WTO-Stiftungen einfließen.

Der Staat versucht, diesen Boykott durch einzelne Vollstreckungsmaßnahmen zu ersticken, was schließlich zu einem Einsatz der Bundeswehr gegen die Templerfestung Hennesee führt. Fast alle Soldaten laufen jedoch zur WTO über.

2031: In Deutschland leben mittlerweile 32 Millionen Haushalte mit 70 Millionen Menschen vom Staat, zahlen keine Steuern und müssen im Krankheitsfall und bei Verrentung von den verbliebenen Steuerzahlern mitgetragen werden. Die Inflation nimmt schwindelerregende Ausmaße an. Die WTO zählt in Deutschland 5.000 Mitglieder, weltweit bereits 13.000.

2032: Die Hungeraufstände brechen aus. In die Geschichtsschreibung gehen die Jahre 2032 bis 2035 als die Zeit des »Großen Chaos« ein. Plünderungen sind an der Tagesordnung. Nicht mehr jede Stadt kann frei betreten werden. Alte Stadtwälle erfahren eine Zeit der Restauration.

Am 12. Juli erklären Moslems ihre Viertel der Städte Dortmund, Köln, Berlin, Brüssel, Birmingham, Paris, Lyon, Madrid und Lissabon zu Kalifaten unter islamischem Recht und autonomer Verwaltung. Der zwei Wochen später erfolgte Angriff einer Panzergrenadierbrigade der Bundeswehr auf das islamische Viertel der Stadt Dortmund führt zu furchtbaren Straßenkämpfen, die bereits nach zwei Tagen von den Regierungstruppen abgebrochen werden müssen. Die Verluste der Truppen liegen bei 30% der Ausgangsstärke. Die Regierungen finden sich mit der Tatsache der Existenz der Kalifate ab. In den Monaten August und September erklären sich weitere 38 Städte Westeuropas zu Kalifaten.

2035: Obwohl die Staaten nach wie vor auf dem Papier fortbestehen, worauf sich Pseudo-Regierungen gelegentlich berufen, ist das Gewaltmonopol der Staaten längst gefallen. Faktisch existieren weite Regionen, in denen völlige Rechtsfreiheit herrscht und die nackte Gewalt regiert. Die handlungsunfähig gewordenen Regierungen starten einen verzweifelten letzten Versuch zur Rückgewinnung der Handlungsmacht durch Einsatz einer gentechnischen Waffe, die durch den direkten Eingriff ins menschliche Erbgut erreichen soll, was durch die in den 1960ern begonnenen Gedankenkontrollexperimente nur teilweise gelang: die Züchtung des globalen und weitgehend wertefreien Konsummenschen. Die Freisetzung des Virus wirkt jedoch ganz anders als geplant und verwandelt die Erde in ***ANDERSWELT!***